흑룡의 취향

강규원 장편소설

단글

흑룡의 취향 2

초판 1쇄 인쇄 2016년 11월 21일
초판 1쇄 발행 2016년 11월 28일

지은이 강규원
발행인 오영배
기획 박성인
책임편집 김수현
표지 · 본문 디자인 MUI
제작 조하늬

펴낸곳 (주)삼양출판사 · 단글
주소 서울시 강북구 도봉로 173
대표 전화 02-980-2112 **팩스** / 02-983-0660
출판등록 1999년 3월 11일 제9-00046호

ISBN 979-11-283-9024-1 (04810) / 979-11-283-9022-7 (세트)

+ (주)삼양출판사 · 단글의 서면 허락 없이는 어떠한 형태나 수단으로도 이 책의 내용을 이용하지 못합니다.
+ 지은이와 협의하에 인지는 생략합니다. 잘못된 책은 구입한 곳에서 바꾸어 드립니다.
+ 이 도서의 국립중앙도서관 출판시도서목록(CIP)은 서지정보유통지원시스템홈페이지(http://seoji.nl.go.kr)와
  국가자료공동목록시스템(http://www.nl.go.kr/kolisnet)에서 이용하실 수 있습니다. (CIP제어번호: 2016026289)

흑룡의 취향

2

ROMANCE STORY

강규원 장편소설

차 례

◆ ◆ ◆ ◆ ◆

6장

　화정과 헤어져서 조금은 피곤한 기색으로 운전하던 율리는 정지 신호를 보고 차를 세웠다. 지석은 첫인상이 생각보다 나쁘지 않았고 화정과도 잘 어울리는 남자였다. 화정의 말마따나 지석은 잘생기고 키도 큰 멋있는 남자라 율리는 문득 친구가 부러워졌다. 역시 인연은 생기려면 어떻게든 생기는 모양이었다.

　그때 찍, 하는 소리가 그녀의 귓가에 들리는 듯했다. 아무것도 없는 뒷좌석에서 소리가 날 리가 없는데 뭔가 싶어서 그녀가 룸미러를 통해 뒤를 살폈다. 당연히 뒷좌석에는 소리가 날 만한 것이 없었다.

　'뭐지?'

　신경과민인가. 좀 괜찮아졌나 싶었는데 또 무서운 상상이 들어 율리가 억지로 한숨을 내쉬었다. 신호가 직진 신호로 바뀌고 그녀가 브레이크에서 발을 뗄 무렵이었다.

찍!

또 그 소리가 들렸다. 뭔가를 밟아 터뜨리는 소리 같기도 했고, 쥐가 우는 소리 같기도 한 기묘한 소리에 그녀는 마른침을 삼키고 액셀을 밟았다. 뒤를 돌아볼 용기가 나지 않아 그녀는 뼈가 도드라질 정도로 핸들을 강하게 쥐고 운전에 열중했다.

찍, 찍.

또다시 듣기 싫은 소리가 연달아 들렸다. 율리는 아랫입술이 하얗게 변하게 깨물었다. 겨우 비현실적인 것에서 멀어졌다고 생각했는데, 아무것도 없는 공간에서 왜 소리가 난단 말인가?

다행히 율리는 신호에 걸리지 않고 계속 도로를 달릴 수 있었다. 찍찍거리는 소리가 간헐적으로 뒤에서 들렸으나 그녀는 모르는 척 앞만 바라보았다.

찍찍찍찍!

마치 뒤를 돌아봐 달라는 것처럼 찍찍거리는 소리가 율리를 보챘다. 그녀는 정말 울고 싶었다. 뱀 여자에게서 벗어난 것이 며칠이나 지났다고 또 이상한 일이 일어나려는 건가. 생각만으로도 끔찍했다.

좌회전을 하기 위해 1차선으로 진입한 율리는 의식적으로 뒤를 보지 않으려고 노력하며 운전석 쪽 백미러를 곁눈질했다.

이내 그녀는 소스라치게 놀라 호흡마저 멈추었다. 백미러에 그림자가 살짝 비쳤다. 사람의 그림자는 아니었는데, 그림자의 위치를 유추해 보니 이는 분명 운전석 바로 뒤편이었다. 핸들을 쥔 율리의 손이 바들바들 떨리기 시작했다.

그림자의 주인은 그녀가 자신의 정체를 알아챘다는 걸 눈치챘는지 시끄럽게 찍찍 울어 댔다. 좌회전 신호가 켜졌으나 율리는 바로 움직일 수가 없었다. 뒤에서 빵빵, 클랙슨 소리가 들리지 않았으면 계속 멈춰 서 있었을 것이다.

겁에 질린 율리는 머릿속이 텅 빈 채 좌회전을 했다. 그나마 익숙한 길이기에 운전하는 데 문제가 없어서 다행이었다. 운전 중에 전화를 할 수도 없고, 도로 위를 달리는 와중에 여기로 누구를 부를 수도 없었다. 오로지 스스로 이 상황을 타개해 나가야 하는 셈이었다.

'어떻게?'

뒷좌석에 있는 것이 뭔지도 모르는데 어떻게 이 상황을 벗어난단 말인가. 그 뱀처럼 사람으로 둔갑하거나 해치려고 들면 어떡하지? 불안과 초조로 율리는 입술만 잘근잘근 씹었다. 그때 그녀의 시야에 건물 하나가 들어왔다. 그녀는 뭐에 홀린 사람처럼 속도를 높여 단번에 차선을 두 번이나 변경해 건물 앞에 차를 세웠다.

율리가 도착한 곳은 진하가 사는 오피스텔 건물이었다. 사이드브레이크를 올린 그녀는 뒤를 보지 않으려 노력하며 시동을 끈 뒤 도망치듯 운전석 문을 열고 나갔다.

여전히 굳게 닫혀 있는 건물 출입문 앞에 서서 그녀는 가방을 뒤적였다. 휴대폰을 꺼내기 위해서였다.

피곤해서 집에 갈 생각만 하고 있던 율리는 정체 모를 찍찍거리는 소리를 듣자마자 뱀 여자가 혀를 날름거렸던 끔찍한 장면이 머릿속에 떠오르고 말았다. 그 뒤로는 피곤함을 느끼지도 못했다.

휴대폰을 꺼낸 그녀가 자신의 차를 경계하며 바로 진하에게 전화를 걸었다. 요즘 촬영 때문에 그는 주로 지방 촬영지에 있었지만 오늘만큼은 제발 집에 있어 주기를 빌며, 그녀는 초조하게 그가 전화를 받기를 기다렸다. 다행히 통화음이 몇 번 지나기 전에 그가 전화를 받았다.

―왜?

"어, 어디예요?"

―뭐?

"호, 혹시 집에 있어요?"

가늘게 떨리는 율리의 목소리에서 진하는 그녀의 초조한 감정을 읽고 목소리를 낮췄다.

―무슨 일이야?

"집, 집에 없어요? 집이면 잠깐만 내려와 주면 안 돼요?"

―기다려.

다행히 그는 이 시간에 집에 있는 모양이었다. 마음을 졸이고 있던 율리가 안도의 한숨을 내쉬며 출입문 쪽으로 몸을 바짝 붙였다. 그녀는 눈을 가늘게 뜨고 차 뒷좌석을 살폈다. 밤이라 어두워서 차 안에 뭐가 있는지 보이지는 않았다. 곧 건물 출입문이 스륵 열렸다.

"왜 그래?"

진하는 멍하니 서 있는 율리를 보자마자 그녀의 어깨를 잡아 흔들었다. 그제야 그에게 시선을 돌린 그녀가 다리에 힘이 풀려 비틀거리며 그의 팔을 잡았다.

"차에서…… 이상한 소리가…….."

"차?"

그가 그녀의 말에 표정을 굳혔다. 그녀가 이렇게 혼비백산해서 달려온 것을 보면 아직 가시지 않은 흑룡의 기운에 또 미천한 것들이 몰려든 듯싶었다. 백룡에게 회사 근처에 쓸데없는 것들이 꼬이지 않게끔 신경 쓰라고 했는데, 그녀가 언제 어디서 또 이런 걸 붙여 왔나 기가 막혔다. 그는 그녀의 어깨에서 손을 떼고 거침없이 그녀의 차 쪽으로 걸어갔다. 어두운 실내는 보이지 않았지만, 뒷좌석에서 존재감이 느껴졌다.

'쥐 새끼다.'

진하가 나타나기 무섭게 쥐가 숨을 죽이고 몸을 숨겼으나 그는 전부 알 수 있었다. 뒷좌석 바닥, 운전석의 그늘에 쥐가 몸을 숨기고 있었다.

뒷좌석 문을 열기 전, 진하는 율리를 돌아보았다. 겁에 질린 두 눈으로 그녀가 그를 쳐다보고 있었다. 그는 잠시 갈등했다.

쥐가 도망가게끔 놔줄지, 아니면 이 자리에서 바로 죽여 버릴지. 아마 이 세상을 오랫동안 방황하던 쥐는 그가 단 한 번만 자비를 베풀어 주길 바라고 있을 것이다. 어차피 쥐의 형상이니, 그녀에게 특별히 의심을 살 일도 없을 테고.

하지만 진하의 계산은 끝난 상태였다. 그는 문을 단호하게 열었고 용의 기운은 보이지 않는 칼날이 되어 쥐에게 날아와 꽂혔다. 쥐는 비명 하나 지르지 못하고 그 자리에서 죽어 버렸다.

처음 율리에게 모습을 드러냈던 뱀은 백룡의 기운에 줄행랑을 쳤음에도 다시 주차장에서 율리를 노렸다고 했다. 뱀이 그랬던 것처럼 쥐가 그러지 않을 거라는 보장이 없었다. 목숨을 한 번 살려 준다 해도 또 강한 기운에 이끌려 그녀를 해치려고 들 수 있으니, 쥐 새끼가 나타날 가능성을 완전히 차단해야 했다. 쥐 새끼 따위가 그녀를 해치게 둘 수는 없었다.

그리고 완전한 차단 방법은 살해였다.

"차율리."

"……네?"

"너 어디 갔다 왔지?"

멀리 있는 카페를 다녀왔는데 진하가 그걸 어떻게 알았나 싶어서 율리는 우물거렸다. 그가 그녀에게 가까이 오라고 손짓했다.

"와서 좀 봐라."

"뭘…… 요?"

주춤주춤 다가온 율리는 진하가 가리키는 것을 내려다보고 소스라치게 놀랐다. 시궁창에나 살 법한 큼직한 쥐가 바닥에 널브러져 있었다. 양손으로 입가를 가린 그녀가 믿을 수 없다는 표정으로 그를 올려다보았다.

"어딜 돌아다니기에 쥐가 차 안에서 나와?"

"죽, 죽었, 죽었어요?"

그가 고개를 끄덕였다.

"어, 어떻게 죽……."

율리는 말을 끝맺지 못했다. 전에도 비슷한 상황이 있었다. 그때는 쥐가 아니라 뱀이었고, 진하가 아니라 경진이 있었다는 것만 달랐다.

"……죽였어요?"

"내가?"

그녀는 대답 대신 그를 물끄러미 응시했다. 긍정하는 눈빛에 그가 황당하다는 투로 대꾸했다.

"너도 봤잖아. 난 문만 열었어. 이게 튀어나오다가 혼자 자빠진 거야."

입술에 침도 바르지 않고 진하가 거짓말을 늘어놓았다. 태연한 그의 태도에 율리는 시선만 떨굴 뿐이었다. 확실히 그는 문만 열었지 특별한 행동을 보이지는 않았다. 쥐가 스스로 죽은 것이라 볼 수밖에 없었다.

그런데 왜 자꾸 그가 의심스러운 건지 모르겠다. 율리의 마음 한구석이 찝찝했다.

찍찍거리던 소리의 정체는 이 시궁쥐였다. 긴장으로 뻣뻣했던 율리의 어깨가 스르륵 풀렸다. 그녀는 차에 기대듯이 서서 한숨을 내쉬었다.

"청소 좀 하고 그래. 어떻게 여자 차에 쥐가 살아?"

"원래 쥐 없었어요!"

"그 말을 나보고 믿으라고?"

진하가 쥐의 사체와 율리를 번갈아 보며 헛웃음을 터뜨렸다. 그녀는 할 말이 없었다. 이 상황에서는 무슨 소리를 해도 차 안에서 쥐를 키우는 여자가 될 뿐이었다. 그녀가 말이 없어서일까? 그가 쥐의 사체를 발로 멀리 차서 치워 버리며 말했다.

"피곤할 텐데 그만 들어가지?"

"아…… 네."

율리가 힘없이 답하자 진하가 뒷좌석 문을 닫아 주었다. 그녀가 머쓱하게 사과했다.

"죄송해요, 괜히 불러서."

"뭘. 재미있는 사실도 알게 되었는데."

"네?"

"차율리가 차에서 쥐 키우는 거."

말을 하고 나서 스스로도 우스운지 진하가 웃음을 터뜨렸다. 또 이렇게 약점이 하나 생기는구나, 싶어 율리는 기운이 쭉 빠졌지만 짐짓 아무렇지도 않은 척 강하게 부정했다.

"안 키운다고요!"

물론 진하는 들은 척도 않고 키득대기 바빴다.

이튿날, 출근 전에 율리는 항균 탈취제를 들고 와서 차 안에 들이붓다시피 뿌렸다. 뒷좌석에 더러운 쥐가 있었다니, 집에 돌아와서 청소기로 한 번 청소하기는 했지만 마음이 놓이지 않아서였다.

'그 카페 근처 내가 다시 가나 봐라.'

속으로 이를 갈면서 율리는 탈취제를 뒷좌석에 놔두고 출근길에 올랐다.

출근길 도로를 달리면서 그녀는 어제 있었던 일을 복기했다. 뒷좌석 문을 연 적이 없는데 어떻게 쥐가 거기로 기어들어 왔는지 알 수 없었다. 배기 구멍이나, 살짝 열린 운전석 틈새로 들어온 걸까? 아무튼 기가 막힌 일이었다.

"안녕, 율리 씨."

"안녕하세요."

회사에 도착하자 먼저 출근한 아영이 율리를 반겨 주었다. 율리는 한숨이 절로 흘러나왔다. 이제야 겨우 현실에 발을 디딘 느낌이 들어 그녀의 기분이 한층 나아졌다. 가방을 책상 위에 올린 율리가 어제 지석과의 재회를 떠올리고 아영에게 물었다.

"맞다, 선배님. 혹시 저희 가평 갔을 때 마트에서 마주쳤던 남자 기억하세요?"

"으응? 누구?"

"왜, 저희가 마트 문을 가리고 있어서 못 들어갔던 남자요."

"아! 기억나. 왜?"

남자 이야기라서 아영이 흥미를 보였다. 아영의 기억 속 그 남자는 키가 크고 목소리가 서늘한 사람이었다는 것뿐이었다.

"제 친구 남자 친군데, 어제 소개 받았거든요."

"뭐? 정말?"

아영이 동그란 눈을 더욱 동그랗게 떴다. 믿을 수 없다는 표정이었다. 하긴, 직접 만난 자신도 믿기지 않는 인연인데, 아영은 얼마나 믿어지지 않을까.

"근데 어디서 본 것 같더라고요. 알고 보니 그 사람인 거 있죠?"

"어머! 웬일이야. 그런 인연이 다 있어?"

"그러니까요."

"율리 씬 그 사람 얼굴도 기억해? 난 기억 잘 안 나는데."

"저도 제 기억력이 웬일로 좋게 느껴지네요."

심지어 지석조차 그녀를 알아보지 못했다. 잠깐 스쳐 지나간 사람인데 이상하게 율리의 머릿속에만 기억이 남아 있었다. 그때 경진이 느지막하게 출근했다.

"차변."

"네?"

출근하자마자 율리를 부른 경진이 팀장실로 들어오라고 손짓했다. 율리는 아영과 시선을 나누다가 몸을 일으켰다.

"무슨 일이세요?"

"오늘 오전에 진하 형이랑 면담할 시간 비워 두라고."

"아…… 오늘 회사에 오시나 봐요?"

최근 스케줄이 더욱 바빠진 진하는 회사에 코빼기도 비치지 않았다. 회사에 걸음 하지 않을수록 그는 브라운관이나 잡지 등의 매체에서 얼굴을 많이 보였다. 영화 개봉이 가까워져서 스케줄을 반짝 늘린 것이었다.

"그리고 이번 일, 슬슬 마무리하는 게 어때?"

"네? 그럴래요?"

듣던 중 반가운 소리라 율리가 반색했다. 악플러 고소는 자신이 해 온 그 어느 일보다 정신적으로 힘겨운 일이었다.

사실 이번 악플러 관련 일을 마무리하자는 것은 오로지 경진의 독자적인 생각이었다. 이쪽 일에 익숙하지도 않은 율리에게 어려운 일을 맡긴 것도 마음에 차지 않는데, 툭하면 진하와 율리가 단둘이 대면해서 걱정이 이만저만이 아니었다. 혹시 율리의 정체를 진하가 눈치라도 챈다면 그녀의 목숨이 위험해질 테니 말이다.

"입사한 지 얼마 되지도 않았는데 어려운 일부터 맡겨서 마음이 좀 불편했거든. 대표님께 말씀드려 볼 생각이야. 나머지는 내가 맡아도 되니까."

일리 있는 말에 고개를 끄덕이는 율리를 보고 경진은 빙긋 웃을 뿐 그 이상 아무 말도 하지 않았다.

"차율리, 쥐는 잘 키워?"

회의실에 들어오자마자 진하가 율리를 놀렸다. 그녀가 얼굴을 바싹 구긴 채로 그를 흘겨보았다. 한동안 쥐 가지고 놀림을 받게 생겼다.

"쥐 안 키운다니까요!"

이렇게 바로바로 튀어 나오는 반응 탓에 그녀를 놀리는 재미가 있었다. 그는 낄낄 웃으면서 그녀의 맞은편에 앉았다.

진지하게 서류를 들여다보는 율리와 달리, 진하는 변호사와의 면담 시간을 농담 따먹는 시간으로 사용하고 있었다. 그러려고 차율리를 지목한 것이기도 했다. 애초에 그는 악플 따위에 신경도 쓰지 않았던 터라 악플이 있든 말든, 무슨 끔찍한 욕설이자신에게 쏟아지든 상관없었다.

"여기, 이쪽은 미성년자들 반성문이에요."

율리는 케이스를 크게 두 가지로 나누었다.

먼저 가해자가 성인일 경우에는 악플의 수위에 따라 고소를 진행했다. 고소 기준은 물론 진하가 정해 주었는데 의외로 그는 심각한 수준의 악플이 아닌 이상은 흔쾌히 넘어가 주었다.

다른 하나는 가해자가 미성년자일 경우였다. 이 경우, 악플의 수위에는 상관없이 그는 모든 미성년자에게 자필 반성문을 받았다. 어떻게 보면 미성년자에게 더욱 가혹한 처사다 싶어서 그녀가 그에게 왜 이런 식으로 진행하느냐 물은 적이 있었다. 그러자 그가 사악하게 웃으면서 이유를 알려 주었다.

'원래 쥐뿔도 모르는 꼬마들한테는 세상이 가혹하다는 걸 좀 알려 줘야 해. 그게 어른의 의무지.'

……라고.

그 순간, 율리는 이 사람에게 정말 변호사가 필요했을까 잠시 고민하고 말았다.

진하는 율리가 건네는 서류 뭉치를 받아 들었다. 지렁이 기어가는 글씨로 죄송하다는 문장이 빼곡히 쓰여 있는 반성문 더미였다.

"어디, 잘못을 제대로 뉘우친 꼬마가 있나."

그는 콧노래를 흥얼거리면서 반성문을 즐거운 이야기책을 보듯 읽었다. 가끔은 피식피식 웃고, 어쩌다가 폭소도 터뜨리면서 반성문을 읽던 그가 갑자기 진지한 표정을 지으며 율리에게 말을 걸었다.

"차율리."

"네?"

"얘 글 잘 쓰네. 소설가 해도 되겠어. 봐 봐."

그가 진지하게 읽던 반성문을 그녀에게 내밀었다. 그녀는 두 줄 가량 반성문을 읽다가 한숨을 내쉬었다.

"소설가고 시인이고 간에 그게 중요한 게 아니잖아요? 재미로 읽지 말고 좀 진지하게 보라고요."

율리의 조언에도 진하는 고개를 갸웃거렸다.

"왜?"

"뭐가 '왜'예요?"

"아니, 이 꼬마들은 재미로 날 씹었는데 왜 난 재미로 읽으면 안 돼?"

그는 여전히 의아한 눈빛을 보내고 있었다. 무슨 대답을 해야 할지 몰라서 그녀의 말문이 막혔다. 맞다, 피해자는 반성문을 쓴 미성년자들이 아니라 임진하였다.

"그래도…… 우린 성인이니까요."

율리가 할 수 있는 말은 이것뿐이었다. 진하는 삐딱하게 앉아서 턱을 괴고 그녀를 빤히 응시했다. 장난으로 놀리는 말 한 마디에 발끈하고, 주변에서 일어나는 비현실적인 일에 겁을 집어먹은 채 바들바들 떨면서도 업무에 있어서만큼은 자신이 성인이라고 진중하게 말하는 여자.

"차율리, 너 '드래곤 제국'에 나온 세레나 왕녀 기억해?"

진하가 뜬금없이 '드래곤 제국'이라는 판타지 소설 이야기를 꺼냈다. 책을 한두 권을 읽었어야지. 가물가물한 기억 속을 헤집으면서 그녀는 '드래곤 제국'의 '세레나'라는 인물을 겨우 생각해 낼 수 있었다. '세레나'는 대륙 최고 미녀에 모든 남성들의 선망인 여자로 소설의 주인공과 나중에 결혼을 해서 황후가 되는 인물이었다.

"난 세레나 왕녀 같은 여자가 마음에 들더라고."

갑자기 웬 이상형 고백이란 말인가. 율리가 눈을 가늘게 뜨고 진하를 쳐다보았다.

"대륙 최고 미녀가 좋다고요?"

"예쁘면 좋지. 근데 그거 말고 다른 거."

"다른 거요? 기억이 잘 안 나는데."

율리는 미간을 좁힌 채 '세레나'에 대해 기억하고자 애를 썼다. 힌트라도 주면 좋겠지만 진하는 더 이상 '세레나'에 대한 정보를 주지 않았다. 그는 몇 장의 반성문을 좀 더 읽어 본 후 자리를 떴다.

차율리를 남겨 두고 회의실을 나온 진하는 간만에 대표이사실로 향했다. 여전히 우아한 분위기를 풍기는 중년 여성은 흑룡을 보고 자리에서 일어났다.

"많이 바쁘실 텐데 어쩐 일이시지요?"

"잠깐 변호사 면담이 있어서 들렀지."

대답하면서 진하가 슬며시 미소를 짓자 적룡이 한쪽 눈썹을 추켜올렸다. 변호사 면담. 율리를 만나러 바쁜 시간을 내서 회사에 왔다는 뜻이었다. 그러고 보면 흑룡은 차율리에게 유난히 무르게 굴었다.

"이제 끝나 가고 있지 않습니까?"

"뭐가?"

"악플러 고소요."

고소장을 보냈고 반성문을 회수했다. 율리와 함께할 일들은 이제 얼마 남지 않은 셈이었다. 진하가 불만스러운 기색을 가감 없이 드러냈다.

"아직 끝난 건 아니지."

"죄송하지만 법무팀에서 요청이 들어왔습니다. 차율리 변호사는 더 중요한 일이 있으니 그쪽에 지원할 수 있게……."

"더 중요한 일?"

진하가 대표이사의 말을 도중에 잘랐다. 그녀를 향한 그의 눈매가 매서워졌다. 율리가 입사하기 전에도 법무팀은 아쉬울 것 없이 잘 돌아갔었다. 즉, 차율리가 굳이 일을 돕지 않아도 법무팀이 업무를 보는 데 무리가 없다는 뜻이었다. 그런데 이제 와서 차율리에게 다른 일을 맡겨야 한다니?

"내 일보다 더 중요한 일이 뭐지?"

"무슨 억지신가요? 악플러 고소는 이제 거의 끝나가는 일이잖습니까? 그러니까 다른 중요한 일을……."

"애기 백룡이 부탁했나?"

"……예?"

진하가 대뜸 경진을 지목하자 대표이사가 난감해했다.

이는 분명 백경진의 부탁일 것이다. 예전부터 백경진은 차율리가 임진하와 가까이 지내는 것을 달갑게 여기지 않았다. 스캔들이 있었을 때도 그 사건을 빌미 삼아 차율리에게 조언을 할 정도였다. 율리가 용살자임을 알 리 없는 진하는 경진이 그녀를 마음에 두고 있다고 마음대로 상상했다.

'등신. 좋아하면 고백이나 하고 짜지든가.'

전에 은근슬쩍 차율리를 떠본 적이 있었다. 경진과 무슨 사이인지, 경진에게 어떤 감정을 가지고 있는지 물었으나 율리는 그 질문이 진저리가 나는지 그저 선후배 사이고 아무 감정도 없다고 딱 잘라 말했었다. 그는 그날을 떠올리기만 해도 마음 한 편이 흡족했다.

"사건 종료는 내가 정해. 나서지 마라."

더 이상 토를 달 수 없도록 진하가 단호하게 말하고 대표이사실을 나갔다. 적룡은 그저 한숨만 푹푹 뱉을 뿐이었다.

진하는 법무팀에 숨어 있을 백룡에게 한마디 경고하려다가 걸음을 돌렸다. 적룡이 부탁을 거절하게 되면 아무리 어린 백룡이라고 해도 눈치껏 행동할 것이다. 엘리베이터 쪽으로 걷던 진하는 화장실에서 나오는 율리와 딱 마주쳤다. 그녀가 먼저 말을 붙였다.

"어? 이제 가세요?"

"차율리, 업무 시간에 어딜 자꾸 돌아다녀?"

"화장실이에요. 손에 커피를 쏟아 가지고요."

그녀가 검지로 뒤에 있는 화장실을 가리켰다. 커피를 쏟았다는 소리에 깜짝 놀란 그가 그녀의 손목을 덥석 붙잡아 살펴보면서 물었다.

"커피? 안 데였어?"

"네, 식은 거라 괜찮았어요."

율리는 어색한 표정으로 진하의 손에서 팔을 뺐다. 방금 전까지 잘만 이야기를 나누었는데 어느새 그녀는 난처한 듯 그의 시선을 피하고 있었다. 그는 그녀를 물끄러미 내려다보다가 가볍게 말했다.

"이따 퇴근하고 '드래곤 제국' 한 번 다시 읽어 봐."

"'세레나' 나오는 부분이요?"

그는 대답 대신 빙그레 웃어 보이고는 몸을 돌렸다. 뒤에서 안녕히 가세요, 라는 그녀의 인사말이 와 닿았다.

'세레나' 같은 여자. 진하 자신이 보기에 차율리는 그 인물과 닮아 있었다.

퇴근한 후, 율리는 창고에서 먼지가 내려앉은 '드래곤 제국'을 꺼내 들고 방으로 들어갔다. 여덟 권이나 되는 긴 장편 소설이었지만 세레나 왕녀가 나올 법한 부분만 찾아 읽을 생각이었다.

"뭐야?"

'드래곤 제국'에서 세레나 왕녀가 제일 처음 등장한 부분은 남장을 하고 야시장을 돌아다니다가 주인공 일행과 만나는 부분이었다. 왕녀의 신분으로 나올 수 없는 곳에 남장까지 하고 돌아다니는 진취적인 매력이 돋보이는 장면이었다. 그러나 왕녀의 신분을 눈치챈 주인공이 일부러 자극하자 발끈해서 바로 자신의 신분을 밝히는 순진함도 보였다. 조금 바보처럼 보였지만.

"멍청이가 좋다는 거야?"

정말 임진하의 취향은 알다가도 모르겠다. 율리는 혀를 차면서 책장을 휙휙 넘겼다.

'세레나'는 대체로 세상사에 긍정적이었고 진취적인 성격이었다. 왕녀로 자라면서 솔직하고 순진한 면모도 있었으며 어느 때는 유치한 행동을 하기도 했으나 주인공의 대의를 그르치지는 않았다. 주인공 일행이 함정에 빠졌을 때에는 자신의 신분을 이용하여 도움을 주는 현명함도 보였고, 주인공이 믿었던 동료를 잃었을 적에는 주인공을 강인하게 붙잡아 주었다.

그러니까 종합해 보면, '세레나'는 일단 대륙 최고의 미모를 가진 왕녀로서 순진하면서도 사랑스럽고, 현명한데 강인한 인물이었다.

"남자들의…… 판타지……."

기가 막혀서 율리는 책을 침대 위에 집어 던졌다.

"그냥 완벽한 여자가 좋다고 해라!"

쯧쯧, 혀를 찬 율리가 얼굴을 구기고 침대에 드러누웠다. 그저 진하가 '세레나'라는 인물을 좋아한다는 것뿐인데 어째서 기분이 썩 좋지 않은지 도통 모를 노릇이었다.

그녀는 오전에 그에게 붙잡혔던 팔목을 멍하니 쳐다보았다. 커피를 쏟았다는 말을 듣자마자 손목을 붙잡아서 급히 확인하던 그의 모습이 뇌리에서 지워지지 않았다. 걱정 가득한 눈빛과 다급했던 음성이 똑똑히 떠올랐다. 툭하면 사람을 놀려먹기 바쁜 남자가 한 번씩 여자 마음을 흔들었다.

"모르겠다."

율리는 양손으로 얼굴을 가리고 끙끙거리면서 침대 위를 데굴데굴 굴렀다. 그동안 그녀는 자신의 얼굴이 붉게 상기된 것을 인식하지 못했다.

한참 가만히 있던 그녀가 상체를 벌떡 일으켜서 휴대폰을 집었다. 진하의 말대로 집에 와서 '드래곤 제국'을 읽었다는 것을 알리기 위해서였다.

[세레나, 완전 완벽한 여자던데요?]

"흥!"

진하에게 메시지를 보낸 율리가 콧방귀를 뀌었다. 남자들이란 하나같이 예쁘고 순진한데다 총명하기까지 한 여자를 좋아했다.

'모순 아냐? 순진한데 총명하다니!'

괜스레 '세레나'에게 반감이 일어서 율리가 입술을 삐죽거리고 있을 무렵, 휴대폰이 짧게 진동했다. 진하에게서 답장이 온 것이었다. 그녀는 기다렸다는 듯 휴대폰 화면을 들여다보았다. 짧은 메시지가 와 있었다.

[글쎄? 아닐걸?]

"아니긴 개뿔……."

율리가 헛웃음을 터뜨리고는 휴대폰을 껐다. '세레나'고 뭐고 간에 이제 그만 씻고 잠이나 자야겠다 싶었다.

　　　　*　　　　*　　　　*

　뱀, 쥐, 이번에는 지네였다.

　뱀도 끔찍하고 쥐도 끔찍하지만 다리가 우글우글 달린 곤충은 혐오스러움의 정점을 찍고 있었다. 율리는 기절할 것 같았지만 안타깝게도 기절조차 하지 못했다.

　'어떻게 이런 게…….'

　아침. 출근을 해야 하는데 손바닥만 한 지네가 대문 앞에서 율리를 맞이했다. 그녀는 대문을 연 채 망부석처럼 우두커니 서서 검은 광택이 흐르는 지네를 내려다보았다. 사람을 보고 도망치기는커녕 오히려 지네는 그녀에게 인사라도 하듯 꿈틀거렸다.

　대문 밖으로 발을 내밀었다가는 지네가 공격할 것만 같아서 율리는 문밖으로 나설 수가 없었다. 그때 뒤에서 엄마의 목소리가 들렸다. 차가 떠나는 소리가 들리지 않아서 나와 본 모양이었다.

　"안 가고 뭐해!"

　벼락처럼 내리치는 엄마의 호통에 율리가 뻣뻣하게 뒤를 돌아보았다.

　"지……."

　"지?"

　엄마는 율리의 창백한 얼굴을 보고 거침없이 대문으로 다가왔다. 율리는 흘깃흘깃 지네를 곁눈질했다. 그리고 마침내 엄마가 지네를 발견했다.

"아이고! 저게 뭐야!"

엄마가 꽥 소리를 지르자 지네는 두 사람을 놀리기라도 하는 듯 느릿느릿 움직였다. 놀란 마음을 추스른 엄마가 한숨을 내쉬었다.

"지네 새끼가 뭐 저리 크다냐?"

공포가 잦아들자 엄마는 이제 신기해했다. 살면서 저리 크고 살이 오른 지네는 처음이기 때문이었다. 심지어 유년기를 시골에서 보냈음에도 이만큼 큰 지네는 처음이었다. 물론 율리 역시 이 정도로 큰 지네를 본 적은 없었다.

"저런 건 약을 해서 먹어도 되겠다."

"뭐?"

약이라니! 엄마의 혼잣말에 율리가 경악했다. 그러나 엄마는 개의치 않고 마당 구석에서 빗자루와 삽을 들고 왔다. 양손에 빗자루와 삽을 하나씩 든 엄마가 혀를 차고 말했다.

"잡으면 술을 담가 버리든가."

엄마의 눈빛이 형형하게 빛난다 싶을 무렵, 지네는 마치 엄마의 말을 알아들은 것처럼 줄행랑을 치기 시작했다. 느리게 움직이던 전과 달리 엄청나게 빠른 속도였다. 질세라 엄마가 삽을 번쩍 들고 지네를 쫓았다.

"어, 엄마⋯⋯."

몸이 허약해서 온갖 약재를 어려서부터 먹었다던 엄마는 지네

마저 약재로 여기고 있었다. 율리는 입을 쩍 벌리고 엄마의 뒷모습만 바라보았다. 어디서 힘이 나는지 모르겠으나, 엄마는 한참 지네를 추적하다가 헉헉, 숨을 거칠게 쉬면서 돌아왔다.

"노…… 놓쳤다."

"진짜 먹을 생각이었던 거야?"

"건강원 가면 다 해 줘. 아니면 술로 담가도 되고."

"세상에 먹을 게 얼마나 많은데 지네까지……."

"저렇게 큰 놈은 처음 봤어."

엄마의 진심을 느낀 율리의 표정이 일그러졌다. 그러나 엄마는 호흡을 가다듬고 나서 율리를 대문 밖으로 내쫓았다.

"뭐해? 얼른 출근하지 않고!"

그 말을 끝으로 엄마는 대문을 쾅 닫고 들어갔다. 율리는 머뭇머뭇 차에 올라서 조금 늦은 출근길에 올랐다.

조금 늦어졌다고 도로는 꽉꽉 막혔고, 율리는 평소 출근 시간보다 20분이나 늦게 회사에 도착할 수 있었다. 아직 업무 시간이 아니라는 게 그나마 다행이었다.

"죄송합니다, 좀 늦었죠?"

"안녕, 율리 씨. 늦잠 잤어?"

아영이 생글생글 웃으면서 인사를 건넸다. 율리는 한숨을 참지 못하고 뱉으며 의자에 털썩 주저앉았다.

"늦잠은 아니고요, 오늘 출근하려는데 집 앞에 손바닥만 한 지네가 있어서 얼마나 놀랐는지 몰라요."

"지네? 으아, 나 벌레 진짜 싫어!"

상상만으로도 소름이 끼치는지 아영이 진저리를 쳤다. 곧, 뒤에서 웬일로 한강이 흥미를 보였다.

"잡긴 했고?"

"아뇨, 엄마가 쫓아 주긴 했어요."

약으로 쓰겠다느니, 술을 담가야겠다느니 신이 나서 지네를 쫓던 엄마의 모습이 떠올랐지만 율리는 굳이 그 이야기는 하지 않았다. 한강은 고개를 끄덕이고 더 이상 말을 걸지 않았다. 아영이 양팔을 매만지면서 질렸다는 투로 물었다.

"어우! 근데 또 나타나고 그러면 어떡해? 왜 전설에 그런 거 있잖아? 쫓아내도 다시 돌아온다는 거."

"네? 설마요. 지네가 그렇게 머리가 좋을 것 같진 않은데요. 개도 아니고."

"……하긴."

잠시나마 비현실적인 생각을 하던 아영이 정신을 차리고 납득했다. 그때 출입문이 열리더니 안색이 썩 좋지 않은 경진이 안으로 들어왔다. 출근은 아니고 대표이사에게 올라갔다가 돌아온 것이었다. 율리가 먼저 인사했다.

"안녕하세요."

"아……."

율리를 본 경진이 잠시 멈칫했다가 인사 대신 희미한 미소로 답하고는 팀장실로 들어갔다. 오늘따라 썩 힘이 없어 보여서 율리는 물론 아영과 한강도 굳게 닫힌 팀장실 문을 쳐다보았다.

"팀장님, 무슨 일 있나?"

아영이 걱정스럽게 중얼거렸다. 닫혀 있는 문을 한참 보다가 율리는 고개를 돌렸다.

경진은 율리가 출근하기 전에 확답을 받고 싶어서 대표이사를 찾아갔다. 어제, 이제 그만 율리를 악플 사건과 분리해 달라는 부탁을 했었다. 진하가 왔다 간 후에 답을 들을 수 있을 것이라 생각했는데, 하루가 지나도록 적룡으로부터 연락이 없었다. 결국 스스로 그녀를 찾아간 경진은 썩 내키지 않는 대답을 들었다.

흑룡이 불쾌해한다는 말을.

전에 흑룡이 경고한 적도 있었다. 자신이 하려는 일을 막는 걸 좋아하지 않는다고. 분명 흑룡은 계속 차율리를 가까이서 지켜보고 싶은 것이었다. 율리가 용살자이기 때문에 본능적인 흥미는 계속 지속될 것이다.

'그러다 용살자라는 걸 알게 된다면…….'

진하가 율리의 정체를 알아챌 수도 있다는 생각만 하면 경진은 초조해졌다. 이렇게 계속 마주치게 된다면 정체를 아는 것도 시간문제였다.

경진이 피곤한 기색으로 앉아 있는데 내선으로 연락이 들어왔다. 조금 전까지 대화를 나누었던 대표이사였다.

—휴…….

적룡의 한숨으로 통화가 시작되었다. 웬만한 일에는 감정을 내비치지 않는 대표이사가 한숨을 쉰다는 것은…… 경진은 이 통화의 용건이 흑룡과 관련된 일임을 직감했다.

"무슨 일입니까?"

―오후 세 시쯤, 흑룡께서 차율리와의 면담을 원하신다.

"예? 분명 어제도……."

―전해 주렴.

흑룡의 변덕이 귀찮은 건지, 질린 건지, 심적으로 여유가 없는 적룡은 제 할 말만 하고 전화를 끊어 버렸다. 경진은 수화기를 허탈하게 내려다보았다. 스케줄 때문에 눈코 뜰 새 없이 바쁜 진하가 일부러 시간을 내서 회사에 율리를 보러 오는 이유를 어느 정도 알 것 같았다. 게다가 어제 자신이 주제넘게 부탁한 일도 성질 더러운 흑룡을 자극했을 터.

'쓸데없는 짓을 한 건가.'

대표이사처럼 한숨을 크게 내쉰 경진이 자리에서 일어났다. 율리에게 지시를 내리기 위해서였다.

몸이 나른해지는 오후 세 시, 율리는 빈 회의실에 앉아서 진하를 기다렸다. 약속 시간이 한참 지났는데도 그는 오지 않았다.

혼자 넓은 회의실에 있으려니 졸음이 쏟아졌다. 오늘 점심으로 먹은 육개장이 맛있어서 너무 많이 먹었더니 자꾸 눈이 감겼다.

'언제 오는 거야?'

무거운 눈꺼풀을 어떻게든 뜨려고 노력했으나 율리는 감기는 눈을 이기지 못하고 턱을 괸 채로 잠들고 말았다. 문 열리는 소리가 들리면 일어나면 되겠지, 하는 안이한 생각만 하면서.

스케줄이 늦어지고 서울에 진입할 즈음 차가 많이 막혀서 30분이나 늦은 진하는 걸음을 재촉했다.

"형! 진짜 딱 한 시간만이에요!"

하지만 진하는 매니저의 당부를 들은 척도 않았다. 평소라면 늦게 도착했다고 한마디 할 법도 한데 그는 대화하는 시간마저 아까워했다. 멀어지는 진하의 모습을 보던 매니저 민호는 화장실로 몸을 돌렸다.

대표이사실 옆, 회의실 문 앞에 선 진하는 문을 열려다가 동작을 멈추었다. 문고리를 잡은 채 가만히 있던 그는 소리가 나지 않도록 문고리를 살살 돌렸다. 문은 아무 소리 없이 열렸고, 그는 발소리를 죽였다.

'역시.'

율리를 발견한 진하의 입가가 살포시 올라갔다. 실내에 사람의 기척은 있지만 움직임이 느껴지지 않아 혹시나 했는데 역시나 그녀는 길쭉한 테이블 끝에 놓인 회의실 의자에 얌전히 앉아서 꾸벅꾸벅 졸고 있었다. 턱을 괴고 있지 않았더라면 이미 책상에 엎어져서 자고 있었을지도 모르겠다.

그녀의 맞은편에 앉으려던 진하는 의자를 빼려다 말았다. 의자 끄는 소리가 나면 괜히 그녀가 깨어날 수 있었다. 그는 팔짱을 낀 채 그녀를 내려다보았다. 블라인드 사이로 햇빛이 들어와 그녀의 주변에서 너울거렸다. 그녀의 얼굴에 빛이 닿은 부분이 투명하게 빛났다. 곱게 감겨 있는 그녀의 눈 아래로 속눈썹이 길게 자취를 남겼다.

그는 그녀에게 홀린 듯 손을 뻗었다. 테이블 위로 그의 팔이 만들어 낸 그림자가 졌다. 길쭉한 손가락이 그녀의 뺨에 닿을 찰나, 그녀가 잠투정을 하는 어린아이같이 입술을 오물거렸다. 순간 감전이라도 된 사람처럼 그가 팔을 움찔했다.

'……왜 놀랐지?'

자신도 이해할 수 없는 행동에 그가 팔을 거둬들이고 나서 갸웃거렸다.

문득 진하는 어제 율리가 보낸 메시지가 떠올랐다. 그의 말대로 다시 한 번 '드래곤 제국'을 들춰 보고 보낸 메시지였다. 차율리는 그런 면이 귀여웠다. 흘려듣고 말아도 될 말까지 기억하고 세심하게 신경 쓰는 면 말이다. 어떻게 보면 순진하고, 또 어떻게 보면 사려가 깊은 여자였다.

그리고 그녀에게는 그를 즐겁게 만드는 또 다른 면이 있었다.

율리가 자고 있는 모습을 가만히 지켜보고 있던 진하는 그녀에게 한 걸음 더 다가가 허리를 굽혔다. 그의 입술이 그녀의 귓가 가까이 다가왔다. 그때까지도 잠에 빠진 그녀는 깨어날 줄을 몰랐다.

"차율리, 팔자 좋네? 회사에서 자고?"

나직하고 부드러운 음성이 들리기 무섭게 율리가 눈을 번쩍 떴다. 기다리던 목소리가 들리기는 했는데…….

소리가 들린 쪽으로 고개를 돌린 그녀는 바로 옆에 있는 진하를 보고 눈을 동그랗게 뜬 채 입을 쩍 벌렸다. 조금만 더 가까이 가면 코끝이 닿을 거리에서 그가 씨익 웃고 있었다.

"으악!"

이런 생생한 반응을 기대했다. 기대한 대로 그녀는 오늘도 그를 즐겁게 만들었다.

그녀가 비명을 지르며 그에게서 멀어지고자 몸을 뒤로 홱 젖혔다. 안타깝게도 순간적인 힘을 이기지 못한 의자가 휘청거리더니 그대로 뒤로 넘어갔다. 문제는 그도 여기까지는 상상하지 못했던 터라 당황했다는 데 있었다.

"차율리!"

인간은 중력을 거스를 수 없는 법이라 의자와 함께 뒤로 넘어가는 그녀를 그가 다급하게 붙잡아 끌어당겼다. 의자가 바닥으로 내팽개쳐지는 시끄러운 소리가 이어지고, 그녀는 몸을 경직한 채 눈을 질끈 감아 버렸다.

그러나 예상했던 충격은 없었다. 율리가 감았던 눈을 찔끔 떴다. 오히려 자신은 바닥으로 고꾸라지기는커녕, 한쪽 팔이 그에게 붙들려서 엉거주춤 서 있는 모양새였다.

실눈을 뜨고 있던 율리가 눈을 마저 뜨고 고개를 들었다. 그녀는 자신을 내려다보고 있는 진하를 멍하니 응시했다. 갑작스러운 일에 머리가 잘 돌아가지 않아 그녀는 지금 상황이 쉬이 이해되지 않았다.

"……어?"

여전히 멍한 눈으로 그녀는 자신의 팔을 잡고 있는 그의 손으로 눈길을 돌렸다. 정신이 찬찬히 돌아오자 이내 등 뒤에서도 감촉이 느껴졌다. 그녀는 시선을 점점 내렸다. 허리께에 자신을 받쳐 주고 있는 그의 손이 보였다.

"히익!"

그 순간, 다리에 힘이 풀린 채 비스듬히 서 있던 율리가 바로서면서 진하에게서 훌쩍 떨어졌다. 그러니까…… 바닥에 자빠지지 않은 것은 다행인데, 방금 자신은 그에게 거의 안겨 있다시피 했다!

"어, 언제, 어떻게……."

얼마나 놀랐는지 말이 제대로 나오지 않아 그녀가 횡설수설했다. 그는 그녀의 팔을 놓아주고 한숨을 쉬며 의자를 똑바로 세웠다. 평소처럼 타박하는 소리가 쏟아질 줄 알았는데, 웬일로 그가 별말이 없자 그녀는 괜스레 긴장했다.

"저기, 조금 늦…… 늦었네요?"

차율리를 놀리기 좋아하는 임진하가 어째서인지 이 상황에 아무 말도 하지 않았다. 여느 때와 다른 그의 태도에 그녀의 입술이 바짝 말라 갔다.

'갑자기 왜 저래?'

율리가 얼굴을 구기고 입을 삐죽거렸다. 그때, 자신이 세운 의자에 앉은 진하가 다리를 꼬고 그녀를 한심하게 쳐다보았다.

"가지가지 한다."

"그냥 평범하게 깨웠으면 되잖아요!"

원망을 담아 그녀가 투덜거렸다.

"누가 자래?"

"어우⋯⋯."

그의 말대로 1차적으로는 자신의 잘못인지라 율리는 할 말이 없었다. 이럴 때는 빨리 본론으로 들어가는 편이 나았다. 그녀가 헛기침을 하고 화제를 돌렸다.

"오늘은 무슨 일로 면담 요청한 거예요?"

앉아 있는 진하와 달리 율리는 여전히 서 있었다. 그가 뭐라고 대답하려다가 옆에 있는 의자를 빼 주었다.

"앉아."

"네?"

"앉으라고."

율리가 머뭇거렸다. 보통 진하와 면담을 할 적엔 테이블을 사이에 두고 앉았지, 지금처럼 바로 옆에 자리한 적은 없었다. 그래서 그녀는 쭈뼛쭈뼛 의자 등받이를 잡고 그와의 거리를 조금 더 벌린 뒤에야 의자에 앉았다. 어색해하는 그녀와 다르게 그는 태연하기 그지없었다.

"차율리, 내가 생각을 좀 해 봤는데."

"생각이요?"

"시간을 두고 악플러를 조금 더 잡을까 해."

"네에?"

기간을 늘리겠다는 소리에 율리의 눈이 동그래졌다. 어제 경진은 이번 일이 슬슬 끝나 간다고 했는데! 그녀의 얼굴이 일그러졌다. 지금도 정신적으로 힘들었다. 웬만한 일은 손에 익기 마련인데 사람의 악의를 정면으로 마주하는 일은 영 익숙해지지 않았다.

"왜요?"

참을 수 없는 처사에 율리가 곧장 이유를 물었다. 그러나 사실 진하는 둘러댈 만한 이유가 없었다. 어제 경진이 그녀를 자신에게 떨어뜨려 놓으려 했음을 알게 되고 청개구리 심보가 작용한 것일 수도 있겠다.

"왜? 하기 싫어?"

할 말이 없으니 질문을 돌려주는 수밖에 없었다. 그의 반격에 그녀가 쩔쩔매기 시작했다.

"아니, 그게……."

일인데 하기 싫다고 말할 수도 없고, 그렇다고 계속 하겠다고 말하기도 싫어서 율리가 한참 우물거리다 솔직하게 대답했다.

"조금…… 힘들거든요."

"힘들다고?"

"네."

어쩔 줄 몰라서 바닥만 내려다보고 있던 그녀가 고개를 들고 그를 똑바로 응시했다. 그는 그녀의 입에서 힘들다는 소리가 나올 줄 몰랐다는 듯 상당히 놀란 표정이었다. 그녀가 덧붙였다.

"아무래도 안 좋은 말만 보다 보니까……."

처음에는 그에게 쏟아지는 악의를 보고 무척 놀랐다. 사람들이 어떻게 이런 말까지 할 수 있는지 충격을 받아서 점심 식사마저 할 수 없을 정도였다. 그래도 시간이 지나면 무뎌지고 익숙해질 것이라는 희망을 가지고 일을 했으나, 익숙해지기는커녕 자신은 계속 악의에 시달렸다.

진하가 율리에게 이번 일을 전담시킨 이유는 의외로 단순했다. 목숨을 구해 준 보답이라거나 재미있는 면담 시간은 그저 부수적으로 따라오는 것뿐, 이 사건을 맡으면 그녀는 필연적으로 임진하라는 존재만을 생각하게 되기 때문이었다. 자신이 그녀에게 흥미를 보이는 만큼, 그녀도 그 자신을 생각하길 바랐던 것이다.

그런데 상황이 썩 긍정적으로 흘러가지 않는 모양이었다. 그녀는 지친 기색을 보였고, 어서 일을 끝내고 싶어 했다.

"힘들다?"

"죄송해요. 이것도 일인데……."

그녀가 말끝을 흐리며 고개를 수그렸다. 그는 책상 위에 놓여 있는 두툼한 파일로 시선을 돌렸다. 저 파일 안에 든 서류들은 그를 향한 악의의 집합체였다. 타인의 비난을 아무렇지 않게 무시하는 그와 달리 그녀는 무시하지 못했다. 어쩌면 차율리가 힘들어한 탓에 백룡이 적룡에게 부탁을 한 것일 수도 있겠다.

아무런 대꾸 없이 진하가 의자에서 일어나자 율리가 숙이고 있던 고개를 들었다. 팔짱을 낀 그가 그녀를 무심하게 내려다보았다.

이 상황을 지속하고 싶었지만…….

"알았어."

그녀를 괴롭게 만들고 싶진 않았다.

차율리가 용살자의 혈통을 타고났음을 모르는 흑룡은 본능대로 행동했다. 용은 용살자에게 해를 끼칠 수가 없었다. 용살자가 괴로워하는 모습을 두고 볼 수 없는 본능은 자연의 섭리와 같았다. 용살자를 향한 마음은 자기 자신도 모르게 흑룡을 잠식시켰고, 그에게 영향을 미치기 시작했다.

[차율! 다음에 만날 때 임진하 사인 줄 수 있어?]

율리는 화정의 메시지를 보고 그제야 화정의 사인 부탁을 떠올렸다. 깜빡 잊고 있었다. 기억했더라면 아까 진하와의 면담에서 사인을 받았을 텐데 말이다.

그녀가 힘들다고 솔직하게 고백하기 무섭게 진하는 대표이사를 통해 악플 고소 사건을 전부 종료할 것을 지시했다. 면담을 마치고 돌아와서 피곤한 눈으로 서류 더미를 정리하는 그녀에게 경진이 이 사실을 전해 주었다. 자잘하게 남은 일들은 전부 경진에게 주어졌고, 이렇게 된 이상 그와 만날 기회가 회사에서는 없는 셈이었다.

'고맙긴 한데, 하필 지금 생각나다니…….'

힘들다는 말을 무시하지 않고 들어준 것은 좋았으나 타이밍한번 제대로 어긋났다. 그래도 이제 와서 화정의 부탁을 거절할수도 없었다. 율리는 한숨을 내쉬고 머리를 굴렸다. 사적으로 알고 있는 진하의 전화번호로 부탁의 메시지를 보내 볼까 고민하던 그녀의 머릿속에 좋은 방법이 떠올랐다.

'책 갖다 줄 때 부탁하면 되겠다!'

'드래곤'이 나오는 소설책! 그랬다. 회사에서 공식적으로 만날필요가 없어지긴 했으나 아직 사석에서 만날 명분은 충분했다. 머뭇거릴 것 없이 그녀는 곧장 휴대폰을 꺼내서 그에게 메시지를 보냈다.

[다음 책 언제 가져다 드릴까요?]

[무슨 책?]

이동 중이거나 쉬는 시간인 듯 그의 답장이 바로 날아왔다. 그녀는 선배들의 눈치를 보며 휴대폰을 두드렸다.

[드래곤 나오는 책이요.]

그러나 답장은 바로 오지 않았다. 분명 메시지를 읽기는 했는데 왜 답장이 없을까? 율리는 초조하게 휴대폰 화면을 쳐다보다가 메시지를 한 통 더 보냈다.

[제가 부탁할 게 있어서 그런데…….]

답장은 여전히 오지 않았고, 휴대폰만 내려다보던 그녀는 정신을 차리고자 고개를 흔들었다. 아무래도 그의 메시지가 오기 전까지 일을 해야겠다 싶어서 서류를 들춰 보았지만 일이 손에 영 잡히지 않았다.

'왜 답장 안 해?'

손은 펜과 서류를 잡고 있었으나 눈동자는 자꾸 휴대폰으로 힐끔힐끔 움직였다. 마지막으로 보낸 메시지는 아직 그가 읽지 않은 모양이었다. 율리가 저도 모르게 한숨을 푹 내쉬었다. 그때였다.

[뭔데?]

기다리던 답장이 와서 그녀는 펜을 바로 내려놓고 메시지를 보냈다.

[저 사인 한 장만요.]

어째 이렇게만 쓰니 그의 팬처럼 보여서 자존심이 상한 그녀가 덧붙였다.

[친구가 부탁해서요.]

[내 사인 좀 비싼데?]

역시 사인 하나 하는 데에도 생색을 낼 줄 알았다. 율리가 입술을 삐죽거리며 거래를 걸었다.

[치킨 한 마리 사다 드릴게요. 됐죠?]

[이따 열 시에 와.]

그녀가 이번에는 안도의 한숨을 뱉었다. 다행인지 불행인지, 임진하는 치킨 한 마리에 넘어가는 쉬운 남자였다.

퇴근 후, 저녁을 먹은 율리는 '드래곤 살생기'를 챙겨 들고 바로 시장으로 갔다. 전에 갔던 치킨집에서 진하의 취향대로 프라이드치킨 한 마리를 주문한 그녀는 음식이 나오기를 기다리며 하늘을 올려다보았다. 그러고 보니 요즘은 비가 뜸했다.

'그날은 비가 진짜 많이 내렸는데……'

율리는 감사의 의미로 그에게 치킨 두 마리를 바쳤던 날이 생각났다. 누군가 가위질을 한 듯 빗줄기가 뚝 잘렸던 그날의 일까지 진하의 탓을 했었는데, 지금 와서 생각해 보면 가게 화재 이후로 자신이 유난히 예민했던 것은 아닐까 싶었다. 수상한 점이 없지는 않았으나 소나기를 멈추게 했을 리가…….

"후라이드 나왔습니다!"

그때 율리의 생각을 뚫고 주인아저씨의 우렁찬 목소리가 들렸다. 어깨를 움찔하면서 현실로 돌아온 율리가 어색한 표정을 지으며 치킨값을 치렀다.

책이 든 봉투를 안고 그 위에 치킨 봉투를 얹은 채로 율리는 진하의 오피스텔을 향해 걸었다. 저녁을 든든하게 먹었는데도 치킨 냄새가 먹음직스러웠다. 애써 군침을 삼키고 움직이던 그녀는 뒤에서 느껴지는 기척에 뒤를 홱 돌아보았다.

그러나 도로에 차만 쌩하니 지나갈 뿐 인도에 사람은 없었다.

정말 너무 예민해진 건가, 율리가 고개를 갸웃거리고는 고개를 돌렸다. 화재 사건, 뱀 여자의 공격 등의 비일상에 얼마나 놀랐으면 차에 숨어든 쥐에게도 혼비백산할 정도로 겁을 집어먹었을까? 물론 지저분한 쥐를 차 안에서 마주하면 놀라는 건 당연하겠지만.

'맞아, 오늘도 집 앞에 나타난 지네를 보고…….'

거기까지 생각한 율리가 다시 뒤를 돌아보았다. 여전히 사람은 없었다. 율리의 시선이 점차 내려갔다. 뒤에는 개도, 고양이도 없었다. 뱀도 없었고, 쥐도 없었다.

그 대신 바닥에는 손바닥만 한 지네가 우두커니 있었다.

"으아악!"

그녀가 비명을 꽥 질렀다. 차라리 뱀이거나 쥐였으면 이렇게 소리를 지르지는 않았겠지만 커다란 지네의 끔찍한 비주얼은 그녀에게 비명을 지르게끔 만들었다. 멈춰 있던 지네는 수많은 다리를 움직이면서 그녀에게 다가오기 시작했다.

'뭐야? 돌아온 거야? 미쳤어? 진짜 날 쫓아온 거야?'

율리의 눈동자가 파르르 흔들렸다. 이성적으로는 말도 안 되는 생각이었다. 고작 벌레 따위가 그녀를 쫓아다닐 만큼 지능이 높을 리 없으니 말이다. 혹시라도 지네가 가까이 다가올까 봐 그녀는 서둘러 걸었다. 순간, 그녀의 코끝에 치킨 냄새가 스쳤다.

'설마…….'

지네가 닭고기 냄새를 좋아한다는 이야기를 들은 적이 있었다. 어쩌면 이 지네는 치킨 가게에서부터 자신을 따라온 것일지도 모른다. 지네의 얼굴을 구분할 수 없으니 이 지네가 오늘 아침 집 앞에 나타난 지네라는 보장도 없었다.

'그래, 그럴 거야.'

이렇게 생각하는 편이 차라리 마음이 편했다. 율리는 뒤를 흘끔거리면서 지네와의 거리를 최대한 벌리려 노력했다.

'애완견도 아니고 지네가 따라오다니!'

기가 막힌 일이라 율리는 저 지네를 [세X에 이런 일이]나 [동X농장]에 제보하고 싶은 심정이었다.

멀리 모퉁이가 보이자 그녀는 속도를 냈다. 지금까지는 일직선으로 걸어왔지만 커브를 돌면 지네가 더는 쫓아오지 못할 지도 모른다. 희망을 품고 그녀가 빠르게 모퉁이를 돌았다.

'제발 네 갈 길 가라. 산으로 가든지…….'

지네에게 닿을 리 없는 말을 속으로 하며 율리는 조마조마한 마음으로 조심스럽게 뒤를 돌아보았다. 그리고 그녀는 분노했다.

"왜!"

치킨 냄새에 홀렸는지 지네는 열심히 율리를 쫓아왔다. 가로등 불빛이 지네의 등딱지를 번들번들하게 빛나게 했다.

"으으……."

가까이에 진하의 오피스텔이 보여서 마침내 율리는 뛰기 시작했다. 제발 저 지네가 치킨에 대한 집착을 버려 주길 바라면서.

율리가 오피스텔 앞에 도착했을 때는 열 시가 되기까지 몇 분 남지 않았을 때였다. 비밀번호를 모르는 터라 그녀는 굳게 닫힌 출입문 앞에 서서 지네를 경계했다. 어두운 밤거리, 바닥에 딱 붙어 다니는 지네는 잘 보이지 않았다. 그녀는 손에 든 봉투를 꼭 끌어안고 어서 빨리 진하가 도착하기만을 기다렸다. 하지만 오라는 사람은 오지 않고, 가로등이 만들어 내는 길쭉한 지네의 그림자만이 나타났다.

"히익!"

율리가 지네를 발견했듯, 지네도 멀찍이서 그녀를 발견했는지 움직임을 멈추었다. 그녀의 얼굴이 일그러졌다. 이쯤 되자 저 지네가 일부러 자신을 놀리는 건가 싶었다. 지네는 찔끔찔끔 움직였다. 생각해 보면, 오늘 아침의 지네도 대문 앞에서 자신을 기다리듯 얌전히 그 자리에 있었다.

'진짜 얘가 걔 아냐?'

지네는 율리에게 살금살금 다가왔다. 이런 일을 저번에도 겪었었다. 그때는 지네가 아니라 뱀이었다는 차이가 있을 뿐이었다.

뱀에 빗대어 생각해 보니 느낌이 좋지 않았다. 아무래도 이 지네가 공격을 할 것 같아 그녀는 긴장하고 주변을 둘러보았다. 아침에 엄마가 그랬던 것처럼 삽이 있으면 참 좋을 텐데. 무기로 쓸 만한 건 아무것도 없었다. 손으로 잡을 수도 없고 발로 밟아 죽이기도 꺼려져서 어째야 하나 걱정을 할 무렵이었다. 멀리서 헤드라이트 불빛이 빛났다. 그녀가 불빛 쪽으로 간절한 시선을 보냈다.

"아!"

아는 차였다. 차가 멈춰 서자 율리가 반색하면서 그쪽으로 달려갔다. 그녀를 발견하고 운전석에서 진하가 내렸다.

"벌써 왔어?"

"저, 저기, 저 좀 도와주세요."

"넌 뭘 그렇게 자꾸 도와 달라 그래?"

그의 타박 따위는 그녀에게 들리지 않았다. 열려 있는 운전석에 짐을 내려놓은 그녀가 그의 팔을 잡고 질질 끌었다. 고맙게도 그는 군말 없이 그녀를 따라와 주었다.

"왜?"

"저, 저기……."

언제 따라왔냐는 듯 주춤주춤 도망치는 지네를 율리가 손으로 가리켰다. 진하는 그녀의 손가락을 따라 시선을 옮겼다. 그리고…….

"야! 저게 뭐야!"

손바닥만 한 지네를 발견한 진하가 웬일로 진저리를 치며 소리를 질렀다. 그의 팔을 꼭 잡은 율리가 망연자실하게 그를 응시했다.

"설마…… 지네 못 잡아요?"

시궁쥐를 보고도 태연하던 사람이 지네에 저렇게 기겁하다니.

"넌 왜 저런 걸 달고 다녀?"

"달고 다니는 거 아니에요!"

평소와 달리 진하의 반응이 격렬했다. 그럴 만도 했다. 힘의 세기와는 상관없이 용이 싫어하는 게 있었는데, 그중 하나가 바로 지네였다. 물론 단번에 목숨을 끊어 버릴 수야 있지만 싫은 건 싫은 거였다.

"아니긴? 너 따라 왔구만."

"무슨 지네가 사람을 따라다녀요? 개도 아니고."

일단 율리가 부정을 하긴 했으나 정말 저 지네는 애완견처럼 자신을 졸졸 쫓아왔었다. 만약 여기서 지네를 놓아주면 집까지 따라올 지도 몰랐다.

'그러면 엄마가 잡아서 약재로 써 버리려나?'

이내 율리는 생각을 집어 치웠다. 약재고 술이고 간에 그냥 지네와 멀어지고 싶었다.

한편, 진하는 지금 상황을 보기만 해도 견적이 딱 나왔다. 크기를 보아하니 꽤 오래 묵은 지네 같은데, 저 멍청한 지네가 차율리에게 깃든 흑룡의 기운에 또 홀려서 쫓아온 것이었다. 이런 상황을 알 리 없는 율리는 그가 자신을 놀리는 것이라고 대수롭지 않게 여겼다.

슬금슬금 도망가던 지네는 어느 정도 거리가 벌어지자 다시 움직임을 멈추었다. 그녀가 그의 옆구리를 쿡쿡 찌르며 간절하게 부탁했다.

"좀 잡아 줘요. 네?"

"야, 나도 지네 싫어해. 완전 싫어."

진심 가득한 목소리에 율리는 더 이상 조를 수도 없어서 멀찍이 서 있는 지네만 쳐다보았다. 그런데 갑자기 지네가 몸을 움찔 경련하더니 축 늘어지는 것이었다. 그녀의 눈동자가 커졌다.

"봐, 봤어요?"

"뭘?"

율리는 조금 전에 본 지네의 경련이, 생명이 죽기 직전의 마지막 단말마임을 직감했다. 진하의 팔을 놓은 그녀가 조심조심 지네 쪽으로 향했다. 그는 그녀의 뒷모습을 빤히 바라보았다. 방금 그는 그녀가 바라는 대로 해 주었다.

"얘 죽은 거 같은데요?"

지네 가까이 다가간 그녀가 소리 높여 말했다. 그는 굳이 대답하지는 않았다. 저번에 쥐가 죽었듯, 지네 또한 죽은 것뿐이었다.

"진짜 죽었나 봐요."

"알 게 뭐야? 잘됐네. 쥐약이라도 먹었나 보지."

그가 무심하게 대꾸하고는 차로 다가갔다. 그녀가 종종거리며 그를 뒤따라왔다.

"불쌍하다……."

그녀의 혼잣말에 황당하다는 얼굴로 그가 그녀를 돌아보았다.

"잡아 달라고 할 땐 언제고?"

"뭐, 그거야 그렇지만요."

이중적인 감정에 그녀가 머쓱해했다. 그는 별말 없이 차 안에서 사인지를 꺼내 그녀에게 내밀었다.

"자."

"와! 고맙습니다."

이제 화정의 부탁을 들어줄 수 있게 되었다. 한시름 놓은 율리가 환하게 웃으면서 사인지를 받았다. 진하는 진심으로 기뻐하는 그녀에게 농을 던졌다.

"친구 핑계 대고 네가 가지려는 거 아냐?"

"아니거든요?"

혹여 접힌 자국이라도 날까 싶어 그녀는 사인지를 돌돌 말았다. 그는 그녀를 물끄러미 살폈다. 아직도 흑룡의 기운이 그녀의 주변에 잔존했다. 기운이 전부 흩어질 때까지 자신의 시야 안에 가둬 두고 싶었으나 불가능한 일이었다.

"차율리."

"네?"

"차에서 쥐 키우는 걸로는 모자라? 지네까지 데리고 다니게?"

"아니라니까요!"

어이없는 소리에 율리가 빽 소리를 쳤다. 아, 또 그에게 놀림거리를 주고 말았다. 혈압이 올라서 그녀의 뒷목이 뻣뻣해졌다. 물론 이 일들이 다 임진하 탓임을 모르는 그녀로서는 그저 부들

부들 떨 뿐이었다.

진하의 사인도 받았겠다, 율리는 친구와 만날 날을 조율해 보려고 했으나 갑자기 화정에게 일이 많아져서 날짜를 확정할 수가 없었다. 눈코 뜰 새 없이 바빴지만 그래도 화정은 종종 율리에게 자신의 연애사를 보고하곤 했다.

─내가 바쁘잖아? 그래서 지석 씨가 일부러 시간 내 가지고 서울에 와 준다니까?

"아, 진짜?"

─이런 게 연애구나, 싶어. 요즘 진짜 살맛 나. 맨날 일만 하느라 시들어 가는 기분이었는데.

문제는 아무리 친한 친구라지만 타인의 연애사는 재미가 없다는 데 있었다. 아직 점심시간이 남아 있었으나 율리는 영문 계약서를 살피면서 건성으로 대꾸했다.

"그렇구나."

─차율! 너도 얼른 연애해. 회사에 괜찮은 남자 없어?

연애를 하면서 행복 수치 맥스를 찍은 화정은 율리에게도 연애를 종용했다. 회사에 괜찮은 사람이 있다고 말하면 화정이 발 벗고 나설 것이 틀림없었다. 로스쿨 시절 내내 옆에서 율리와 경진을 이어 주려던 화정 아니었나.

회사에 괜찮은 남자라……

"어?"

그런데 그 순간 어째서 진하의 얼굴이 스쳐 지나갔을까?

머릿속에 떠오른 진하의 잔상을 잊고자 율리가 고개를 휘휘 젓고 아무렇지 않은 척 부정했다.

"어, 없, 없지……."

—없어? 그러게 내가 경진 오빠하고 잘해 보라고 했잖아. 어휴!

화정은 아직도 포기하지 못한 모양이었다. 겨우 정신줄을 붙잡은 율리가 지겹게 들은 말을 능구렁이처럼 넘겼다.

"그만 포기하셔. 그냥 좋은 선배라니까."

—그럼 내가 소개해 줄까? 지석 씨 친구나…….

"아냐. 연애는 됐어. 일 배우기도 힘든데 연애까지 할 시간도 없고."

—일이 많이 힘들어?

"그냥…… 생소하니까?"

솔직히 율리는 엔터테인먼트 분야에서 일하게 될 줄 몰랐던 터라 일할 때마다 신경이 많이 쓰였다. 거기다 직속 상사가 경진이니 더욱 신경이 쓰일 수밖에 없었다. 실수하는 모습을 보이고 싶지는 않았다. 그때 율리의 뒤에서 아영의 목소리가 들렸다.

"율리 씨, 커피 먹자!"

"화정아, 전화 끊자. 이따가 내가 톡할게."

—응! 연락해.

율리가 냅다 전화를 끊고 뒤를 돌아보았다. 건물 1층 카페에서 커피를 사 온 아영이 율리에게 일회용 컵에 든 커피를 건네며 물었다.

"금요일인데 뭐 안 해?"

"뭘요?"

"술 한잔한다거나? 불금이잖아."

파티를 좋아하는 아영은 금요일을 쉬이 넘기지 않는 타입이었다. 오늘도 아영은 클럽에서 일주일 동안 쌓인 업무 스트레스를 풀고 돌아올 예정이었다. 하지만 신이 난 아영과 달리 율리는 커피를 한 모금 마시고 축 늘어졌다.

"집에 일찍 들어갈 거예요. 체력 딸려서……."

"어머, 벌써 체력 딸리면 어떡해? 20대잖아."

20대 때 밤새 술을 마시고 춤을 추며 놀았던 아영으로서는 율리의 말이 통 이해가 가지 않는 듯했다. 활동적인 아영하고는 정반대로, 율리는 중·고등학교 때도 쉬는 날에는 엄마의 책방에서 줄곧 소설책만 읽곤 했다. 이런 성격 탓에 대학원까지 나올 수 있던 걸지도 모른다. 율리가 힘없이 대꾸했다.

"진짜 운동이라도 해야 할까 봐요."

운동은 질색이었으나 20대 후반이 되고 체력이 하강 곡선을 타자 살기 위해서라도 율리는 운동에 관심이 생겼다. 아영이 커피를 책상 위에 내려놓고 짝 박수를 쳤다.

"운동? 맞다, 맞다! 요가 해. 요가 좋더라. 내 친구, 요가 해서 20킬로 뺐잖아. 그것도 지방만 싹. 근육은 남기고."

"정말요?"

"그래서 나도 다음 달부터 요가 하려고. 해 보고 괜찮은지 말해 줄게."

솔깃한 경험담에 율리의 눈이 반짝 빛났다. 체중을 감량할 생각은 없지만 다이어트에 도움이 될 운동이라면 체력 증강에도 도움이 될 것이 분명했다.

오랜만에 비가 내렸다. 색색의 우산이 거리를 가득 메웠다.

비.

출근을 하지 않는 주말, 평범한 일상을 되찾아서일까? 멍하니 바깥을 바라보고 있던 율리는 비현실적인 사건들이 머나먼 과거나 꿈처럼 느껴졌다. 언제부터인가 누군가에게 그 일들이 현실이냐고 따질 생각도 사라졌고, 자기부정을 하기도 지친 탓이었다.

그건 엄마도 마찬가지인 모양이었다.

"책방 다시 할까?"

하나뿐인 딸이 죽을 뻔한 사고에 치를 떨었던 엄마가 웬일로 가게 이야기를 다시 꺼냈다. 끔찍했던 화재가 이제 과거가 되고 있다는 뜻이었다.

"왜?"

"책 장사가 사양길이긴 한데 뭐라도 해야지 좀이 쑤시네."

비 오는 날이라 끙끙 앓으면서도 엄마는 좀이 쑤신다는 말을 했다. 사실 엄마는 몸이 약한 사람치고는 활동적인 편이었다. 엄마는 친분 있는 동네 아줌마들과 여행을 다녀오고 앓을지언정 집에 박혀 있는 것을 참지 못했다. 그래서 가계에 도움이 되지 않는 일임에도 아빠가 엄마의 책방을 오랜 기간 방치한 것이었다.

율리가 깊게 생각하지 않고 물었다.

"다시 준비하려면 돈도 많이 들지 않나?"

"푸른채 아파트에 있던 가게가 폐업한다고 하더라고. 거기 주인이 가게 다시 열 거면 자기네 책 들여가라고 연락 왔더라."

벌써 여러 가지 루트를 생각 중인 걸 보면 가게를 재오픈한다는 엄마의 말은 괜히 하는 소리가 아닌 듯했다.

"아빠는 뭐래요?"

"네 아빠야 뭐…… 내가 하고 싶으면 하라고 하지."

역시 그랬다. 아빠는 몸이 허약해서 온실 속의 화초처럼 자란 엄마를 무척 아꼈다. 율리 또한 엄마가 가게를 다시 열고 싶다면 말리고 싶은 생각은 없었다. 끄덕끄덕 고개를 끄덕이던 율리는 방에서 전화벨 소리가 들려 일어났다.

"그래도 후회할 수 있으니 좀 더 생각해 봐요."

자신이 할 수 있는 말은 이 정도였다. 율리는 생각에 잠긴 엄마를 거실에 두고 방으로 들어왔다. 전화 발신자는 화정이었다.

"여보세요?"

―차율! 오늘 뭐 해?

비가 와서 축축 처지는 날임에도 화정의 목소리는 발랄했다. 기분 좋아지는 친구의 활기찬 목소리에 율리의 음성도 살짝 올라갔다.

"그냥 집에서 쉬어. 왜?"

―그럼 나랑 저녁 콜?

"바쁘다고 하지 않았어?"

바로 어제만 하더라도 화정은 일이 너무 많아서 율리와 같이 회사를 다닐 적이 그립다고 한탄했었다. 그때는 율리와 일을 나눠서 했기 때문이었다. 회사가 율리와 화정, 두 사람 중 하나를 선택한 사실을 화정이 아직도 모르고 있다는 것을 머리로 이해는 했지만 율리의 입맛은 씁쓸했었다.

―오전에 출근해서 일 다 끝내 버렸어! 주말이 너무 아까워서.

"대단하다."

율리는 화정이 아니라 자신이 전 회사에서 쫓겨난 이유를 문득 알 것도 같았다. 자신과 달리 화정은 마음을 먹으면 독하게 일을 해내곤 했었다. 회사 차원에서는 차율리보다 김화정이 마음에 들었을 것이다.

―참, 임진하 사인 있잖아, 그거 지석 씨한테 자랑했거든. 네가 받아다 준다고.

"아……."

―되게 관심 보이더라. 연예인하고 아는 사이냐고.

또 그 남자 이야기인가.

왜일까? 율리는 화정이 지석에 대한 이야기를 하는 게 조금 불편해졌다. 처음에는 지석의 첫인상도 꽤 괜찮아 보여서 진심으로 축하했는데 친한 친구가 남자에게 푹 빠져서 연애 이야기만 하니 소외된 기분이 들었다.

'내가 솔로라서 그런가?'

자격지심인가 싶어서 율리는 자신만 탓했다. 친구의 마음을 아는지 모르는지 화정은 여전히 들뜬 목소리로 말을 이었다.

─아무튼! 오늘은 너무 갑작스럽나? 그럼 내일 볼까?

"그래, 오늘은 비도 오고…… 내일 점심 같이 먹자."

─알았어. 그럼 오늘은 지석 씨랑 데이트나 해야겠다.

화정의 행복한 감정이 전화기를 넘어 여기까지 전해졌다. 율리가 헛웃음을 터뜨리면서 물었다.

"진짜 좋은가 봐?"

─응, 요즘 정말 살 맛 나. 기운도 나고. 세상에 이런 남자가 있다는 게 너무너무 신기해.

진심으로 행복한지 화정이 코를 훌쩍였다. 눈물이 날 만큼 행복하다는 말을 이럴 때 쓰는 건가 보다. 그래, 친구가 좋다면 그만이지. 대학원 시절부터 꽤 오래 알아 온 친구가 이토록 기뻐하는 모습은 변호사 시험에 합격했을 때 이후로 처음인 것 같았다. 그만큼 화정은 연인에게 푹 빠져 있었다. 율리가 장난스럽게 말했다.

"뭐야? 나한테 자랑하는 거야?"

—그러니까 너도 빨리 연애를 하라고. 요즘 얽히는 사람 없어? 넌 환경도 엄청 좋잖아.

"환경?"

—혹시 알아? 너희 회사 소속 배우랑…… 그래, 임진하! 임진하랑 잘될 수도 있잖아!

갑자기 등장한 진하의 이름에 율리의 머리가 멍해졌다. 화정은 이제 율리를 경진과 엮는 걸 포기하고 진하와 엮을 심산인 듯했다. 회사 소속 연예인들 중에서 임진하밖에 모르기도 하고. 너무나도 기가 막힌 소리에 율리는 어버버, 아무런 대꾸도 하지 못했다.

애초에 회사 법무팀이 연애하기 좋은 환경인 줄도 모르겠지만…… 임진하랑 뭐가 돼?

"무, 무슨 소리야? 말이 되는 소릴 해! 그 사람이 왜 나랑……."

겨우 정신을 차린 율리가 꽥 부정했으나 화정은 귓등으로도 듣지 않았다.

—왜? 네가 어때서? 그쪽은 젊은 남자고 넌 젊은 여잔데 말이 안 될 게 뭐람.

율리는 할 말을 찾지 못하고 침묵만 지켰다. 다행히 화정은 율리의 침묵을 그다지 개의치 않았다.

—그럼 내일 열 시쯤 전화할게. 늦으면 네가 전화 줘.

"그, 그래……."

전화를 끊은 뒤 율리는 진하와 주고받은 메시지 창을 켜보았다. 최근에는 화정에게 줄 사인지 때문에 치킨을 바친다는 자신의 비굴한 메시지도 있었으나 메시지는 대부분 드래곤이 나오는 소설책과 관련이 있었다.

'역시 이건……'

이 인간은 드래곤물 마니아였지. 율리가 고개를 절레절레 저었다. 아무리 매력 있는 대세남 1위를 하고, 연애하고 싶은 남자 1위니 뭐니 말이 많아도 자신은 이 남자의 실체를 무척이나 잘 알고 있었다. 임진하는 닭이라면 환장을 하고 용이 나오는 책을 쓸어 가는 성격 나쁜 남자였다.

그런데 갑자기 지난번 회의실에서 단둘이 있었던 순간이 떠올랐다. 나른해져서 깜빡 졸다가 뒤로 넘어갈 뻔했을 때 진하가 자신을 잡아 주었던 일. 분명 그때 자신은 그에게 안겨 있다시피 했었다. 아직도 생생히 기억이 난다. 그녀 자신을 단단하게 붙잡은 손, 허리를 받쳐 주던 팔, 사람을 홀리는 미소와 녹아드는 목소리까지.

"아냐! 그 인간은 용 오타쿠라고!"

이놈의 뇌는 어째서 그날 일을 기억해 내서 주인을 괴롭힌단 말인가!

율리는 머리를 움켜쥐고 침대 위에 드러누웠다. 어느새 그녀의 얼굴은 화끈 달아올라 있었다. 이상하게 자꾸 임진하가 의식되었다. 이러다 그가 꿈에라도 나올까 걱정스러웠다.

이튿날, 엄마는 폐업한다는 대여점주와 만나보겠다고 아침부터 아빠를 대동하고 나갔고 집 안에는 율리 혼자뿐이었다.

"열 신데?"

시계를 본 율리가 의아한 듯 중얼거렸다. 아침을 먹고 샤워까지 했는데 화정에게서 연락이 오지 않았다. 침대에 누워서 휴일의 나른함을 즐기고 있던 그녀는 휴대폰을 들었다. 일단, 메시지부터 보내기로 했다.

[우리 오늘 점심 먹어?]

메시지를 보내고 나서 일어난 율리는 커튼을 젖히고 창밖을 바라보았다. 어제 비가 내려서 공기가 깨끗하고 상쾌했다. 오랜만에 촉촉한 공기를 크게 한 번 들이마신 그녀는 조용한 휴대폰을 돌아보았다.

"자나?"

내일 출근도 해야 하니 저녁에 만나는 것은 무리였고, 오늘 점심에 친구를 볼 수 없으면 또 다음 주로 약속을 미뤄야 했다. 율리가 미간을 찌푸리고 있을 무렵이었다. 기다리던 화정의 전화가 왔다.

"어, 잤어?"

그러나 친구의 목소리는 이어지지 않았다. 통화가 끊겼나 했지만 여전히 통화 시간은 흐르고 있었다. 율리는 고개를 갸웃거리다가 다시 화정에게 말을 건넸다.

"여보세요? 김화정?"

이번에도 휴대폰 너머에서는 여전히 정적만이 흘렀다.

"왜 이러지? 전화가 안 터지나?"

가끔씩 통신사 오류로 통화가 잘되지 않을 때가 있어서 전화를 끊고 다시 걸어야 하나 율리가 막 고민할 무렵이었다.

—쿡.

나지막한 웃음소리가 작게 들렸다. 축축하고 어딘가 모르게 미끈미끈한 비늘 같은 느낌의 기분 나쁜 웃음소리였다. 요즘 같은 세상에 혼선이 일어날 리가 없는데 싶어서 그녀가 수화기 너머로 집중할 때였다.

—차율리 씨?

"어?"

화정의 목소리가 아니라 웬 남자의 목소리가 이어져서 율리는 깜짝 놀랐다. 목소리의 주인공이 화정의 연인인 지석임을 깨닫자 율리가 난감한 표정을 지었다. 지석은 여전히 매너 있는 말투로 부드럽게 말했다.

—어떡하죠? 화정 씨는 전화를 받을 수가 없는데?

"네? 아……."

지석의 말에 담긴 의미를 깨닫자 율리의 얼굴이 붉어졌다. 어제 데이트를 한다더니 오늘 아침까지 함께 있을 줄이야! 무척 당황스러워서 그녀가 더듬더듬 사과했다.

"죄, 죄송합니다. 끊을게요."

—잠깐만요. 전화를 뭐 그리 급히 끊나?

"네?"

매너 있고 다정하던 지석의 목소리는 어디로 갔는지 기분 나쁜 음성만이 율리에게 닿았다. 칼같이 존대를 하던 그가 말꼬리를 뚝 잘라 먹은 것도 그녀의 기분을 나쁘게 만들었다.

─김화정 말이야, 다신 못 봐도 괜찮아?

"네? 무슨……."

율리의 말이 도중에 끊어졌다. 갑자기 나쁜 예감이 찬물처럼 그녀에게 쏟아졌다. 지석은 웃음기 있는 목소리로 말하고 있었지만 농담은 결코 아니었다. 어느 고약한 남자가 연인의 생사를 가지고 농담 따먹기를 하겠는가. 율리는 심장이 바닥으로 떨어지는 듯한 아찔한 느낌을 받았다.

저게 만약 진심이라면…….

"화, 화정이한테 무, 무슨 짓했어요?"

─걱정 마. 아직 살아는 있으니까.

"뭐라고요?"

그녀의 눈앞이 캄캄해졌다. 경악한 목소리가 듣기 좋은지 그가 비릿한 웃음소리를 내다가 그녀를 무섭게 다그쳤다.

─차율리, 그쪽이 결정해. 김화정을 죽일 건지, 살릴 건지.

악몽이라면 깨어나고 싶을 만큼 이는 비현실적인 상황이었다. 친구의 연인이 갑자기 친구의 목숨을 가지고 협박을 하는 상황이라니? 율리가 차마 아무 말도 하지 못하자 지석이 말을 이었다.

—나도 이유 없는 살생은 하고 싶지 않아. 어디에도 알리지 말고 혼자 얌전히 와 봐. 만나서 이야기하자고.

율리는 마른침이 절로 넘어갔다. 휴대폰을 쥔 그녀의 손에 힘이 바짝 들어갔다. 불안한 상황에 심장이 미친 듯이 뛰기 시작했다.

"……어딘데요?"

—아, 그렇지. 네가 아니라 다른 놈이 오면 넌 네 친구 시체나 구경하게 될 거야.

"어디냐고요!"

율리가 버럭 소리를 쳤다. 지석은 킥킥 웃으면서 장소를 일러 주더니 전화를 뚝 끊었다. 망설일 것도 없이 그녀는 벌떡 일어나서 밖으로 뛰쳐나갔다.

핸들을 쥔 손이 덜덜 떨렸다. 이성적으로는 경찰에 신고를 해야 한다는 걸 알지만, 괜히 신고한 게 들통 났다가는 화정에게 해가 될 수 있어서 율리는 차마 경찰서 근처도 갈 수 없었다.

어떻게 이런 일이 일어난단 말인가?

어제만 하더라도 화정은 오랜만에 맞이한 봄에 행복해했다. 힘들었던 대학원 시절을 겨우 지나 햇병아리 변호사가 되었지만 살인적인 업무량에 사는 재미를 잃어버린 친구가 연애를 시작하면서 다시 활짝 피어났었다.

"어떡해……."

그런데 봄바람을 불러와 준 연인이 사이코 또라이라니!

기가 막힐 노릇이었다.

아무에게도 알리지 말고 오라고 지석이 지정한 장소는 저번에 그를 처음 본 카페 뒷산이었다. 산. 예감이 좋지 않았다. 율리의 머릿속에 그간 흉흉했던 범죄 사건들이 스쳐 지나갔다. 보통 야산이나 인적이 드문 산길에서 시체가 발견되곤 했다.

"아냐!"

끔찍한 상상이 이어졌으나 율리는 일부러 소리 내어 부정하고 고개를 저었다. 화정은 멀쩡할 것이다. 그래야만 했다. 최대한 나쁜 생각을 배제하려 노력하면서 그녀는 운전에 집중하려 애를 썼다. 물론 집중이 잘될 리가 없었다. 손만 떨리는 것이 아니라 팔과 온몸이 부들부들 떨렸다. 멀리 보이는 신호에 빨간불이 들어왔다. 그녀는 브레이크를 서서히 밟아 차를 세웠다.

경찰에 알릴 수는 없지만 혹시 자신에게도 안 좋은 일이 생길 수 있기에 율리는 차가 완전히 서자마자 휴대폰을 집었다. 지금 이 상황에서 화정의 일을 상담할 수 있는 사람은 단 한사람뿐이었다.

"선배!"

율리는 경진에게 전화를 걸었다. 직진 신호가 들어와서 그녀는 이어폰을 귀에 걸고 다시 운전을 시작했다. 휴대폰 너머로 상황을 모르는 경진의 태평한 목소리가 흘러나왔다.

―음?

"선배, 어떡해요? 화정이가……."

―응?

"남자 친구한테 납치를 당한 것 같아요."

―뭐? 무슨 소리야?

뜬금없이 나온 납치라는 단어에 당황한 경진이 되물었다. 화정을 걱정하랴, 운전을 하랴, 경진에게 설명을 하랴 율리는 정신이 없었다. 율리가 되는대로 말을 늘어놓았다.

"자세히 말하자면 길어요. 얼마 전에 화정이가 연애를 시작했거든요. 어, 그런데…… 그 남자가 화정이를 납치했어요. 그, 그래서 제가 오늘 화정이랑 만나기로 했는데……."

이 끔찍한 사건에 율리는 눈물이 날 것 같아 말을 도중에 멈추었다. 경진은 횡설수설하는 율리의 설명을 제대로 알아듣기가 힘든지 침착하게 필요한 정보를 수집하기 시작했다.

―율리야, 천천히 차근차근 말해 봐. 화정이가 납치된 걸 네가 어떻게 알았어?

"약속 시간인데 연락이 안 되어서…… 화정이 폰으로 전화를 걸었더니 그 남자가 받았어요. 저보고 어디에도 알리지 말고 혼자 오래요. 안 그러면 화정이를 죽이겠다고……."

그러니까 율리는 제 발로 사지에 걸어 들어가는 중이었다. 똑똑한 후배가 왜 이토록 멍청하게 행동을 하는지 답답해서 경진이 평소와 다르게 큰소리를 냈다.

―그래서? 지금 너 혼자 거길 가고 있다고? 너 미쳤어?

"그럼 어떡해요?"

—뭘 어떡해? 경찰에 신고를 해야지!

"경찰에 신고하면 화정이가 죽을 수도 있잖아요!"

지석은 분명 율리에게 아무에게도 알리지 말고 혼자 오라고 경고했었다. 경진에게 알리는 것도 위험한 일인 셈이었다. 그러나 경진은 한숨을 내쉬고 율리를 설득하려 노력했다.

—범죄는 너보다 경찰이 전문이야. 이런 일에 어떻게 대처해야 할지 경찰이 더 잘 안다고!

맞는 말이었다. 율리 역시 이 일이 자신의 일이 아니었다면 경진의 주장을 지지했을 것이다. 하지만 당사자가 된 이상 이성적으로 행동할 수는 없었다. 자신의 잘못된 선택 하나로 친구의 목숨이 오가는 상황 아닌가.

"그래도…… 전 못 하겠어요. 까딱했다가 화정이가 죽으면……."

—까딱했다가 네가 죽으면 어쩔 건데!

온화한 성품의 경진이 마침내 화를 내고 말았다. 율리의 꽉 막힌 태도와 그녀에게 향한 걱정 탓에 경진도 미칠 노릇이었다. 그러나 율리는 해탈한 듯 덤덤하게 대꾸했다.

"그래서 전화 드린 거예요."

—뭐?

"혹시 저한테도 안 좋은 일이 생기면……."

—율리야.

그가 그녀의 말허리를 도중에 잘랐다. 이어질 말이 뭔지 알 것 같아 더 이상 듣고 싶지 않아서였다. 지금 율리는 이성적인 판단이 불가능한 상태였다. 스스로 호랑이 굴에 들어가는 꼴이라니. 이렇게 전화를 준 이유도 분명 화정처럼 율리와의 연락도 두절되면 뒤늦게라도 경찰에 신고해 달라는 뜻이리라. 하지만 그녀의 안위에 해가 되는 꼴을 가만히 두고 볼 수는 없었다.

─너, 지금 어디 가고 있어?

"네?"

─위치 말해. 바로 갈 테니까.

"아니에요! 저만 오라고 했어요."

잔뜩 겁을 집어먹은 율리는 범인의 말을 착실히 따르고 있었다. 즉, 이미 이성을 잃은 터라 율리는 범인이 원하는 대로 행동하고 있는 셈이었다. 경진이 한숨을 겨우 참고 차근차근 율리를 설득해 갔다.

─왜 너만 오라고 했을 것 같아?

"그건……."

율리의 입이 처음으로 다물어졌다. 잘 모르겠다. 아니, 알 것 같은데 알고 싶지 않았다.

─남자는 여자 하나쯤 쉽게 제압해. 알잖아.

쾌락 살인마가 납치한 피해자를 살해하지 않은 채 다른 희생자를 또 부를 리가 없었다. 경진은 이미 화정이 살해당했다고 생각했지만 굳이 자신의 의견을 말로 꺼내지는 않았다. 율리를 더 자극시킬 수는 없었다. 대신 그는 말을 돌렸다.

─혼자 가면 너도 위험해.

"그래도…… 어쩔 수 없어요."

율리의 목소리에 물기가 어렸다. 여기서 친구를 놓아 버리면 평생 후회할 것이 뻔했다. 이러다 화정이 혹여 잘못되기라도 한다면 그 죄책감을 자신은 절대 견딜 수 없었다.

경진은 계속해서 율리를 달랬다.

─조금만 침착하자. 행선지부터 알려 줘. 바로 뒤따라갈 테니까. 경찰에 신고는 하지 않을게. 나랑 같이 움직이자. 응?

정신없이 달려왔더니 어느새 마지막 좌회전 신호만이 남아 있었다. 이상하게도 도로에는 차가 한 대도 없었다. 율리가 촉촉하게 젖은 눈으로 정지 신호를 빤히 쳐다보았다. 저 정지 신호가 끝이 나면…….

"여기가 어디냐면요……."

위험에 빠지고 싶지 않은 마음도 끊임없이 그녀를 갈등시켰다. 결국 율리는 타협을 보았다. 화정에게 혼자 가긴 가되, 경진에게 위치를 알려 주는 걸로.

율리는 차를 길가에 대고 허겁지겁 내렸다. 그녀가 나오기 무섭게 전화가 걸려 왔다. 화정의 번호였다.

"여, 여보세요?"

─혼자 잘 왔네?

제발 화정의 목소리가 들리기를 바랐으나 안타깝게도 전화를 건 사람은 지석이었다. 그보다 자신이 도착한 것을 정확하게 알다니, 등골이 오싹해진 율리가 주변을 두리번거렸다. 그러나 인기척은 어디에도 없었다. 심지어 주말임에도 등산객조차 보이지 않았다. 그러고 보니 어딘가부터 차도 없었다. 큰 카페가 있는 교외인데 이 공간은 텅 비어 있었다.

"어, 어디 있어요? 화정이는…… 무사해요?"

─이유 없이 살생하지 않는다니까.

부디 그의 말이 진실이기를. 율리의 입술이 바짝 말라갔다. 곧 지석의 지시가 떨어졌다.

─등산로 따라서 쭉 올라와.

"……네."

이상한 것은 자신이 걷고 있는 길이 등산로인데 사람은커녕 등산객의 흔적도 없다는 점이었다. 보통 등산로 주변에 쓰레기라도 하나씩 떨어져 있을 법도 한데 꼭 세상과 동떨어진 공간인 양 흙길은 깔끔하기만 했다. 율리는 눈동자를 굴리면서 길을 눈에 익히려 노력했다.

─옆에 쉼터 바위가 있지?

이어지는 지석의 말은 어린애한테 일러 주듯 상냥한 말투였으나 그래서 더욱 소름이 끼쳤다. 어린애 취급을 하는 건, 그가 율리를 동등한 존재로 보고 있지 않다는 뜻이었다.

─거길 끼고 돌아.

바위를 끼고 돌자 이제 등산로에서 벗어나게 되었다. 율리는 휴대폰을 들지 않은 손으로 자연스럽게 머리를 풀었다. 손으로 머리를 정리하는 척 빗으며 그녀는 붉은 머리 끈을 바닥에 떨어뜨렸다. 이 작고 보잘것없는 고무줄이 자신의 자취가 되어 주기를 바랄 뿐이었다. 애써 표정을 숨기며 흘린 것을 모르는 양 그녀는 앞만 보고 걸었다.

ㅡ큰 나무 보이지?

"네."

ㅡ나무 뒤로 와.

지석의 말이 끝나기 무섭게 전화가 뚝 끊겼다. 성인 남성 셋 정도가 끌어안아야 할 만큼 크고 두꺼운 나무가 율리의 눈앞에 있었다.

본능은 나무 뒤로 가지 말라고 외쳤으나 율리는 꿋꿋하게 걸어갔다. 나무 뒤에 지석이 홀연히 서 있었다. 그가 그녀를 보고 환하게 웃어 주었다.

"잘 찾아왔군."

"……화정이는 어디 있어요?"

"저기."

화정은 앉은 채 바위에 기대어 쓰러져 있었다. 눈물이 터질 것 같아 율리는 입술을 꽉 깨물었다. 친구가 제발 죽은 것이 아니길, 무사하길 기도하며 율리는 바로 화정에게 향했다.

"김화정!"

율리가 화정의 어깨를 붙잡고 흔들며 이름을 불렀지만 화정은 일어나지 못했다. 그래도 다행스럽게 화정은 숨을 쉬고 있었다. 살아 있구나! 친구의 생사를 확인하자 율리의 다리가 풀렸다.

"죽은 건 아니니 너무 슬퍼하지 마. 당분간 못 일어나겠지만."

기분 나쁜 목소리가 들리자 화정의 앞을 가로막은 율리가 지석을 올려다보았다. 화정이 그토록 좋아하던 남자가 무슨 이유에서 이런 끔찍한 납치극을 벌인 건지 통 이해가 가지 않았다.

"대체 왜 이런 짓을……."

"너."

지석은 망설임 없이 검지로 율리를 가리켰다. 자신에게 향하는 화살에 그녀의 눈동자가 일그러졌다. 그는 그녀의 고통스러운 표정을 마치 코미디 영화를 보듯 지켜볼 뿐이었다.

"너를 좀 끌어내려고."

차율리의 주변을 맴돌면서 친구인 김화정에게 접근하고 납치한 것은 전부 차율리를 미끼로 사용하기 위해서 계획한 일이었다. 그리고 이 모든 일의 목적은 차율리에게 용의 기운을 불어넣은 자를 대면하기였다.

어리석은 인간은 알아서 정보를 술술 뱉어 냈다. 인적이 드문 산속에서 오랜 기간 처박혀 있던 지석은 인간들 사이에 무슨 사건이 있는지 알지도 못했고 관심도 없었다. 그러나 그는 화정으로부터 율리를 통해 임진하의 사인을 받는다는 말을 듣고 임진하가 누군지 지켜보다가 그의 정체를 알 수 있었다.

흑룡이 인간들 사이에서 슈퍼스타가 되어 있을 줄 어느 누가 알았을까? 정말 우스운 일이 따로 없었다.

"정말 흥미롭단 말이야. 인간이 어떻게 이토록 강하게 용의 기운을 풍길까?"

"뭐라고요?"

물론 율리는 지석의 말을 하나도 이해하지 못했다. 그가 뚜벅뚜벅 그녀에게 다가왔다. 그녀는 그와 최대한 거리를 벌리고자 뒤로 움직였으나, 자신의 뒤에 화정이 정신을 잃고 쓰러져 있어서 더 이상 몸을 뺄 수는 없었다.

율리의 바로 앞에 선 지석이 고개를 숙여 그녀에게 얼굴을 가까이 들이대고 키득거렸다.

"가평에서 처음 봤을 때보다는 약해졌지만 분명 흑룡의 기운이다."

가평. 율리의 미간이 찌푸려졌다. 자신을 기억하지 못한다는 지석의 말은 거짓말이었다. 그녀는 눈가를 일그러뜨린 채 그를 노려보았다. 자신이 할 수 있는 일은 겨우 이 정도였다. 연약한 인간의 같잖은 노기에 그가 킬킬거렸다.

"이해를 못 하나?"

"하고 싶은 말이 뭐죠?"

"신기하네. 숨이 막힐 정돈데 본인은 못 느끼는 건가?"

지석은 여전히 율리가 이해하지 못하는 소리만 지껄이고 있었다. 아무래도 말이 통할 것 같지 않아 율리는 입을 다물어 버렸다.

"인간이란……."

그가 조소하면서 말을 이었다.

"주변에 용이 하나도 아니고 둘 이상 있는데 이렇게 둔해서야."

'미친놈 아냐?'

알아들을 수 없는 말만 주절거리는 것을 보니 지석은 정신이 상자가 틀림없었다. 첫인상도 좋고 매너도 훌륭했는데 미친놈이었다니, 자신이나 화정이나 사람 보는 눈은 영 꽝이었다.

율리는 문득 전에 시사 프로그램에서 짚어 주던 연쇄 쾌락 살인마의 특징을 떠올렸다. 그들은 겉으로는 번드르르하게 말하고, 예의가 바르고, 사람의 호감을 쉬이 사며, 부유하고 똑똑한 척을 한다고 했다. 지금 와서 보니 이 남자의 특징과 일치했다.

'연쇄…… 살인마…….'

진짜 살인자면 어떡하나 싶어 눈앞이 어지러워졌으나 율리는 어금니를 꽉 깨물고 버텼다. 이내 지석이 무섭게 말했다.

"어서 흑룡을 불러내."

"흐, 흑룡이 누군데요?"

동기 중에 재룡이라는 이름을 가진 사람은 있었지만 흑룡이라는 이름을 가진 사람은 없었다. 설마 재룡의 별명이 흑룡인가? 재룡의 얼굴이 조금 까맣기는 한데, 문제는 그 동기와 졸업 이후로 만난 적이 없다는 데 있었다. 율리는 혹시 지석이 자신을 누군가와 혼동하는 건가 고민했다. 그러나 지석은 당황하지 않고 그녀를 이해한다는 투로 고개를 끄덕였다.

"이런, 흑룡이라고 하면 못 알아듣나 보군."

흑룡이 아무 상관없는 여자에게 이토록 강한 기운을 쏟았을 리가 없는데 정작 당사자인 율리는 흑룡의 정체를 모르는 듯 보였다. 흑룡이 차율리에게 정체를 숨기고 있는 건가? 점점 상황이 재미있게 돌아간다 싶었다.

"그럼 인간의 이름으로 말해야 하나?"

율리는 지석을 미친놈 보듯 쳐다보았다. 하지만 그것도 잠시.

"이리로 임진하를 불러."

"네?"

뜬금없이 나온 진하의 이름에 율리의 눈이 동그래졌다. 진하의 별명이 흑룡인가? 물론 임진하가 용 오타쿠이긴 했으나, 그의 취미를 아는 사람은 율리 자신과 엄마 정도였다. 흑룡이라는 별명이 붙을 이유가 없었다.

율리가 혼란에 빠져 있음에도 지석은 더 이상 설명을 해 주지 않고 고개를 돌려 멀리 허공을 쳐다보며 중얼거렸다.

"잔꾀를 부렸군. 꼬마한테는 관심 없는데 말이야."

현재 이 산은 커다란 결계로 덮여 있었다. 근처 도로에서부터 등산로, 그리고 이곳까지 모두 지석이 만들어 낸 그만의 공간이나 다름없었다. 율리가 사람을 발견하지 못한 것도, 등산로에 쓰레기 하나 없던 것도 이곳이 현실과 분리된 공간이기 때문이었다.

그렇기에 지석은 이 근처에 누가 있는지를 전부 파악할 수 있었다. 율리가 차에서 내리자마자 전화를 걸어 그녀에게 길을 알려 줄 수 있었던 이유도 같은 맥락에서였다. 그런데 결계 끄트머리에 이질적인 기운이 느껴졌다.

새끼 백룡이었다. 지석이 웃음을 터뜨리더니 율리를 무표정하게 쳐다보았다.

"내가 분명 말하지 않았나? 혼자 오라고."

순간 그녀의 등 뒤로 식은땀이 죽 흘렀다. 설마 경진에게 목적지를 알려 준 게 들통이라도 난 걸까? 절대 아무에게도 알리지 말고 오라고 했는데…….

혹시라도 그가 친구를 해칠까 봐 율리는 화정에게 가까이 붙었다. 그러나 지석은 표정을 풀고 다시 허공을 보며 느긋하게 중얼거렸다.

"뭐 괜찮아. 길을 좀 섞어 놓으면 되겠지."

이해할 수 없는 소리를 하고 나서 허공을 바라보고 있던 지석이 도로 율리에게 시선을 돌렸다.

"차율리, 친구를 살리고 싶지?"

율리의 입안이 바짝 말라 갔다. 지석이 무슨 조건을 내걸지 감조차 잡히지 않았다. 그는 한쪽 입꼬리를 쓱 끌어 올리며 느릿느릿 조건을 내세웠다.

"그러면 당장 임진하를 여기 불러."

예상치 못한 조건이라 율리가 머뭇거렸다. 아무래도 이는 중오 범죄인 것 같았다. 그녀는 유명인인 진하를 향한 사람들의 악의를 직접 보았었다. 이 상황은 진하를 싫어하는 지석이 악플에서 한발 더 나아가 그를 불러내 해를 끼치려는 것으로밖에 이해되지 않았다.

지석의 요구대로 여기에 진하를 부르면 어떻게 될까? 여자인 자신보다 남자인 진하가 지석을 제압할 가능성은 높겠지만 지석이 근처에 흉기라도 숨겨 두었으면 큰일이었다. 게다가 자신이 진하에게 연락만 하지 않으면, 그는 위험에 노출될 필요도 없었다.

'어떡해야 하지?'

하지만…….

율리는 기절한 화정을 돌아보았다. 이 상황에서는 자신마저 인질인 셈이었다. 그녀는 이기적인 결정을 내릴 수밖에 없었다.

'미안해요.'

지석의 요구를 들어주면 적어도 자신과 화정은 살 수 있지 않을까. 쓴 물을 삼키듯 표정을 구긴 율리가 휴대폰을 꺼내 진하의 번호로 전화를 걸었다.

굳게 마음을 먹고 전화를 걸었는데 신호음이 지리멸렬하게 이어지더니 지금은 전화를 받을 수 없다는 안내 음성이 나왔다.

"저, 저기, 전화를 안…… 받는데요?"

대답할 가치도 못 느꼈는지 지석은 대꾸하지 않았다. 율리는 재발신을 할 수밖에 없었다. 그녀는 진하가 이번에도 전화를 받지 않기를 내심 빌었다.

'제발······.'

아니, 받기를 바라는 걸까? 한편으로는 그가 전화를 받아서
자신과 화정을 구해 주러 왔으면 좋겠다는 이기적인 생각도 들
었다. 율리의 머릿속은 혼란만이 가득 차서 그녀는 계속 갈팡질
팡했다. 이내 신호음이 뚝 끊어지고 진하의 익숙한 음성이 들렸
다.

—왜?

그가 전화를 받지 않기를 바랐던 마음과 그가 전화를 받아 주
기를 바랐던 마음이 한숨이 되어 절로 흘러나왔다. 그녀가 지석
의 눈치를 살피면서 떨리는 목소리로 물었다.

"지, 지금 바빠요?"

—난 늘 바빠.

"저······."

미안해서 말문이 턱 막힌 율리가 말을 잇지 못하자 지석이 율
리의 휴대폰을 빼앗아 들고 비아냥거렸다.

"이런, 흑룡께서 슈퍼스타가 되어 계시다니."

—······뭐야, 이건?

전화기 너머로 느껴지는 습기에 진하가 예민해졌다. 지석은
기분 나쁘게 웃으며 대꾸했다.

"한 번 뵙고 싶군요. TV 밖에서."

—난 별로 만나고 싶지 않은데.

"아, 그렇습니까? 그런데 차율리가 부탁하는군요. 제발 살려 달라고."

단지 한두 마디 주고받았을 뿐인데 진하는 상황을 전부 눈치 챘다. 전화가 걸려 온 장소, 율리의 곁에 있는 남자의 정체 등을 알아챈 진하가 혀를 차고 혼잣말을 했다.

─쓸데없는 데 말려들었군.

"차율리의 탓이 아니지요. 인간에게 기운을 나누어 준 쪽이 잘 못이지."

결국 이번 일도 흑룡의 기운 때문에 일어난 셈이었다. 이쯤 되니 진하는 대여점 화재 때 율리를 살리지 말았어야 했나 고민이 될 지경이었다. 물론 다시 그때로 돌아가도 그녀를 구하겠지만 말이다.

─이젠 미천한 것들이 계략도 꾸밀 줄 알게 되었나?

"기다리고 있겠습니다. 어딘지는 말하지 않아도 아시리라 생각합니다."

─뒤지고 싶어서 환장을 하는구만?

진하가 짜증스럽게 대꾸하고 전화를 뚝 끊어 버렸다. 지석은 율리의 휴대폰을 무섭게 쳐다보다가 바닥에 홱 패대기쳤다. 자유 낙하하는 휴대폰을 보고 율리가 꽥 소리를 질렀다.

"안 돼!"

'할부 아직 안 끝났는데!'

바닥에 널브러진 휴대폰은 율리가 집어 들었을 때 이미 사망

직전이었다. 거미줄처럼 쭉쭉 갈라진 액정 유리에, 바닥에 직통으로 부딪친 모서리는 이미 갈려져 있었다. 마음 같아서는 물건을 함부로 다루는 지석에게 한마디 쏘아붙이고 싶었으나 까딱했다가는 죽을 수도 있어서 율리는 얌전히 눈물만 삼켰다.

'미친 사이코 새끼! 내 폰 할부는 어쩌라고.'

울상을 지은 율리는 박살이 난 휴대폰을 내려다보다가 주머니에 넣었다.

"그럼, 흑룡이 올 때까지 여유를 가져 볼까?"

여유고 뭐고 율리는 지석을 원망스럽게 응시했다. 지석이 가소롭다는 투로 피식 웃으며 입을 열었다.

"너무 긴장할 것 없어. 차율리 씨, 당신 잘못이 아니거든."

'그런데 왜 내 폰을 집어 던져!'

율리는 밖으로 뱉을 수 없는 말을 꾹 누르고 여전히 지석을 경계했다. 지석은 커다란 나무에 기대어 서서 계속 말했다.

"당신 주변에 있는 용이 문제지."

그러고 보니 그는 아까부터 흑룡이 어쩌고, 이해할 수 없는 소리만 지껄였다.

"……용이라고요?"

"새끼 용 한 마리, 계집, 그리고 임진하. 내가 알기로만 당신 주변에 용이 셋이나 되는걸?"

새끼 용과 계집이 누군지는 모르겠으나 진하의 이름만큼은 똑똑히 들렸다. 아까도 지석은 진하를 흑룡이라고 불렀다. 하지만 이 세상에 용이 어디 있단 말인가? 공룡은 차라리 흔적이라도 있지, 용은 해태와 마찬가지로 상상의 동물이었다. 그녀는 그의 말을 미친 사람의 헛소리로 치부했다.

"이봐요. 이 상황에서 그쪽 말을 어떻게 믿어요?"

"믿을 수밖에 없을걸."

지석은 자신만만했다.

"흑룡이 여길 찾아오면 말이야."

그는 비릿한 미소를 지어 보였다. 비릿하다기보다는 왠지 질척질척한 게, 기분 나쁜 미소였다.

"여기가 어딘지 알려 주지 않았잖아?"

순간, 율리의 입이 살포시 벌어졌다. 그랬다. 지석은 진하에게 이곳의 위치를 말하지 않았다. 만약 진하가 여기에 나타난다면 지석의 말에 진실의 무게가 실리는 셈이었다.

"용 한 마리가 근처에서 자꾸 어슬렁대는군. 내가 분명 혼자 오라고 했을 텐데."

길을 꼬아 놓았지만 백룡 새끼가 신경 쓰여서 지석이 율리를 매섭게 노려보았다. 찔끔 겁을 먹은 율리가 어깨를 움츠렸다. 하지만 그는 마음을 너그럽게 먹었다. 흑룡을 불러내는 목적만 달성하면 아무래도 좋았다.

"뭐, 좋아. 요즘 인간들은 제 눈에 보이는 것만 믿긴 하지. 오만한 것들."

그가 콧방귀를 뀌고 율리에게서 눈길을 거두었다. 그녀는 지석의 옆모습을 흘끔거리면서 웬일로 그에게 말을 붙였다.

"저기요. 임진하가…… 용이라고 했죠?"

지석의 말이 미친 사람의 헛소리라고 생각했는데, 진실일 수도 있다는 생각이 들자 그동안 비현실적인 일상이라고 여기고 애써 잊으려 했던 일들이 연쇄적으로 떠올랐다. 예를 들면, 화재 때 가게 안에 비가 내렸던 일이라거나.

"용은 비를 조절할 수 있나요?"

"당연한 걸 묻네."

하염없이 내리던 소나기가 중간에 가위로 잘리듯 멈춘 적이 있었다. 어마어마하게 쏟아지던 빗줄기를 뚫고 온 진하는 바닥에 물기를 남기지 않았었다. 경진은 마치 비가 내릴 줄 알았던 듯 우산을 건넸었다.

율리의 눈동자가 흔들렸다. 작은할아버지가 남긴 기록에 날씨를 조절하는 존재에 대한 이야기가 있었다. 율리가 재차 물었다.

"실내에도 비를 내리게 할 수 있겠군요?"

"그렇긴 하겠지만, 병신도 아니고 실내에 비를 뭐하러 내리지?"

율리는 목구멍까지 분노가 확 치솟아 올랐다. 지석의 말이 옳다면, 분명히 그건 진하의 힘이었다. 하지만 그는 자신이 한 일을 숨기고 되레 그녀를 정신병자 취급했다. 율리의 눈동자가 파르르 떨렸다. 궁금한 것은 이것뿐이 아니었다.

"뱀이 사람으로 둔갑할 수 있을까요?"

"보여 줄까?"

지석이 씩 웃자 율리가 고개를 세차게 흔들었다. 지석의 눈이 예전에 본 뱀 여자처럼 노랗게 빛나는 것 같다는 착각이 일어서였다. 그가 고개를 돌려 멀리 허공을 바라보았다. 점점 흑룡의 기운이 가까워지는 게 느껴졌다.

"아쉽군."

"그쪽 말이 다 맞다면 임진하는…… 사람이 아닌 거네요."

"변호사라더니 머리는 빨리 돌아가네."

거기까지 말한 지석이 나무에서 등을 떼고 곧게 섰다. 곧, 거짓말처럼 율리의 시야에 익숙한 남자가 들어왔다. 지석이 흥분해서 떠들었다.

"흑룡께서 오셨군!"

모든 수수께끼가 풀렸다.

율리는 지석의 뒤에 오만하게 서 있는 진하를 멍하니 쳐다보았다. 장소를 알려 주지도 않았는데 홀연히 찾아왔다. 그것도 몇 분 지나지 않아서. 오래전에 연락했던 경진은 여전히 감감무소식인데.

사람이라면 절대 할 수 없는 일. 율리는 눈을 감아 버렸다. 자신이 알고 있던 사람이, 사람이 아니라는 사실이 너무나도 충격적이라 현실을 도피하려는 행동이었다.

진하는 구석에 웅크리고 있는 율리를 힐끗 보고 미간을 찌푸렸다. 이무기의 결계까지 오는데 장애물은 없었다. 인간은 볼 수 없는 길을 따라 그는 왜곡된 공간으로 단숨에 도착할 수 있었다. 그녀의 입장에서는 자신이 갑자기 툭 튀어나온 걸로 보이겠지만 말이다.

"남의 결계에 들어와 보는 것도 오랜만인데?"

율리에게서 시선을 뗀 진하는 여유롭게 웃으며 입을 열었다. 지석이 이를 드러내며 맞받아쳤다.

"꽤 아늑한 장소지요? 습하고 어두운 게."

"그래, 구렁이 새끼에게는 아늑하겠구나."

지석을 경멸하듯 보며 진하가 코웃음을 쳤다. 지석의 얼굴이 일그러지는 것까지 보고 진하는 율리에게 말을 붙였다.

"차율리, 넌 뭐 그러고 있어? 일요일이면 자빠져 잠이나 잘 것이지."

평범한 일상에서나 통할 느긋한 소리에 율리는 기가 막혔다. 지금 자신의 뒤편에는 화정이 기절한 채 쓰러져 있었고, 자신은 죽음의 공포에 벌벌 떨고 있었다. 어이가 없어서 그녀가 더듬거렸다.

"이, 이게 어떻게 되, 된 거예요?"

물론 임진하는 쉽게 알려 주지 않았다.

"설명하려면 기니까 알 것 없고."

"어떻게 된 거냐고 묻잖아요!"

"왜 성질이야? 나중에 알려 주면 되잖아!"

율리가 빽 소리치자 진하도 지지 않고 목소리를 높였다. 율리와 진하의 사이에 팽팽한 공기가 흘렀다. 그때 존재를 무시당하고 있던 지석이 입을 열었다.

"고매하신 흑룡을 감히 부른 이유는 부탁이 하나 있어서입니다만."

그제야 진하가 지석에게로 눈길을 돌렸다. 웬일로 진하는 너그러운 미소까지 짓고 있었다.

"좋아, 들어줄 수 있는 거면 들어주지. 난 천 년 묵은 구렁이 새끼에겐 조금 관대하거든. 생각이라고는 하나도 할 줄 모르는 지네 새끼하고는 다르잖아?"

지네! 율리는 얼마 전 자신을 졸졸 쫓아오던 지네를 기억해 냈다. 진하의 집 앞까지 따라오더니 돌연 죽어 버린 지네. 이해할 수 없는 죽음에 정말 쥐약을 먹은 줄 알았는데 어쩌면 그것도 진하의 힘이 아니었을까?

'그렇다면 혹시 쥐도…….'

생각에 빠진 율리가 눈동자를 굴렸다. 자신의 주변에 있었던 의심스러운 일들이 대개 진하와 관련이 있을지도 모른다는 생각 탓이었다.

한편, 지석은 진하의 가슴께를 가리키며 말했다.

"그렇게 어려운 부탁은 아닙니다. 그냥 제게 그 심장을 주시면 되지요."

심장이라는 단어에 율리가 고개를 번쩍 들었다. 심장을 달라는 것은 죽어 달라는 것과 동의어였다. 그러나 진하는 우스운 이야기를 들은 사람처럼 헛웃음을 터뜨렸다.

"야, 다짜고짜 드래곤 하트를 달라고 하는 건 좀 무례하다고 생각하지 않냐? 차율리, 넌 어떻게 생각해?"

"드래곤 하트……."

대놓고 죽어 달라 말하는 지석을 앞에 두고 드래곤 하트 같은 소리나 하고 있다니, 율리는 진하의 정신 상태에 기가 막혔다. 낄낄 웃는 진하를 못마땅하게 보며 지석이 말을 덧붙였다.

"이렇게 말하면 알아들으실 줄 알았는데."

물론 진하 역시 알아들었지만 모르는 척을 할 뿐이었다. 진하는 천 년 묵은 구렁이의 속셈을 바로 알아차렸다. 천 년 묵은 것들이 갈망하는 것은 오로지 하나뿐이었다.

"여의주가 필요합니다."

지석이 직접적으로 요구했다. 진하는 어깨를 으쓱거렸다. 한 가지 소원을 이룰 수 있다고 알려진 여의주. 그것이 지석의 목적이었다. 어린 백룡에게 접근하지 않은 것은 아직 어린 용들은 여의주를 가지고 있지 않기 때문이었다. 반면, 오랫동안 존재해 온 흑룡은 분명 여의주를 품고 있었다.

"강제적으로 적출하고 싶지는 않은데."

"강제?"

지석의 말이 어이가 없어서 진하가 웃음을 터뜨렸다. 그러나 쿡쿡 웃던 진하는 언제 웃었냐는 듯 표정을 싹 지우고 지석을 사납게 쏘아보았다.

"이젠 별 뱀 새끼한테 협박이나 듣고 있네."

"서로 좋게 좋게 주고받는 건 어떨까요?"

"뭘 주고받아? 네가 나한테 뭘 주는데?"

한쪽 눈을 찡그린 채로 진하가 되묻자 지석이 고개를 돌려 율리를 응시했다. 움찔 놀란 율리가 화정에게 달라붙었다. 지석이 입꼬리를 끌어 올리며 대답했다.

"차율리를 살려 드리지요."

"뭐?"

기가 막힌 거래 조건에 진하의 표정이 바로 일그러졌다.

"아니, 이게 말이 되는 거래야? 야, 구렁이 새끼야. 넌 차율리가 여의주값을 한다고 생각하는 거야? 진심으로?"

어째서일까? 여의주가 무엇을 의미하는지 모르지만 지석이 심장이라고 칭할 정도면 무척 중요한 물건일 것이다. 심장은 무엇과도 바꿀 수 없는 소중한 것 아닌가. 입장을 바꿔서 지석이 진하를 살리기 위해 율리 자신에게 심장을 내놓으라고 한다면 흔쾌히 내놓을 수 있을까? 절대 불가능했다.

그럼에도 진하의 직설적인 말에 율리는 가슴이 날카로운 송곳으로 꿰뚫리는 듯했다. 머리로는 이해하지만 가슴이 욱신거렸다.

하지만 지석은 쉬이 물러나지 않았다.

"글쎄요? 꽤 아끼고 계신 것 같은데. 흑룡의 기운이 이만큼이나 넘실대잖습니까?"

"그건 좀 급해서."

"흐음, 그렇습니까?"

이건 사실이었다. 비를 부르지 않았다면 율리는 크게 다쳤거나 이 세상에 없을 테니까. 그러나 지석은 변함없었다.

"그러면 일단 차율리의 왼손부터 잘라 볼까요?"

'왼손? 잘라?'

율리는 처음에, 자신이 잘못 들은 줄 알았다.

"하찮은 인간이지만 괴로워하는 모습을 보면 마음이 변하실 수도 있을 테니까요."

진심으로 하는 소리인지 지석이 율리에게 가까이 다가갔다. 왼손을 자르겠다니! 그녀의 안색이 창백해졌다. 몸을 움츠린 율리가 지석을 경계의 눈으로 바라보았다.

"정말 가지가지 한다."

진하가 땅이 꺼져라 한숨을 내쉬고는 한 걸음 다가왔다. 그의 오른손은 가슴 정중앙에 가볍게 놓여 있었다. 지석이 키득거렸다.

"생각이 좀 바뀌셨나요?"

"으음……."

진하는 주변을 둘러보았다. 산자락 대부분을 이무기의 결계가 덮고 있었다. 결계가 있다는 것은 허가받지 않은 인간은 접근하지 못한다는 뜻이었다.

물론 불리한 점도 있었다. 인간으로서 생을 보내야 할 때, 용의 능력은 일부만 남기고 봉인된다. 쥐나 지네처럼 하등한 것들이야 쉬이 처리할 수 있지만 천 년씩 묵은 구렁이, 이제는 거의 이무기의 상태에 다다른 것을 상대하려면 귀찮기 마련이었다. 게다가 여기는 구렁이의 본진이나 다름없는 결계 안.

"너무 오랜 시간을 살아와서 저는 인내심이 좀 짧습니다."

지석은 화정의 앞을 막아선 율리를 무표정하게 내려다보았다. 어차피 차율리는 미끼일 뿐이었다. 미끼는 죽든 말든 아무 상관없는 존재였다. 지석이 율리에게 손을 뻗었다. 그녀의 왼쪽 손목이 지석의 손에 덥석 잡혔다. 어떻게든 그의 손아귀에서 벗어나려 그녀가 애를 썼으나 역부족이었다.

"흑룡의 기운이 깃든 신체라 먹잇감으로 굉장히 좋겠네요."

지석의 손은 축축하고 차가웠다. 꼭 뱀이 팔을 감고 있는 느낌이라 율리의 팔에 소름이 돋아났다.

"이 산에 던져두면 온갖 잡귀들이 좋아 날뛰겠지요?"

"그 손 떼지?"

진하가 불편한 기색을 내비쳤지만 지석은 율리의 팔을 놓지 않았다. 신체가 절단 날 위기에 놓인 율리가 겁에 질려서 어쩔 줄 몰라 했으나 진하는 여전히 여유를 부렸다.

"쓸데없는 살생은 네게도 좋지 않을 텐데?"

"살생 좀 해서 흑룡의 마음을 돌린다면 제겐 이득입니다만."

"말이 통하질 않네."

답답하다는 투로 진하가 고개를 저었다. 이러니 아직도 뱀 새끼지. 천 년 동안 수행을 하라고 했더니 욕심만 덕지덕지 붙었다. 차율리에게 해가 된다면 그냥 제거하는 편이 나으려나. 속으로 고민하면서 진하가 가슴께에서 밝게 빛나는 구체를 꺼내 보였다.

"이게 갖고 싶다고?"

눈이 멀어 버릴 만큼 밝은 빛에 율리는 눈을 감고 고개를 돌렸다. 순간, 황홀한 빛을 인지한 지석이 율리의 팔을 툭 놓았다. 진하가 심드렁하게 말을 이었다.

"이게 무슨 만병통치약 정도로 알려져 있어서 그렇지, 사실은 별거 아니야."

"별 게 아니라고?"

진하의 말마따나 여의주는 모든 소원을 들어주는 신비의 구슬이 아니었다. 이는 매우 한정적인 범위에서만 작용했다. 소원은 오로지 한 존재에게만 적용되었다. 예를 들면 한 사람의 병을 낫게 해 달라거나, 한 사람을 벼락부자로 만들어 달라는 식으로 말이다. 그런 면에서 물론 이 천 년 묵은 구렁이의 소원도 들어줄 수 있기는 하지만…….

천하의 흑룡이 들어줄 리가 없었다.

"그럼 어서 내놔!"

"내놔? 예의는 어디다 말아 먹은 거야? 싸가지 없게."

진하가 불만스레 투덜거렸다. 그러나 지석의 귀에 진하의 불평은 닿지 않은 모양이었다.

"아아, 어서 이리로……."

천 년 동안 갈구하던 것을 얻을 수 있게 되어서일까? 지석은 꼭 홀린 것처럼 진하의 손에 들린 밝은 구체를 향해 주춤주춤 다가갔다. 진하는 속으로 혀를 찼다. 율리를 끌어내는 식으로 머리를 쓰기에 조금은 고등한 놈인 줄 알았는데 역시 별다를 것 없이 하등한 잡놈이었다.

"아, 미안한데 내가 써야겠다."

"뭐?"

희망을 눈앞에서 부수는 일을 즐기는 성질 고약한 흑룡은 지석의 손이 빛에 가까워질 무렵 산뜻하게 선수를 쳤다.

"내가 죽은 이튿날에 차율리가 죽는 걸로."

그의 말이 끝나기 무섭게 밝은 빛이 사라져 버렸다.

"그럼 이딴 데서 죽진 못하겠지? 차율리?"

임진하는 쉽게 죽지 않을 테니까.

자신의 이름을 똑똑히 들어서일까, 빛이 사라지자마자 눈을 가늘게 뜬 율리가 진하를 올려다보았다. 그는 그녀를 보며 장난기 가득한 표정만 지어 보였다.

진하에게 손을 뻗고 있던 지석이 멍한 표정을 지었다. 진하가 씨익 웃으며 지석의 어깨를 잡아 뒤로 밀어냈다.

"아쉽지만 천 년 뒤에 찾아와라. 그때 줄게."

눈앞에서 희망이 산산조각 난 충격에 지석이 비틀거렸다. 지석의 모습을 즐겁게 보면서 진하는 싸늘하게 말했다.

"아니면 알아서 승천하든가."

마음 같아서는 지금 당장 처리하고 싶었으나 천 년쯤 묵은 것들은 오랜 기간 수행한 존재라 가능하면 살려 두는 편이 나았다. 진하는 이 구렁이를 죽일지 말지 재기 시작했다.

"세상에 쉬운 일이 어디 있어? 원래 좋은 건 오래 기다려야 하는 법이야."

"흑룡!"

눈앞에서 목표를 잃어버리자 지석의 포효와 동시에 산속의 나무들이 흔들리기 시작했다. 분해서 어쩔 줄 모르는 구렁이를 보고 진하가 큰소리로 깔깔거렸다. 되도 않는 머리를 쓰는 꼴이 우습기만 했다.

"어디서 감히 구렁이 새끼가 나한테 거래를 걸어?"

"죽여 버린다! 크으…… 죽여 버리겠어!"

분노로 얼굴이 새카매진 지석이 몸을 꿈틀거렸다. 그의 눈동자가 전부 검게 물들고 입이 귀 밑까지 찢어졌다. 팔과 다리가 연기처럼 사라지더니 그의 몸이 주욱 늘어났다.

"히익!"

멀쩡한 사람이 갑자기 뱀으로 변하는 그로테스크한 광경은 꽤 충격적이었다. 율리는 지석의 뒤에 있어서 얼굴을 보지 못한 게 그나마 천만다행이었다. 물론 지석의 등 뒤에서 목에서부터 허리와 다리가 엿가락처럼 늘어나는 끔찍한 광경을 목격하긴 했지만 말이다.

한편 진하는 코웃음조차 치지 않았다.

"별 또라이 같은 새낄 다 보겠네."

빼곡하게 결계를 세우고 인질을 잡았으나 제 아무리 천 년 묵은 구렁이, 즉 이무기라 하더라도 용과 맞설 수는 없었다. 진하는 하늘을 올려다보았다. 이내 벼락이 그들 사이로 내리쳤다.

"뭐, 뭐야?"

눈앞이 번쩍해서 율리가 저도 모르게 화정을 끌어안고 중얼거렸다. 벼락은 그 누구도 공격하지 않고 공터에 떨어졌다. 벼락이 떨어진 바닥이 검게 타서 김을 내뿜고 있었다.

"아가, 넌 아직도 길을 못 찾고 있느냐?"

쯧쯧, 진하의 혀 차는 소리가 이어졌다. 아지랑이처럼 공간이 일그러진 부분에서 단정한 차림의 경진이 모습을 드러냈다. 율리의 눈이 휘둥그레졌다.

"선배……?"

"죄송합니다."

결계 안으로 들어오자마자 경진은 진하에게 고개를 숙였다. 백룡의 존재를 느낀 지석이 경진에게로 시선을 돌렸다. 방금 전의 벼락은 지석의 결계를 뚫는 칼날의 역할을 한 셈이었다.

"난 웬만하면 천 년씩 산 애들은 좀 살려 주고 싶어. 그거 조금만 더 버티면 승천인데 왜 꼭 마지막에 일을 그르치나 몰라."

경진에게 향한 주의를 돌리고자 진하가 얄밉게 투덜거렸다. 이번 이무기도 그렇고, 저번 생에도 999년 묵은 구미호가 나대다 그의 손에 잔혹하게 죽었다.

지석이 진하에게 주목하자 경진이 눈치껏 율리한테 달려갔다. 이제야 말이 통하는 사람이 나타났다는 생각에 율리가 경진에게 매달렸다.

"선배, 이게 어떻게 된 일이에요?"

"설명은 나중에 하자. 일어나."

흑룡이 이무기를 처리하게 된다면 인간들은 멀찍이 떨어져 있는 편이 나았다. 그 이유로 흑룡이 자신을 부른 것이리라. 경진은 율리와 화정을 보호하는 데 주력했다.

"화, 화정이……."

"얼른 따라와."

경진이 화정을 안아 들고 결계를 뚫어서 길을 만들기 시작했다. 율리는 우물쭈물하며 경진을 따랐다.

한편, 진하는 이무기에게 관대하게 선택지를 주었다. 마지막의 마지막까지 기회를 주는 것이었다.

"이번 일은 눈감아 줄 테니 조금만 더 물속에 처박혀 있지그래?"

"죽여 버리겠어!"

쇳소리가 잔뜩 섞인 지석의 절규는 결계 안을 웅웅 울렸다. 어차피 말뿐이었다. 진하가 한숨을 내쉬자 이내 결계가 유리 조각처럼 흩어졌다. 이무기의 은신처처럼 습하고 어두운 기운이 진하를 향해 똑바로 날아왔다. 진하가 난처한 듯 눈살을 찌푸렸다.

"진심으로 안타깝구나."

흑룡의 얼굴에서 표정이 전부 사라졌다. 지석의 결계가 사라지는 순간, 이 공간은 인간들의 공간과 합쳐진다. 그 전에 이 구렁이를 처리해야 했다.

"조금만 조바심을 버렸으면 모두에게 좋은 결과가 있었을 텐데."

말을 마치고 나서 진하가 혀를 찼다. 천 년 묵은 구렁이는 흑룡은커녕 어린 백룡마저도 해칠 수 없었다. 압도적인 힘의 차이에 이무기의 검은 눈동자에 처음으로 두려움이 감돌았다.

그 즈음, 경진을 따라 열심히 걷던 율리가 돌연 걸음을 멈추고 경진을 불렀다.

"선배, 잠깐만요!"

흑룡이니 천 년 묵은 구렁이니 말은 잘도 나왔지만, 커다란 뱀으로 변한 지석과 달리 진하는 여전히 사람의 형상이었다. 율리가 불안한 시선으로 진하 쪽을 돌아보았다. 정말 진하만 두고 도망쳐도 괜찮은 걸까? 그때 경진이 율리의 머릿속을 읽은 듯 그녀를 안심시켰다.

"괜찮아, 걱정할 것 없어."

"그래도…… 어떻게 걱정을 안 해요?"

이제 커다란 나무의 윗부분밖에 보이지 않았다. 그만큼 진하와 멀어진 셈이었다. 율리가 초조하게 뒤를 힐끔거렸다. 경진은 화정을 고쳐 안고 쓸쓸하게 말했다.

"용이 이무기를 죽이는 건…… 인간이 개미를 밟아 죽이는 것과 다를 게 없어."

물론 천 년 정도 수행한 이무기 처리는 까다롭고 귀찮았으나, 그만큼 둘은 다른 존재였다. 이무기라고 해서 위협이 될 수 있을까 했는데, 정작 용은 한 차원 위의 존재였다. 그 순간 율리는 어째서 진하가 이곳에 나타났을 때부터 그토록 여유로웠는지 이해가 되었다.

위협이 되지 않으니까.

'역시 지상 최강 생물 드래곤…….'

율리는 드래곤 마니아, 임진하 같은 생각을 하고 말았다.

이내 눈이 멀 것 같은 강렬한 빛이 진하가 있던 곳에서 번쩍였다. 율리는 본능적으로 눈을 보호하고자 고개를 돌렸다. 빛은 동그랗게 퍼지다가 점점 희미해지더니 곧 자취를 감추었다.

흑룡이 만들어 낸 강력한 힘을 참지 못한 경진이 얼굴을 찌푸리고 한참 숨을 몰아쉬었다. 율리는 경진의 반응을 이해할 수는 없었지만 힘들어하는 그를 안쓰럽게 바라보다가 조심스레 물었다.

"그 뱀은…… 몰랐던 걸까요?"

"몰랐을 거야. 모든 생물은 전부 자기중심적으로 생각하니까."

호흡을 고르고 나서 경진이 힘겹게 대답했다. 아마 그 이무기는 천 년이나 때를 기다린 자신이 용의 적수가 될 거라고 여겼을 것이다. 천 년쯤 묵으면 강력한 힘이 생기기는 하니 말이다.

그러나 안타깝게도 구렁이와 용은 고양이와 호랑이만큼 차이가 있었다. 아무리 고양이가 천 년씩 묵었어도 호랑이를 이길 수는 없는 노릇. 용을 제대로 본 적이 없는 구렁이는 그 점을 몰랐다.

평소와 다름없는 모습으로 진하가 비탈길을 걸어 내려와 경진에게 말을 걸었다.

"천 년씩 묵은 애들 죽이면 페널티가 좀 센데."

경진은 아무 말도 하지 않았다. 대신 율리가 초조한 기색을 내비쳤다.

"그, 그 사람 죽었어요?"

"어."

진하가 심드렁하게 긍정했다. 안면 있는 사람이 죽었다는 소식이 충격적이긴 했지만, 그보다 율리는 기절해 있는 화정을 씁쓸하게 바라보았다. 어제까지만 해도 새로 시작한 연애에 세상을 다 가진 것처럼 행복해하던 화정이었는데 이제 친구의 연인은 이 세상에서 사라졌다.

그래도 어쩔 수는 없었다. 지석은 자신의 목적을 위해 화정에게도 해를 끼친 셈이었으니 말이다. 율리가 복잡한 한숨을 내쉬고 진하에게 말을 붙였다.

"다친 덴 없죠?"

이무기 따위에게 다칠 일이 뭐가 있단 말인가? 은근히 자존심이 상하는 질문이어서 진하는 대답하지 않았다. 그녀는 입술만 삐죽거렸다. 나름 걱정을 한 건데.

율리의 차가 세워져 있는 곳으로 등산로를 따라 내려가던 진하가 율리에게 갑자기 홱 고개를 돌리고 윽박질렀다.

"야! 넌 왜 아무나 졸졸 쫓아다니고 그래?"

"아, 아니 그게……."

율리가 우물쭈물했다. 화정에게 행여나 나쁜 일이 생길까 뒤도 돌아보지 않고 달려온 것이었는데, 지금 와서 곱씹어 보니 엄청나게 위험한 상황이었다. 지석이 만약 흑룡의 여의주를 노리던 이무기가 아니라 정말로 쾌락 살인마였으면 화정은 물론 자신도 세상과 작별 인사를 했을지 모른다.

차 앞에 도착하자 경진이 화정을 뒷좌석에 태워 주었다. 진하가 턱으로 화정을 가리키며 물었다.

"쟤 네 친구야?"

"네."

"그래? 꼬마야, 네가 알아서 처리해라."

진하가 귀찮다는 투로 경진에게 일을 떠넘겼다. 경진이 한숨으로 대답을 대신하고 화정의 옆에 자리했다. 진하는 태연하게 율리의 차 조수석에 올랐다.

겨우 현실로 돌아왔다고 느끼자 운전석 문고리를 잡은 율리의 다리가 풀썩 꺾였다. 조수석에 앉았던 진하가 재빨리 나와서는 율리의 팔을 잡아 일으켰다.

"왜 바닥에 앉고 그래? 일어나! 얼른 가게."

아니다. 아직 비일상은 남아 있었다. 바로 자신의 팔을 붙잡고 있는 이 남자. 날씨를 조절하는 존재. 흑룡. 어쩜 자기가 한 일을 모르는 척 잡아뗄 수 있단 말인가? 가슴속에 꾹 숨겨 두었던 감정이 올라와서 율리가 그의 팔을 매몰차게 뿌리쳤다.

"놔요!"

"그래, 원한다면."

그리고 얄미운 임진하는 율리의 팔을 그대로 놓아주었다. 비틀, 균형을 잃은 율리가 팔을 허공에 휘젓다가 바닥으로 쓰러졌다.

"으악!"

볼썽사납게 비명을 지르면서.

"그렇게 잡아 줄 때 얌전히 있지."

그의 혀 차는 소리가 이어졌다.

겨우 정신을 차린 율리가 주춤주춤 운전석 문을 잡고 일어날 즈음, 진하는 먼저 조수석에 돌아가 앉아 있었다. 그를 노려보면서 그녀도 옷을 턴 후 운전석에 앉았다. 그는 보란 듯이 거만하게 다리를 꼬고 룸 미러를 통해 경진을 흘끗 쳐다보며 명령했다.

"꼬마야, 내 매니저한테 연락해서 이리로 오라 전해."

"……예."

진하가 경진을 부르는 호칭이 '꼬마'라는 게 무척 거슬렸지만 율리는 굳이 캐묻지는 않았다. 경진이 전화로 진하의 매니저에게 사정을 꾸며 이야기하고 있는 동안, 진하가 한숨을 푹 내쉬더니 율리에게 손짓했다.

"빨리 문 닫아. 창문도."

"왜요?"

"사람들 오잖아. 나랑 같이 있으면 주목 장난 아니게 많이 받거든?"

"아, 네."

그의 정체가 무엇이든 간에 '임진하'는 어쨌든 얼굴이 알려진 인기 스타였다. 창문까지 꼭꼭 닫은 율리가 진하를 꺼림칙한 눈으로 슬금슬금 쳐다보았다. 분명 자신이 잘 아는 모습인데 그의 정체가 사실은…….

"뭘 봐?"

진하가 율리의 생각을 도중에 끊어 버렸다. 그제야 자신이 무례하게 그를 뚫어져라 응시하고 있었음을 깨닫고 그녀가 얼굴을 붉히며 고개를 수그렸다.

"저기, 있잖아요."

"왜?"

입술은 바짝 말라가고 손바닥에 땀이 고인다. 자신의 일상을 뒤흔들어 버린 남자에게 묻고 싶은 것은 산더미였는데, 무엇부터 물어봐야 할지 도통 감도 잡히지 않았다. 그녀는 마른침을 삼키고 말을 이었다.

"여기까지 어떻게 그렇게 빨리 왔나 해서요."

"설명한다고 네가 알아들어?"

이만큼 뻔뻔하게 나오면 오히려 말문이 막히는 법이다. 도로 고개를 치켜든 율리가 진하를 기가 막힌다는 듯 바라보았다.

"아니, 저기…… 무슨 말을 그렇게 해요?"

씩씩거리는 율리를 진하는 담담한 표정으로 마주할 뿐이었다. 알고 싶은 것은 많을 것이다. 이 상황도, 지난 여러 가지 일도. 하지만 그는 구구절절 설명하는 것이 썩 내키지 않았다. 모든 사실을 알게 된다면 그녀가 자신을 피할지도 모른다. 아니면 두려워하는 기색을 보일 수도 있겠다.

그게 싫었다. 앞으로 차율리가 임진하를 꺼리게 되면, 분명 자신은 상처를 받고 말 테니까.

'상처? 인간한테?'

말도 안 되는 의식의 흐름이라고 진하가 자신의 생각을 막 부정할 무렵, 율리의 시선이 올곧게 뻗었다. 해명을 바라는 눈동자. 자신을 향한 그녀의 눈빛이 그는 처음으로 당혹스럽게 느껴졌다. 그가 저도 모르게 그녀의 눈길을 피했다.

이때다 싶어 눈싸움에서 이긴 율리가 무섭게 들이대기 시작했다.

"이따가 말해 준다면서요?"

그가 난감해한다고는 꿈에도 상상하지 못한 율리는 조수석 창문 쪽으로 고개를 돌린 진하를 닦달했다.

"저랑 제 친구가 왜 이런 일에 말려들었는데요? 이게 다 그쪽 때문 아니에요? 그럼 적어도 당사자인 저한테는 설명을 해 줘야 하는 거잖아요."

"설명은 해 주는데 지금은 아니라고."

"그냥 지금 하세요! 경진 선배도 있으니까 둘이 설명하는 게 더 수월할 거 아니에요?"

갑자기 뒤로 불똥이 튀어 매니저와 통화 중인 경진이 어깨를 움찔했다. 진하는 오늘따라 차율리의 직업이 변호사임을 실감할 수 있었다. 자신의 편이 아닌 상대편 변호사 같다는 게 문제였지만.

입을 꾹 다물고 있는 진하가 답답하고 미워서 율리는 속이 터질 것 같았다. 실내에 비가 내리고 뱀 여자가 나타나는 등, 자신에게 일어난 기묘한 일들은 넘어간다 치더라도 오늘은 친구인 화정까지 끌려 들어간 셈이었다. 율리는 뒷좌석에 기절해 있는 화정을 보자 부채 의식과 함께 미안하고 안쓰러운 마음이 들었다. 결국 화정은 자신 때문에, 아니 정확히는 임진하 때문에 이 꼴이 된 셈이었다.

"뭐라고 말 좀……."

답답함을 이기지 못해서 율리가 한마디 덧붙일 찰나였다.

"마침 근처에 비번인 매니저가 있다고 하니 곧 연락이 올 겁니다."

통화를 끊은 경진이 진하에게 상황을 보고함과 동시에 말이 끊긴 율리가 경진을 무시무시하게 노려보았다. 경진은 슬그머니 고개를 돌려 화정의 상태를 살피는 척했다.

"비번…… 이면 성우인가 보군."

진하의 혼잣말이 의미 없이 흩어졌다.

"뭣 하러 매니저를 부른대? 아까 온 것처럼 그냥 순간 이동을 하든지."

둘 다 자신을 무시하는 바람에 삐딱해진 율리가 빈정거렸다. 그제야 진하가 그녀에게 고개를 돌리고 대꾸했다.

"야, 그거 순간 이동 아니거든? 그리고 그거 아무 때나 되는 것도 아니고."

"그럼 언제 되는데요?"

"결계가 쳐져 있어야 하는데……."

머나먼 촬영장에서 이곳까지 한달음에 올 수 있었던 것은 이무기의 결계로 인해 공간이 어그러진 덕분이었다. 휴대폰 통화를 매개로 해서 이무기의 결계로 향하는 길이 열렸고, 진하는 그 지름길을 따라 외진 산에 도착할 수 있었다. 그 역시 촬영장에 결계를 쳐 놓고 왔다면 단숨에 그리로 돌아갈 수 있겠지만 안타깝게도 결계는 주인을 따라 움직였다.

"아, 말을 말자."

"왜요? 그것도 나중에 설명해 주려고? 언제? 나 죽은 뒤에?"

율리가 빽 소리를 쳤으나 설명하자니 긴 것 같아서 이번에도 진하는 입을 다물어 버렸고 율리만 분통을 터뜨렸다. 두 남자가 모두 해명은커녕 설명조차 하지 않을 모양이었다. 시간만 하릴없이 흘러갔다.

얼마 지나지 않아 혼비백산해서 달려온 매니저는 홀연히 사라진 진하에게 화를 내더니 율리와 경진에게 죄송하다고 사과하고 진하를 질질 끌고 가 버렸다. 경진은 이 상황에서 탈출한 진하가 부러웠으나 어쩔 수 없이 율리의 곁에 남아야만 했다.

"내가 운전할 테니 뒤에서 화정이 돌봐 줘. 그게 낫지?"

"……네."

이런 정신으로 운전할 자신도 없던 터라 율리는 정신을 잃은 화정의 옆에 자리했다. 경진은 몸에 맞게 운전석 의자를 조절하고 시동을 걸었다. 화정이 크게 다쳤을 수도 있기에 그는 가까운 병원을 찾아 운전했다.

화정을 물끄러미 지켜보고 있던 율리가 경진을 불렀다.

"선배."

"음?"

"그 사람이…… 임진하를 흑룡이라 불렀어요."

진하가 도망친 이상 경진에게서 설명을 듣는 수밖에 없었다. 율리가 확인차 물었으나 임진하와 사촌 아니랄까 봐, 경진은 묵묵히 운전만 했다. 정면을 바라보고 있는 그가 무슨 표정을 짓는지 뒷좌석에 앉은 율리로서는 알 길이 없었다. 침묵만이 차 안에 맴돌았다. 깨뜨리기 무거운 정적이었다.

한참 직진을 하다가 멀리 보이는 정지 신호에 차가 멈추었으나 여태껏 경진은 조용히 입을 다물고 있을 뿐이었다. 결국 참지 못한 율리가 다시 말을 붙였다.

"선배는요?"

경진은 룸 미러를 흘깃 보았다. 율리는 화를 가라앉히려는지 입술을 꾹 깨문 채 경진을 쳐다보고 있었다. 그때였다.

"……여기가 어디야?"

화정의 목소리가 가느다랗게 울렸다. 경진을 노려보다시피 응시하던 율리가 친구에게로 고개를 홱 돌렸다. 화정은 머리를 부여잡고 눈가를 찡그린 채로 주변을 둘러보았다. 다행히 눈에 익은 실내였다.

"차율 차?"

"응, 내 차 안이야. 괜찮아?"

"으, 머리가 깨질 것 같아. 어?"

어마어마한 두통에 얼굴을 구기고 있던 화정은 운전석에 있는 경진을 보고 눈을 동그랗게 떴다. 경진은 타이밍을 맞춰 정신을 차린 화정에게 고마웠다.

"경진 오빠?"

"몸은 좀 어때?"

"어…… 머리가 좀 아프긴 한데, 뭐야? 이거 어떻게 된 거야?"

화정이 경진과 율리를 번갈아 쳐다보았다. 너를 납치한 너의 연인이 결국 죽임을 당했다는 비극적인 소식을 전해 줄 자신이 없어서 율리가 우물거릴 찰나였다. 관자놀이를 꾹꾹 누르며 화정이 중얼거렸다.

"나 설마 술 먹고 뺑었어?"

"기억나는 거 있니?"

직진 신호가 들어오고 경진이 운전을 시작하며 화정을 떠보았다. 그러나 화정은 고개를 작게 흔들 뿐이었다.

"아뇨, 필름 다 끊겼나 봐요. 내가 어제 술 마셨나?"

머리를 좌우로 저었더니 다시 극심한 두통이 찾아와 화정은 머리를 감싸 쥔 채로 눈을 질끈 감았다. 이토록 무시무시한 두통은 살면서 처음이었다. 잠시 숨을 고르고 나서 화정이 서서히 눈을 떴다. 그러고 보니 옷에 마른 흙이 군데군데 묻어 있었다.

"어우, 옷에 웬 흙이……."

미간을 찌푸린 화정이 무의식적으로 흙을 털려다 행동을 멈추었다. 차 안이라서 흙을 털어내면 안 될 것 같았기 때문이다. 화정이 율리에게 시선을 돌리고 물었다.

"어제 회식 있었나? 어떻게 된 거야?"

"무슨 일 있었는지 생각나는 거 정말 없어?"

"응, 아예 기억이 안 나. 기억이 절단 난 것처럼."

화정이 마른세수를 하고 한숨을 내쉬었다. 요 며칠 무슨 일이 있었는지 화정은 통 기억해 낼 수 없었다. 머릿속에 안개가 낀 것처럼 기억이 선명하지 않았다.

이상함을 느낀 율리가 구체적으로 묻기 시작했다.

"너, 저번 주 내내 엄청 바빴잖아…… 그건 기억해?"

"아, 갑자기 일 왕창 들어와서? 오늘 쉬려고 어제 엄청 쳐 냈는데."

율리의 질문으로 일상생활은 얼추 기억이 나는 것 같았다. 회사에서 무슨 업무를 처리했는지, 의뢰인과 어떤 식으로 미팅을 진행했는지 기억은 나는데 그 외의 기억은 흐려져 있었다. 관자놀이에서 손을 떼지 못하는 화정이 끙 앓는 소리를 내고 혼잣말을 했다.

"⋯⋯일 끝내고 회식했나?"

친구의 눈치를 살필 뿐, 율리는 아무 말도 할 수 없었다. 경진도 여전히 입을 다문 채 운전만 했다. 화정이 어깨를 들썩일 정도로 한숨을 크게 내쉬었다.

"미안해, 내가 술 마시고 너 불러 놓고 기억도 못 하나 봐."

"아니야."

율리의 마음속에 죄책감이 짙게 깔렸다. 친구의 심정을 알 리 없는 화정이 한탄했다.

"어떡해, 치매 왔나? 기억이 왜 이렇게 안 나지?"

"너무 많이 마시면 그럴 때 있더라."

경진이 대화에 끼어들었다. 화정이 고개를 들고 의외라는 듯 경진을 바라보았다. 술자리 참석을 꺼리던 경진이었기에, 화정은 그가 이해해 줄 줄 몰랐다.

"선배도요?"

"응."

물론 화정을 안심시키기 위한 거짓말임을 아는 율리는 경진과 화정을 불안한 시선으로 번갈아 보았다. 그러나 화정은 경진의 거짓말을 진심으로 믿는 듯 조금은 편안한 표정이었다.

율리는 마른침을 삼켰다. 화정이 정말 지석의 일을 기억하지 못하는 걸까? 율리가 조심스럽게 입을 열었다.

"화정아, 너 요즘 만나는 사람 있어?"

"으…… 머리 아파. 만나는 사람?"

율리가 고개를 끄덕였다. 긴장 탓에 손바닥에 식은땀이 고였다. 화정의 입에서 지석의 이름이 나올까 봐 율리는 심장이 떨렸다. 어제만 해도 화정은 사랑 때문에 무척이나 행복해했다. 하지만 언제 연애를 했냐는 듯, 화정은 찡그린 눈으로 친구를 보며 고개 대신 손을 내저었다.

"없지. 왜? 누구 소개해 주려고?"

"아, 아니……."

화정의 부정에 율리가 머뭇거리며 말끝을 흐렸다. 화정은 등받이에 머리를 기대고 멍하니 창밖을 바라보았다. 그런데 갑자기 그녀의 눈에 눈물이 고이기 시작했다.

"어?"

이유 모를 눈물은 화정의 뺨을 타고 뚝뚝 떨어졌다. 깜짝 놀란 율리가 입만 벙긋거리자 화정이 눈물을 닦아 내고 허탈하게 웃었다.

"왜 이러지? 나 계절 타나 봐……."

율리는 할 말을 잃었다. 부끄러운지 어색한 미소를 지은 화정은 눈물을 닦기 바빴다. 기억이 사라져도 감정은 남아 있는 걸까. 친구의 감정이 전염되었는지 율리도 괜스레 슬퍼져서 시선을 떨구었다.

어느새 병원 근처에 도착한 경진이 차선을 바꾸며 말했다.

"머리 다쳤을지 모르니까 응급실 가서 검사해 보자."

"아니에요, 아니에요. 그냥 술취 같은데, 집에 가서 쉬면 돼요."

룸 미러로 화정을 살핀 경진은 그녀의 상태를 파악할 수 있었다. 그녀가 기억을 잃어버린 원인은 이무기의 소멸과 관련이 있는 게 틀림없었다.

화정은 뜬금없이 나온 눈물 때문에 당황스러워 보였지만 특별한 외상도 없고, 정신도 돌아온 듯했다. 결국 경진은 후배의 의사를 존중해 주었다.

화정을 내려 준 후, 이번에는 율리를 데려다주기 위해 경진이 집 주소를 물어볼 참이었다. 율리가 먼저 물었다.

"화정이…… 어떻게 된 거예요?"

친구가 아파트 건물 안으로 들어가는 것까지 지켜보고 조수석에 앉은 율리가 안전벨트를 빼 들었다. 경진은 대답 없이 사이드브레이크를 내리고 핸들을 쥐었다. 머리끝까지 답답해진 그녀가 그를 똑바로 쳐다보았다.

"혹시 선배가 기억을 조작…… 했어요?"

"그런 건 못 해."

"그런데 왜 애가 갑자기 기억을 못 해요? 어제까지만 해도 연애하니 어쩌니 얼마나 행복해했는데."

독립된 개체인 인간의 기억을 조작하는 일은 아무리 용이라 해도 불가능한 일이었다. 그러나 율리는 여전히 경진을 의심스럽게 보고 있었다. 주변에서 일어난 비현실적이고 설명할 수 없는 일의 원인을 경진과 진하에게 돌리고 있기 때문이었다. 경진은 후배의 마음을 충분히 이해하고는 있었으나 마음 한구석이 씁쓸했다.

"아마 홀렸던 걸 거야."

"홀려요?"

경진의 말을 듣기 무섭게 율리는 꿈을 꾸는 듯이 앉아 있던 화정의 모습이 떠올랐다. 그러고 보니 지석에게 헌팅을 당한 그날, 카페 의자에 멍하니 앉아 있던 화정은 율리가 돌아왔는데도 정신을 차리지 못했었다. 홀렸다는 단어의 의미와 부합되는 모습이었다. 율리의 눈가가 일그러졌다.

"어떻게 그럴 수가……."

"이무기가 소멸하고 나서 영향력이 사라지니까 홀려서 행동했던 건 잊히는 거지."

자신이 직접 보고, 듣고, 경험한 일들이 사실은 다른 존재의 의지에 따라 만들어진 거라니……! 그러니까 화정은 지석의 목적에 의해 움직이는 인형일 뿐이었다. 말로 형용할 수 없이 끔찍한 기분에 율리가 입가를 가렸다.

경진은 충격에 휩싸인 율리를 흘깃 곁눈질하고 그녀의 마음을 달래고자 노력했다.

"오히려 화정이에겐 잊어버리는 게 좋은 걸 수도 있어. 너무 나쁘게 생각하진 마."

"……네."

경진의 말마따나 화정에게는 다행일 수도 있겠다. 오랜만에 푹 빠진 연인에게 납치당했다거나, 그 연인이 죽었다는 현실을 알려 주기보다는 기억하지 못하는 편이 나았다. 율리는 마음을 다잡고 창밖을 응시하다가 입을 열었다.

"묻고 싶은 게 많아요."

"그래, 이해해."

말로는 이해한다면서 경진은 율리에게 아무 설명도 하지 못했다. 설명하기 싫은 것이 아니라 설명할 수 없는 것이었다. 흑룡이 설명을 회피하지 않았던가. 자신이 그의 의사에 반해서 차율리에게 모든 것을 알릴 수는 없었다. 다행인지 불행인지 그녀도 굳이 그에게 답을 구하려 들지는 않았다.

하지만 차율리가 가만히 있지는 않을 것이다. 행동력 있는 율리는 분명 진하에게 오늘 일과 지난 사건들을 들먹이며 해명을 요구할 것이 분명했다. 경진의 마음이 무거워졌다. 가능하면 흑룡과 차율리를 떨어뜨려 놓고 싶었다. 흑룡은 너무나도 위험하지 않은가.

차율리는 용살자니까.

"음…… 궁금한 게 있으면 오늘 말고 나중에 나한테 물어봐."

"나중에요?"

그녀의 되물음에 조소가 섞여 나왔다. 항상 고분고분하고 내성적이라고 생각했던 후배가 거침없이 대꾸하자 그는 무의식적으로 긴장했다.

"선배도 나중에 물어보라고 하네요, 나중에."

율리는 진하와 똑같은 소리를 하는 경진에게 서운해졌다.

"도대체 나중에 언제?"

"허락이 필요해서 그래."

"허락이요? 누구한테요? 임진하한테요?"

이번에도 경진은 말을 아꼈다. 율리는 이 상황을 도무지 납득할 수 없었다. 화정이 납치당하고 자신도 죽음의 위협을 느꼈는데 아무도 사건의 전말을 설명해 주지 않았다. 율리가 허탈하게 중얼거렸다.

"그러면 그 사람이 말하지 말라고 하면 저는 아무 대답도 못 듣겠네요?"

실망 가득한 율리의 시선이 경진을 아프게 찔렀지만 그의 입장은 변함없었다. 흑룡이 허락하지 않는 이상, 독단적으로 그녀에게 모든 것을 알려 줄 수는 없었다.

*　　*　　*

정말 엿 같은 기분이다.

월요일. 어쩔 수 없이 똥을 씹은 얼굴로 출근한 율리는 경진이 있을 팀장실 쪽은 쳐다도 보지 않고 어두운 기운만 폴폴 풍겼다.

집에 돌아간 이후로 혹시 진하가 연락을 해 올까 박살 난 휴대폰을 애지중지 손에서 놓지 않고 있었으나 연락 같은 것은 없었다. 경진도 마찬가지였다. 지석의 일 때문에 몸과 마음이 전부 피폐해진 상태에서도 연락을 기다렸는데 정작 당사자인 율리에게 두 남자 모두 메시지 한 통 보내지 않은 것이다.

'어이가 없어서, 진짜……'

율리의 표정이 일그러지자 아영이 율리에게 관심을 보였다.

"율리 씨, 안 좋은 일 있어?"

공감 능력이라고는 약에 쓰려고 해도 없는 남자들과 달리 아영이 걱정스레 물었다. 제3자인 아영에게 어제 일을 시시콜콜 말할 수도 없어서 율리는 책상 구석에 올려 둔 휴대폰을 보여 주었다.

"핸드폰 떨궈 가지고요."

"헉! 액정 장난 아닌데? 어쩌다 이렇게 깨진 거야?"

거미줄처럼 쩍쩍 갈라진 액정은 그나마 액정 보호 필름 덕에 제자리에 붙어 있기는 했다. 율리는 시무룩하게 휴대폰을 응시했다. 이미 세상에 없을 남자지만, 지석의 목을 붙잡고 짤짤 흔들며 휴대폰 값을 물어내라 말하고 싶었다.

"할부는 얼마나 남았어?"

"많이 남았어요. 1년 정도…….”

"어머, 임대폰이라도 알아봐야겠네. 그걸 쓸 수는 없잖아.”

"네.”

안색이 한층 더 나빠진 율리가 우울하게 대답했다. 아영의 눈동자에 잠시 동정이 서렸지만 어차피 타인의 사정이었다. 아영은 이내 자기 자리로 돌아가 앉았다.

율리는 아무 연락도 없는 휴대폰을 물끄러미 내려다보았다. 자신이 피해를 본 당사자인데, 왜 그들은 아무런 설명도 해 주지 않는 걸까? 진하의 속마음을 알 리 없는 율리는 그저 부당하다는 생각만 들었다. 해명이 없으니 주어진 정보를 짜 맞추는 것밖에 자신이 할 수 있는 일은 없었다.

날씨를 조절하는 자. 단숨에 자신의 앞에 나타난 자. 끔찍하게 변한 커다란 뱀을 처리한 자. 그리고 흑룡이라는 단어.

지석은 진하를 흑룡이라고 했다. 흑룡. 그동안 눈이 빠지게 읽었던 판타지 소설의 블랙 드래곤 캐릭터들이 율리의 머릿속에 스쳐 지나갔다.

'괜히 용 오타쿠가 아니었어.’

그래, 지석의 말이 전부 맞다 쳐 보자. 임진하가 블랙 드래곤, 흑룡이라면 사촌 동생인 백경진은?

문득 율리는 어제 진하가 경진을 '꼬마'라 부른 것을 떠올렸다. 아무리 사촌 동생이라지만 겉으로는 나이 차이도 얼마 나 보이지 않는 진하가 경진을 어린아이 취급하는 게 이상했다.

'사촌 동생이 아니라면?'

솔직히 두 남자는 닮은 구석이 없었다. 진하가 경진을 대하는 태도도 눈에 거슬렸다. 애초에 임진하는 사람이 아니라 흑룡이었다. 그리고 백경진이 흑룡인 임진하와 모종의 관계인 것만은 확실했다.

그렇다면…….

'선배도 임진하처럼 용이라거나…….'

거기까지 생각을 확장시킨 율리의 안색이 창백해졌다. 어제 있었던 사건으로 인해 임진하의 정체는 억지로나마 받아들이고 있었지만 자신이 잘 안다고 여겼던 백경진 선배가 실은 인간이 아니라는 가정까지 겹쳐지니 갑자기 속이 거북해졌다. 그녀는 뻣뻣한 목을 돌려서 닫혀 있는 팀장실 출입문을 쳐다보았다. 부정하고 싶은 현실에 그녀가 눈을 감아 버렸다.

'선배를 어떻게 보지?'

손가락에 박힌 가시처럼 불편한 의문이 해소되지 않는 이상 경진을 전처럼 볼 수는 없을 것 같았다. 경진은 궁금한 것이 있으면 자신에게 물어보라고 했는데, 속이 거북해서 경진과 마주 앉을 자신이 없었다. 차라리 경진보다 진하를 만나는 편이 정신 건강에 더욱 편할 것 같았다.

어차피 경진은 설명에 있어서 진하의 허락이 필요하다고 했다. 그렇다면 굳이 경진을 거치지 않고 단계를 뛰어넘어 임진하에게 사정 설명을 들으면 그만 아닌가?

'그래, 궁금한 건 임진하에게 묻자.'

결정을 내리고 나서 율리는 감고 있던 눈을 떴다. 흉하게 깨져 있는 휴대폰으로 손을 가져간 그녀가 휴대폰 메시지 창을 열었다.

[저랑 얘기 좀 해요.]

휴대폰 액정은 박살이 나 있었지만 다행히 기능은 멀쩡하게 돌아갔다. 결국 오늘도 임진하에게 먼저 메시지를 보내고 말았다.

안타깝게도 휴대폰은 한참 동안 조용했다. 금요일에 마무리 짓지 못한 서류를 들여다보면서도 율리는 힐끔힐끔 휴대폰을 곁눈질했다. 그때 팀장실 문이 열렸다.

"오전 회의 다녀오겠습니다."

경진의 목소리에 화들짝 놀란 율리가 본능적으로 어깨를 움츠리고 고개를 돌렸다. 경진은 여느 때와 다름없는 모습으로 팀장실 문을 닫고 있었다.

이토록 친숙한 선배가 사실은 사람이 아닐지도 모른다니…….

율리는 밖으로 나가는 경진의 뒷모습을 보다가 한숨을 내쉬었다. 그리고 법무팀 변호사실 문이 닫히기 무섭게 기다리고 기다리던 진하의 답장이 왔다.

[좋아, 언제?]

긍정적인 대답에 율리가 눈을 빛내며 손을 빠르게 움직였다.

[오늘 저녁이요.]

[올 때 다음 시리즈 갖고 와.]

방금 도착한 진하의 메시지를 읽자마자 율리가 헛숨을 내뱉었다. 미안해하면서 먼저 해명하지는 않을망정 다음 시리즈를 운운하다니! 이 인간 아니, 용…… 아니, 이 남자. 그래, 이 남자의 뻔뻔함은 천하제일인가 보다. 호칭을 겨우 정리한 율리가 씩씩거렸다.

"기가 막혀서 진짜."

"응? 뭐라고?"

혼잣말을 들은 아영이 율리에게 주의를 돌렸다. 얼마나 어이가 없었으면 입 밖으로 말이 다 튀어나올까? 율리는 이곳이 사무실임을 인식하고 겨우 분노를 억누르며 굽실거렸다.

"아, 아니에요. 죄송합니다."

다행히 아영은 꼬치꼬치 캐묻지는 않았다. 율리는 떨리는 손가락으로 휴대폰 액정을 두드렸다.

[싫은데요?]

전송 버튼을 누르고 나니 속이 다 시원해졌다.

진하와 저녁에 만나기로 했으니 업무에 집중을 해 볼까, 하는데 이번에는 메시지가 아니라 전화가 걸려 왔다. 업무 시간에 전화 통화는 금물 아닌가. 율리는 가차 없이 전화 수신을 거부했다. 수신 거부당한 진하가 곧장 메시지를 보냈다.

[전화 왜 안 받아? 어차피 내 집에 올 거잖아? 책 가지고 와.]

[누가 그쪽 집에 간대요? 그리고 일해야 하니까 전화하지 마

세요.]

　일은커녕 휴대폰만 들여다보고 있으면서 율리는 차갑게 메시지를 보냈다.

　[차율리. 우리가 어디서 만나? 내 집에서 봐야지.]

　율리가 코끝을 찡그렸다. 진하의 말이 틀린 소리도 아닌지라 마땅히 대꾸할 말이 없어서였다. 그의 요구를 쉽게 들어주고 싶지 않아서 그녀는 바쁜 척 진하의 메시지를 무시하기로 했다.

　[야.]

　[차율리, 네가 먼저 보자고 한 거잖아.]

　[집 앞으로 와.]

　['드래곤 슬레이어' 가지고.]

　[아니다. '드래곤 슬레이어'는 짜증 나니까 그거 말고 다음 책으로 가지고 와.]

　[야.]

　[야, 차율리.]

　[가지고 오는 거다?]

　[차율리!]

　무음 상태로 해 둔 터라 메시지가 수신될 때마다 휴대폰 액정만 반짝반짝거렸다. 안달이 난 메시지에 율리는 내심 흐뭇해졌다. 그녀는 마음을 너그럽게 먹고 조건을 달아 답장했다.

　[이따가 제가 묻는 말에 대답 다 해 준다면요.]

　무섭게 몰아치던 진하의 메시지가 갑자기 뚝 끊겼다. 율리는 눈도 깜빡이지 않고 휴대폰만 내려다보았다. 이제는 빠져나갈 길을 주고 싶지 않았다. 자신뿐만 아니라 아무 상관없는 친구까지 위험에 빠졌으니까. 아무리 진하가 말을 돌린다 한들 율리의 기억은 생생했고, 그녀는 어제의 일을 묻어 줄 생각이 없었다.

한 시간 같은 1분이 흐르고 나서 답이 왔다.

[알았어.]

더 이상 물러설 길이 없음을 알아채서일까? 의외로 그는 순순히 수긍했다.

"책은?"

율리는 보자마자 책부터 찾는 진하를 흘겨보았다. 이 만남의 목적은 대화를 하기 위함이었지 책 배달이 아니었다. 그래도 인내심 강한 차율리는 꾹 참고 그에게 책을 떠안겼다.

"무거우니까 그쪽이 들어 줘요."

열 권에 다다르는 책을 얼결에 받았으면서도 그는 아무렇지 않아 보였다. 한 치의 흐트러짐 없이 엘리베이터에 오르는 그를 그녀가 못마땅하게 응시하며 말했다.

"저 솔직히 어제 엄청 충격받았거든요?"

"아, 그래?"

그는 무관심하게 대꾸하고 나서 13층 버튼을 눌렀다. 왠지 자신 혼자 열을 올리고 있는 느낌이라 그녀도 마음을 가라앉혔다. 그가 비닐 안쪽을 슬쩍 살피더니 미간을 찡그렸다.

"야, '드래곤 슬레이어' 말고 다른 거 가지고 오라니까? 이거 주인공이 얼마나 밥맛인……."

"주는 대로 받으시죠?"

불평불만 가득한 진하의 말을 율리가 도중에 끊자 그가 냉큼 입을 다물어 버렸다. 그녀는 변화하는 층수를 노려보다 고개를 돌렸다. 책 제목을 살핀 후 입술을 삐죽거리고 있음에도 그는 그림처럼 수려한 모습이었다. 그의 주변에 감도는 분위기가 다르게 느껴진다. 마치 공기가 겁에 질린 듯 정적인 느낌. 그녀는 문득 그가 인간이 아니라 이질적인 존재라는 것을 실감할 수 있었다.

"뭘 봐?"

하긴, 사람이면 이토록 뻔뻔할 리가 없지!

그녀가 뭐라 대답하기도 전, 엘리베이터가 멈추고 문이 열렸다. 홀랑 내린 그의 뒷모습에 대고 그녀는 들으라는 듯 한숨만 크게 내쉴 뿐이었다.

이 집에 몇 번째 출입하는 건지 모르겠다. 하지만 평소와 달리 율리는 위풍당당하게 남의 집에 입성해서 당연한 투로 요구했다.

"물 한 잔 주시죠?"

진하가 할 말이 많은 얼굴로 율리를 바라보다가 안쪽으로 사라졌다. 그녀는 얼굴에 철판을 두껍게 깔고 늘 자리하던 소파에 털썩 앉았다.

생각해 보면 그동안 자신은 임진하의 앞에서 쪼다처럼 행동해 왔다. 전혀 거리낄 것 없는 사이인데 말이다. 물론 진하가 고맙게도 취업 자리를 알선해 주긴 했으나 그건 이미 치킨 두 마리로 고마움을 표했다. 아, 거기에 화재 때 그가 자신을 구해 준 적도 있기는 했다. 활활 타오르던 새빨간 불길을 단숨에 제압하는 빗줄기가 아직도 기억 속에서 선명한데······.

"마셔."

"아, 고맙습니다."

혼자만의 생각에 푹 빠져 있던 율리는 저도 모르게 몸에 밴 대로 감사 인사를 했다. 아무래도 차율리가 임진하 앞에서 뻔뻔하게 행동하기는 태생부터 그른 듯했다.

진하는 물을 찔끔 마시고 컵을 내려놓는 율리를 가만히 지켜보았다. 그녀는 별로 목이 마르지는 않았던 모양인지 컵에 입만 대고 말았다. 힐끔힐끔 눈치를 보는 모습이 아무래도 이 상황에서 관계의 우위를 선점하려는 것 같았다.

"알고 싶은 게 뭔데?"

비어 있는 자리에 앉아 다리를 꼰 그가 거만하게 물었다. 그녀가 얼굴을 확 찌푸렸다.

"뭔지 몰라서 물어요?"

얄밉게도 그는 대답하지 않았다. 심호흡을 하며 화를 억누른 그녀가 단도직입적으로 캐묻기 시작했다.

"흑룡이라면서요?"

이제는 빙빙 돌려 말하기도 지쳤다.

"그래서 뭐?"

"사람이 아니라는 거죠?"

진하가 잠시 침묵했다. 이미 차율리는 웬만한 내막을 눈치채고 있었다. 직접 와서 다시 한 번 묻는 것은 그저 재확인을 하는 것일 뿐. 사실 솔직하게 말해 준다 해도 특별히 문제는 없었다. 그녀가 밖에 나가서 확성기를 들고 '임진하는 사람이 아니라 용이다!' 하고 외친다한들 믿어 줄 사람은 단 한 사람도 없을 테니까. 애초에 그럴 여자도 아니고.

그러나 이 상황에서 그가 머뭇거리는 이유는 차율리의 눈에 공포심이 드리워질까 봐. 지금처럼 가까운 거리가 그녀의 두려움으로 인해 멀어질 수도 있다는 일말의 가능성이 그를 망설이게 만들었다.

"묵비권은 없어요. 여긴 경찰서도 아니고 법원도 아니니까."

참다못한 그녀가 재촉했다. 그가 느릿하게 입을 열었다.

"여기서 내가 너한테 미쳤냐고 되물으면 안 믿을 건가?"

"자꾸 그렇게 피해 가지 말고 솔직하게 말해 주면 안 돼요? 언제까지 사람을 바보 취급할 건데요?"

"혼자 결론 다 내려놓고 왜 와서 묻고 그래? 떠보는 거야?"

돌려 말하기는 했으나 분명 긍정의 대답이었다. 율리가 입만 벙긋거렸다. 이미 확신하고 있었고, 계속해서 의심도 하고 있었는데 막상 그에게서 긍정의 대답을 듣게 되니 기분이 이상해졌다.

"그, 그래서 드래곤물을 그렇게 좋아한 거예요?"

진하는 대답 대신 '드래곤 슬레이어'가 든 비닐 봉투로 시선을 옮겼다. 정체를 확인한 다음 묻는 질문으로 이게 나올 줄은 몰랐다. 그녀가 고개를 갸웃거렸다.

"……파충류?"

"야! 누가 파충류야?"

흑룡이 진심으로 화를 냈다. 화가 날 만도 한 것이 용은 용을 볼 수도 없고 만난 적도 없는 인간들이 만들어 낸 분류 따위에 들어갈 존재가 아니었다.

"파충류가 아니라면, 용…… 이라면서 왜 사람 모양이에요?"

"넌 드래곤의 유희도 몰라?"

"아하……."

드래곤의 유희라는 말로 그녀는 단번에 모든 것을 납득해 버렸다. 역시 현실을 능가하는 소설은 없는 모양이다.

"저기, 경진 선배랑…… 사촌이라면서요?"

"사촌은 무슨."

그가 우습다는 듯 대꾸했다. 그녀는 마른침을 삼키고 셔츠 끝자락에 손바닥에 맺힌 땀을 닦았다.

"그러면 경진 선배도……."

"그래, 걘 백룡이야."

화이트 드래곤…….

율리의 눈앞이 아득해졌다. 몇 년씩이나 알고 지낸 선배가 사람이 아니라니! 그러고 보면 경진은 숙모의 회사에 입사했다고 말했었다. 용의 혈연이 사람일 리가 없겠지만, 그래도 혹시 모르는 일이다. 그녀는 경진의 숙모라는 RD엔터테인먼트 대표이사를 떠올렸다. 우아한 미인마저 사람이 아니라고 생각하고 싶지 않았다. 숙부가 용이고 숙모는 사람일 수도 있지 않은가. 그녀는 애써 논리를 만들어 냈다.

"대표님은…… 아니시죠?"

"맞는데, 걔도."

"어, 어떻게 그럴 수가……."

임진하만 용인가 했는데 혈연이랍시고 소개한 자들이 하나같이 사람이 아니었다. 사람이 아닌 자들과 같이 일을 했다니. 율리의 안색이 하얗게 바랬다.

한편, 모든 것을 내려놓았기 때문일까? 진하는 이제 이 상황이 유쾌했다. 자신이 아는 사람들 얼굴을 떠올리고 안색이 새파랗게 질린 차율리 쇼를 관람하는 것도 나쁘지는 않았다. 그는 불난 집에 기름을 끼얹어 주었다.

"회사 이름인 RD가 무슨 뜻인 줄 알아?"

"……뭔데요?"

"레드 드래곤."

Red Dragon.

회사 이름을 지을 당시 진하는 레드 드래곤의 모험기를 즐겁게 읽고 있었다. 당시 대표인 적룡이 연예 기획사를 기존 회사의 계열사로 만들지, 아니면 새로운 이름을 정할지 고민할 때 진하는 아무 생각 없이 'RD'를 추천했고 그게 채택되었다.

"적룡이 대표지."

이제는 레드 드래곤까지 나왔다.

이쯤 되면 현실성 따위는 안드로메다로 간 셈이었다. 율리는 혼이 나간 얼굴로 앉아 있었다. 더 이상 말이 없는 그녀를 응시하다가 진하가 입을 열었다.

"이제 됐나?"

"……네?"

그녀가 고개를 부스스 들었다. 겨우 정신을 차렸는지, 그를 향한 멍한 눈에 슬슬 빛이 돌아오고 있었다.

"이제 궁금한 거 없냐고."

"아뇨, 아직 많은데요?"

"뭐가 그렇게 궁금해? 호기심 천국이야?"

못마땅하게 대꾸한 그가 팔짱을 끼고 등받이에 푹 기댔다. 그녀는 괜스레 그의 눈치를 살피며 계속 물었다.

"그날 말이에요……."

"그날?"

"가게에 불난 날."

"아, 그날. 그래, 그것도 내가 했다. 됐지?"

지겹게 의심을 받았던 비. 진하가 다 포기해 버린 듯 답해 주었다.

"진, 진짜요? 진짜로 비를 내린 거라고요?"

대답도 귀찮은 투로 그가 고개만 끄덕였다. 정말 사람이 아니구나. 현실감이 물씬 풍기자 그녀의 눈에 그가 더욱 이질적으로 보였다.

"그럼 기상청이나 들어가지……."

물론 그녀의 혼잣말에는 대답해 줄 가치도 없었다.

"어떻게 비를 만들었어요?"

"이렇게."

그 순간, 그녀의 뒤에서 들리지 말아야 할 소리가 들렸다. 툭, 툭. 물방울이 바닥을 때리는 소리. 그녀는 뒤를 돌아볼 엄두가 나지 않았다. 그가 웃음기 섞인 음성으로 재촉했다.

"야, 기껏 만들어 줬는데 안 볼 거야?"

그녀의 고개가 느릿느릿 돌아갔다. 소파 뒤로 비가 내리고 있었다. 빗물이 만들어 내는 냄새, 점점 습해지는 공기, 바닥에 떨어지는 물방울 소리까지. 착각이 아니었다. 그녀의 눈동자에 처음으로 경이로움과 두려움이 동시에 일렁였다.

뚝, 비가 멎었지만 바닥에는 빗물이 여전히 흥건하게 고여 있었다.

"진짜…… 였구나."

진하는 떨리는 율리의 목소리에서 그녀의 감정을 읽었다. 겁을 먹은 인간들은 하나같이 비슷한 태도를 보여 왔다. 주체할 수 없이 몸이 떨린다거나, 눈동자가 흔들린다거나, 목소리가 끊어질 듯 떨렸다. 인간이 아닌 자에 대한 경계와 인간보다 훨씬 강한 자에게 갖는 공포가 인간의 이성을 마비시키는 탓이었다. 차율리도 다르지는 않았다.

다르길 바랐는데.

"그래, 거짓이 아니지."

그가 쓸쓸하게 중얼거리며 소파에서 일어나 그녀의 앞에 섰다. 그녀는 멍하니 빗물 고인 바닥을 내려다보다가 고개를 바로 돌렸다.

"비를 내리게 할 수 있으면, 비를 그치게 할 수도 있겠네요."

다시 한 번 기묘한 상황을 목격하자 그녀는 차마 그를 똑바로 바라볼 수 없어서 시선을 떨군 채 말했다. 그가 곧장 긍정했다.

"그렇지."

소나기가 가위로 잘린 듯 멈췄던 그날, 그와 통화 중이었다. 갑자기 멎은 비를 보고 얼마나 의아해했던가. 역시 그건 자연적인 일이 아니었다.

'사람이 아니었어. 정말로 사람이 아닌 거야.'

율리는 암담해졌다. 자신이 오래 알고 지냈던 남자가 인간이 아니고, 이런 기이한 일을 아무렇지 않게 벌일 수 있는 존재라는 사실이 그녀의 머릿속을 엉망진창으로 흩뜨려 놓았다. 결국 이상한 일들은 괜히 일어난 게 아니었다.

그때 그가 그녀의 이름을 불렀다.

"차율리."

"네?"

깜짝 놀란 율리가 고개를 들려다가 멈칫, 동작을 멈추었다. 그와 눈을 마주칠 자신이 없었다.

흑룡이니 백룡이니 그저 말로만 단어를 언급할 때와 달리, 소파 뒤에 비가 내리던 비일상적인 광경을 목격하니 그의 남다른 존재감이 훅 끼쳐 왔다. 앞에 서 있는 남자는 자신이 아는 임진하가 아니라 낯선 괴물이라는 생각 탓에 마음 같아서는 이 자리에서 사라지듯 도망치고 싶기도 했다.

"날 똑바로 봐."

율리는 머뭇거릴 뿐이었다. 무표정하게 그녀를 내려다보던 진하는 눈을 길게 감았다가 떴다. 그녀가 자신을 두려워하는 것은 평범한 반응이다. 이해할 수 없는 존재를 맞닥뜨린 인간이 겁을 집어먹는 모습을 한두 번 봐 온 것도 아니었다. 그런데 어째서 속이 이토록 답답하고 화가 치미는지 모르겠다.

'차율리가 두려워하리라는 생각이 현실이 된 것뿐.'

어쩜 예상이 한 치도 빗나가지 않는단 말인가.

"그럼 이제 궁금한 건 없겠지."

진하가 마음을 감추고 후련한 척 가볍게 말했으나 율리는 쉬이 대답하지 못했다. 머릿속이 뒤죽박죽이라 궁금한 게 더 남았는지, 의문이 전부 해소되었는지 생각조차 할 여유가 없었다. 그가 우물쭈물하는 그녀의 팔을 덥석 잡고 일으켰다.

"나가 봐."

기분이 저조해진 진하가 축객령을 내렸다. 그에게 이끌려 일어난 율리가 그제야 그를 올려다보았다.

낯익은 얼굴, 낯익은 목소리. 그는 분명 잘 아는 남자였는데.

"죄송했어요."

뭐가 미안한 건지도 모른 채로 그녀가 사과했다. 그의 표정과 눈빛이 꼭 다친 동물처럼 아파 보였기 때문일지도 모르겠다.

그는 아무 대답 없이 그녀의 팔을 놓아주었다. 물끄러미 그를 향한 그녀의 시선이 단단한 마음에 상처를 내기 시작했다. 차율리도 평범한 인간에 불과했는데 도대체 그녀에게 무엇을 투영시켜 보았던 걸까. 왜 그녀는 다른 인간과 다를 거라고 막연하게 여겼던 걸까. 화재가 있던 그날, 징조가 보이지 않았던가. 지금도 잊을 수 없는, 그녀의 두려움 가득한 눈빛을 보고도 어째서 솔직하게 모든 것을 털어놓았을까.

너는 다를 줄 알았다는 생각.

그건 참 바보 같은 기대였다.

율리는 고개를 꾸벅 숙이고 걸음을 옮겼다. 종종걸음으로 소파를 돌아 나가던 그녀가 눈을 크게 뜨고 휘청거리며 대뜸 소리를 질렀다.

"으악!"

그녀의 잘못이라면, 나무 바닥에 물이 고이면 미끄럽다는 점을 잊은 것 정도였다. 왼발이 쓱 미끄러지며 균형을 잃은 율리가 바닥으로 쓰러지기 직전, 진하가 소파를 넘어 타이밍 좋게 그녀의 허리를 받쳐 주었다.

"어, 어?"

허공에 팔을 얼간이처럼 뻗은 율리가 상황을 바로 이해하지 못해 크게 뜬 눈을 끔벅거렸다. 곧, 그녀에게 진하의 호통이 날아왔다.

"야! 이젠 하다하다 걷지도 못해?"

너무 놀란 나머지 율리는 대꾸는커녕, 숨만 내쉬었다. 그녀의 가슴이 오르락내리락하다가 점점 잦아들었다.

"똑바로 서, 똑바로."

"네, 네……."

더듬더듬 답하면서 그녀가 다리에 힘을 주고 일어섰다. 그제야 그의 팔이 그녀의 허리에서 떨어져 나왔다. 언제 그랬냐는 듯 침체된 분위기가 자취를 감추었다. 방금 전까지 그의 마음속을 꽉 메운 그녀를 향한 실망이 눈 녹듯 녹아 사라졌다.

'기가 막히는구만.'

……라는 생각을 하면서도 딱딱하게 굳었던 그의 입매가 조금은 부드러워졌다. 당황한 표정으로 율리가 어물거렸다.

"그, 그럼 정말 가 볼게요."

"잘……."

"으악!"

잘 가라는 말이 끝나기도 전에 그녀가 다시 미끄러졌다. 소파 뒤 흥건한 물웅덩이는 넓게도 퍼져 있었다. 그가 팔을 뻗기보다 먼저 그녀가 그의 목을 본능적으로 끌어안았다.

그 순간.

진하의 눈앞이 번쩍였다.

호흡이 멎을 것 같은 강렬한 감각은 굳건하게 서 있던 흑룡의 다리를 단숨에 꺾어 버렸고, 말로는 형용할 수 없는 쾌감을 이기지 못해 진하는 율리에게 이끌려 바닥으로 넘어졌다.

"으......"

율리가 앓는 소리를 냈다. 온몸에 가해진 충격에 죽을 맛이었다. 등 뒤로 빗물이 스며들어 축축해졌다. 그녀는 인상을 쓰면서 얼굴에 튄 물을 닦아 내려다가 멈칫했다. 물웅덩이에 처박히다 못해 이제는 임진하가 자신을 깔아뭉개고 있었다.

그의 머리칼이 턱과 목에 닿아 간질거렸다. 그녀의 눈동자가 빙글 돌아갔다. 자신의 머리 양옆으로 그의 손이 바닥에 놓여 있었다. 아니, 정확히는 탄탄한 그의 팔이.

'이 자세는......'

거기까지 생각한 그녀가 기겁을 했다.

"......히익!"

율리는 자신의 몸 위로 축 늘어져 있는 진하를 밀어내려 노력했다. 그의 무게감에 숨이 턱턱 막혔다. 그런데 왜 갑자기 이 남자가 죽은 척인지 모르겠다. 울상이 된 그녀가 몸부림을 칠 찰나였다. 그가 어깨를 움찔거리더니 손바닥으로 바닥을 짚고 그녀에게서 몸을 뗐다.

그와 그녀의 눈동자가 허공에서 맞부딪쳤다. 코끝이 닿을 만큼 매우 가까운 거리에서 그는 그녀에게 시선을 내리꽂았다. 오로지 그녀의 것이라고만 여겼던 두려움이 그의 눈에도 스쳐 지나갔다.

어떻게 이럴 수가.

이성을 되찾기 무섭게 진하의 머릿속이 뒤집어졌다.

이 감각.

몇백 년이 흘러도 잊을 수 없는, 너무나도 강렬하고 황홀하며 끔찍한 이 감각.

"어떻게……."

그는 그녀의 얼굴을 홀린 듯 내려다보며 천천히 말을 이었다.

"네가 어떻게……."

평소라면 낄낄 웃으면서 놀릴 법도 한 상황인데 진하는 율리를 이질적인 존재를 보듯이 내려다보았다. 그의 얼굴에는 표정이 올라와 있지 않았고, 그의 눈동자는 그녀의 손으로 서서히 움직였다.

"차율리."

얼음장만큼 차가운 목소리가 율리에게 향했다. 자신의 이름이 불렸는데도 그녀는 처음 듣는 단어처럼 낯설게만 느껴졌다. 벌떡 일어난 그가 그녀에게서 한 걸음 물러났다. 그녀도 그의 눈치를 보며 주춤주춤 상체를 일으켰지만 지금 무슨 일이 일어나고 있는 건지는 도무지 이해할 수 없었다.

물웅덩이에 발이 닿는 소리가 찰박찰박 들렸다. 진하가 율리와 거리를 두는 소리였다. 소파를 지지대 삼아 일어선 그녀가 그를 의아하게 바라보았다. 온몸이 물에 젖어 공기가 서늘했다. 서늘한 공기 사이로 싸늘한 음성이 이어졌다.

"……당장 나가."

"네?"

"당장 여기서 꺼지라고!"

그가 비명처럼 소리쳤다. 흑룡의 분노에 공기가 진동하기 시작했다. 이는 절대로 농담 같은 것이 아니었다. 그의 큰소리에 너무 놀라다 못해 겁을 집어먹은 그녀는 몇 번이고 미끄러질 뻔했지만 뒤도 돌아보지 않고 현관 쪽으로 도망치는 데 성공했다.

제 목을 감싸고 있는 진하의 손이 부들부들 떨리고 있었다.

7장

용살자의 씨를 말려 버리겠다. 이번 생의 목적은 그것뿐이었다. 그런데 첫 용살자를 이렇게 비참하게 알게 될 거라고는 상상도 하지 못했다.

집에 홀로 남은 진하는 자조하면서 무너지듯 소파에 앉았다. 소파 뒤의 빗물은 말라 버린 지 오래였다. 저 빗물 웅덩이에 참을 수 없이 화가 났다. 저것만 아니었어도 차율리의 정체를 눈치챌 일이 없었을 텐데.

"하하⋯⋯."

이제 와서 그게 다 무슨 소용인가. 허탈한 웃음이 입술을 비집고 흘러나왔다.

차율리는 첫 만남에서부터 눈치가 빨랐다. 보통 사람들이라면 신경도 쓰지 않을 것들에 그녀는 유난히 예민했다.

소나기가 내리던 날, 바닥에 빗물이 궤적을 그리지 않은 것부터 시작해서 그녀는 화재 때문에 정신이 없을 적에도 빗속에서 젖지 않은 진하의 모습을 지적했었다. 그런 걸 보면, 그녀의 집안은 용을 보며 서서히 깨어나는 보통의 용살자와 달리 꽤 강한 혈통이었던 모양이다. 처음부터 자신이 속절없이 끌릴 정도였으니 말이다.

그때 차율리가 이무기에게 몸이 찢겨 죽게 놔둘 것을. 아니, 화재 때 불에 타 죽게 내버려 뒀어야 했다.

물론 불가능한 상상일 뿐이었다. 그녀에게 위험이 닥치면 자신은 어떻게든 본능적으로 움직였을 것이다. 그게 이 불공평한 관계의 기본 아니던가.

"가증스러운 것들……."

어쩜 용살자란 것들은 처음부터 항상 순수한 모습으로 나타난단 말인가? 진하는 지난 생에 자신에게 접근했던 친우를 떠올렸다. 이 세상에서 임진하를 이해해 줄 수 있는 인간은 오로지 본인뿐이라는 듯 가증스럽게 걱정하고 주제넘게 행동하는 놈들. 그래, 그때 차율리에게서 그 벗의 그림자를 본 것은 결코 착각이 아니었다.

'똑같은 것들이었다.'

노기를 가라앉히고자 숨을 길게 내쉬던 그의 시야 끝에 비닐로 싸여 있는 책 더미가 들어왔다. '드래곤 슬레이어' 시리즈. '드래곤' 이라는 단어가 붙은 책은 차율리가 임진하를 위해서 기껏 가져다준 소설책들이었다.

차율리가 임진하를 위해서.

진하가 조소를 터뜨림과 동시에 소파 밑에 놓여 있던 책들이 허공으로 솟아오르더니 산산조각 났다. 뜯어진 종잇장들이 눈처럼 바닥에 하얗게 쌓였다. 용살자의 호의 따위는 필요 없었다.

차율리를 어떻게 처리해야 할까?

사람을 사서 쥐도 새도 모르게 죽여 버릴까? 아니다. 그렇게 처리하기에는 배신감이 너무 짙었다. 최대한 그녀가 고통스러워하다가 숨이 끊어졌으면 좋겠다는 끔찍한 악의가 그의 가슴속에 응어리졌다. 하지만 동시에 그녀가 괴로워하는 모습을 상상하는 것만으로도 거부감이 들어 진하의 손이 떨리기 시작했다.

문득 그는 그녀에게 건넸던 말을 떠올렸다.

"넌 통수 치지 마라."

오래전에 기대를 배신한 친우가 생각나서 농담처럼 남겼던 그 말. 그녀는 그 말이 마치 어불성설이라는 투로 되레 뭐라 뭐라 쏘아붙였었다. 그녀가 투덜거리는 모습마저도 마음에 들었는데.

"차율리."

진하의 목소리가 괴롭게 흘러나왔다.

"내가 통수 치지 말라고 했잖아."

율리는 들을 수 없는 그의 혼잣말이 허공에서 흔적도 없이 흩어졌다. 차율리는 임진하의 마음에 드는 특이 체질의 여자가 아니라, 숙적과도 같은 용살자였다.

'어떻게 이 간단한 사실을 눈치채지 못했을까.'

지금 와서 후회해 봤자 소용없는 일이었다. 이 불평등한 관계에서 용은 용살자의 손길이 닿지 않는 이상 그들의 존재를 인지하지 못하니 말이다.

최대한 빠른 시일 내에 그녀를 처리해야겠다. 그는 마음을 단단히 먹고 이를 갈았다. 용살자 처리의 시작은 차율리부터였다.

하지만 분노로 눈앞이 흐려진 진하가 까맣게 잊고 있는 것이 하나 있었다. 그것은 바로 자신의 입으로 뱉었던 말.

"내가 죽은 이튿날에 차율리가 죽는 걸로."

이는 뒤집어보면 차율리가 죽기 전날, 임진하가 죽는다는 뜻이었다.

"알고 있었나?"

거만하게 앉은 진하가 고개를 숙이고 있는 경진에게 덤덤한 투로 물었다. 율리의 정체를 알아챈 이튿날, 진하는 백룡과 대표 이사인 적룡을 호출했다.

경진은 대표이사의 연락에 바로 대표이사실로 달려왔다. 적룡은 어쩔 줄 몰라 흑룡의 눈치를 살피고 있었고, 흑룡은 무표정하게 어린 백룡을 응시했다.

거짓말을 할 필요는 없었다. 경진이 무겁게 긍정했다.

"……예."

이제야 백룡이 차율리를 임진하 곁에서 떼어 내려던 이유를 알겠다.

큭큭, 나직하게 웃던 진하가 이내 미친 듯한 웃음을 터뜨렸다. 이 얼마나 기가 막히는 일인가? 용살자의 씨를 말려 버리겠다고 공공연히 떠들고 다니던 자신이 정작 용살자 옆에서 그녀의 편의를 봐주고 있었다.

"알고 있었다고?"

그의 분노와 함께 대표이사의 책상 위에 있는 물건이 와장창 요란한 소리를 내며 바닥으로 떨어졌다. 커다란 전면 유리창에는 큼직하게 금이 갔다. 차마 흑룡 쪽을 볼 수가 없어서 적룡은 눈을 질끈 감고 고개를 돌려 버렸다.

곧, 흑룡의 웃음이 멈추자 경진이 간곡하게 부탁했다.

"제발 부탁드립니다. 율리를 살려 주십시오. 율리는 용을 해칠 의사가 없……."

"닥쳐."

경진의 말을 도중에 자르고 의자에서 일어난 진하가 겁에 질린 백룡에게로 가까이 다가왔다. 흑룡은 고개를 살짝 내려 경진의 귓가에 싸늘하게 속삭였다.

"얼마나 우스웠느냐? 용살자를 씹어 죽이고 싶다던 내가 용살자에게 빠져 허우적대는 꼴이 말이야."

"아닙니다. 그렇지 않습니다."

진하를 바라볼 자신이 없어서 고개를 숙인 경진이 곧장 부정했으나 진하는 코웃음만 칠 뿐이었다.

"괘씸하지만 내가 널 죽여 버릴 수는 없지."

동족 간 살해는 금기였다. 금기가 아니었다면 이 어린 백룡은 대표이사실에 들어오기 무섭게 혼이 갈기갈기 찢겨 소멸했을 것이다. 진하는 경진에게 전에 자신이 남겼던 경고를 다시 한 번 상기시켰다.

"다시 말하지만 아가, 내 앞을 막아서지 마라."

차율리를 죽이겠다는 의중을 드러낸 흑룡은 그대로 대표이사실을 나가 버렸다. 문이 부서질 듯 큰 소리를 내며 닫혔다. 경진은 굳게 닫힌 출입문을 망연자실하게 쳐다보았다.

"흑룡께서…… 많이 노하셨구나."

적룡은 금이 간 유리를 손가락 끝으로 매만지면서 한탄조로 중얼거렸다. 아직도 주변에 진하의 노기가 남아 있었다. 흑룡의 분노는 영혼이 얼어붙을 만큼 차가워서 몸이 절로 떨릴 정도였다.

경진이 대표이사에게 절박하게 말했다.

"율리는 몰라요. 아무것도 모릅니다. 우리에게 해가 되지 않는 애를 어찌 죽일 수 있단 말입니까?"

가만히 창문을 쓸고 있던 적룡이 천천히 몸을 돌렸다. 어린 용의 절실한 마음이 와 닿았지만 그녀 또한 진하를 막을 수는 없었다. 오히려 적룡은 용살자를 제거하겠다는 흑룡을 지지했다. 용살자를 직접 마주한 적은 없음에도 그녀는 용살자가 얼마나 무서운 존재인지 충분히 알고 있었다.

"지금은 해가 되지 않겠지. 하지만 언젠가는 해가 될지도 모르는 자란다."

지금은 순진한 얼굴을 하고 있는 차율리지만 언제 각성해서 등에 칼을 꽂을지 모른다. 용살자에게 살해당한다는 것은 인간의 삶만 끝나는 것이 아니라 용의 존재가 소멸한다는 것을 뜻했다. 잠깐의 일탈과 다름없는 인간의 삶이 끝나는 것에는 미련이 없으나 존재의 소멸은 적룡에게도 막연하게 두려운 일이었다.

"제발 흑룡을 막아 주세요."

경진의 목소리가 끊어질 듯이 떨렸다. 대표이사는 경진을 안쓰러운 눈길로 바라보며 그가 감정에 휘둘려 놓친 것을 짚어 주었다.

"경진아, 네가 이렇게 차율리의 생사에 매달리는 것 또한 본능이라고는 생각하지 않니?"

머리로 하는 판단이 아니라 그저 본능. 경진이 고개를 번쩍 들었다. 단 한 번도 생각지 못한 관점이었다. 단지 마음이 기우는 후배라서 그녀를 지켜 주고 싶은 것이 아니라 용살자에게 끌리는 본능 탓이라니. 경진의 눈동자가 혼란으로 흔들렸다.

"인간에게 초면에 호감을 가진 적이 없는 나도 차율리를 처음 보고는 호감을 가졌단다."

용살자는 사람을 의심하고 경계하는 적룡의 철칙마저 흩트렸다. 몇 번 마주친 적이 없는데도 율리에게 호감이 생길 정도니, 몇 년간 같은 학교에 다녔던 경진이나 오랜 시간 율리와 친분을 유지했던 진하의 감정이 어떨지 가늠조차 되지 않았다.

"너도 힘들다는 건 알지만, 흑룡의 배신감이 얼마나 클지…… 이도 한 번 생각해 보아라."

심지어 용살자를 죽이겠다고 공공연하게 단언하던 진하 아닌가. 적룡은 바닥에 떨어진 서류를 우아하게 집으며 말을 이었다.

"차율리 처리는 흑룡께 맡기어라. 너는 눈만 감고 있으면 돼."

"안 됩니다! 율리는, 율리는……."

하지만 경진도 물러설 수는 없었다. 소중한 후배는 잘못이 없었다. 용을 해칠 생각조차 하지 않는 그녀의 목숨을 왜 취해야 하는지 경진은 도통 이해가 가지 않았다. 율리의 죽음을 그는 외면할 수가 없었다.

바닥에서 나뒹굴고 있는 명패를 든 적룡이 쓸쓸히 말했다.

"이번 생이 끝나고 또 다음 생이 오면 그땐 차율리라는 존재도 망각하게 될 테니 너무 마음 쓰지 마렴. 다 지나갈 일이야."

인간에게 마음을 쏟는 것은 부질없는 짓이라고, 그녀가 돌려 말하고 있었다. 경진의 눈가가 고통스럽게 일그러졌다.

*　　*　　*

　어제 밤새 잠을 못 잔 탓에 율리의 눈 밑은 까맣게 죽어 있었다. 이유야 당연히 임진하 때문이었다. 그의 갑작스러운 태도 변화가 밤새도록 그녀를 고민하게 만들었다. 무엇이 마음에 들지 않았던 건가. 두 번 씩이나 미끄러진 것? 그의 성격상 그런 실수를 비웃으면 비웃었지, 화를 낼 리는 없는데.

　'아니면……'

　율리는 진하의 목을 끌어안고 넘어진 것을 떠올리고 얼굴을 붉혔다. 그때는 생각도 못 했는데 조금만 더 오래 그 자세를 유지했다면 야릇한 분위기가 될 수도 있었다.

　'……라니 내가 무슨 생각을!'

　이건 임진하에게도 민폐나 다름없는 상상이었다. 게다가 그 분위기가 낯설었으면, 그냥 모르는 척하면 그만인데 꺼지라고 소리까지 지르는 태도는 너무 심한 것 아닌가. 양손으로 얼굴을 감싼 율리가 고개를 홱홱 저었다. 멀찍이서 율리를 응시하던 아영이 입을 열었다.

　"율리 씨, 왜 그래?"

　"네? 아, 아니에요!"

　그러나 눈치 빠르기로는 대한민국 넘버원, 최아영이 이상한 냄새를 맡지 못할 리가 없었다. 아영이 눈을 가늘게 뜨고 율리의 안색을 살폈다. 상기된 얼굴과 축촉해진 눈동자. 틀림없이 이는 연애와 관련된 일이다! 탐정으로 빙의한 아영이 벌떡 일어나 율리에게 쪼르르 다가왔다.

"율리 씨."

"네?"

아영은 한강 쪽을 흘깃 돌아보았다. 다행히 그는 모니터에 코를 박고 있었다. 율리의 귓가로 고개를 숙인 아영이 소곤거렸다.

"어제 그 사람이랑 좋은 일 있었나 봐?"

철두철미한 아영은 일부러 진하의 이름을 말하지 않았다. 히죽히죽 웃는 선배의 얼굴을 본 율리는 할 말을 잃어버렸다. 정말 대답할 수가 없었다. 긍정은 당연히 거짓말이니까 안 되고, 부정해 봤자 아영은 또 '비밀 연애'로 몰아갈 것이 뻔했다.

그래도 침묵은 긍정을 의미하겠지.

"아니에요, 그런 거."

"아니긴? 완전 연애하는 여자 얼굴인데!"

"진짜 아닌데……."

역시 율리의 예상대로 아영은 자기 좋을 대로 생각하고는 흐흐 웃으면서 자리로 돌아갔다. 차라리 아영의 말이 사실이었으면 이토록 답답하지도 않을 텐데.

그때 대표이사에게 불려갔던 경진이 핏기 없는 얼굴로 돌아왔다. 그의 주변에서 절망적인 공기가 감돌아 아영조차 말을 붙이지 못했다. 저벅저벅 힘없이 걸어서 팀장실 문을 연 경진이 몸을 돌려 율리를 불렀다.

"차변, 잠깐 나랑 이야기 좀 해요."

기시감이 드는 상황에 갑자기 율리에게 불안이 밀어닥치기 시작했다. 불안의 발로는 딱히 오래되지 않은 기억에서였다. 예전 회사에서 사수에게 불려 갔던 그날, 그녀는 해고 통지를 받았었다. 그때도 사수는 표정이 썩 좋지 못했다. 마치 지금 경진처럼 말이다.

경진은 율리의 대답을 기다리지 않고 팀장실로 들어가 버렸다. 머뭇거리다가 일어난 율리는 애써 침착하려 노력했다. 뒤에서 아영과 한강의 걱정스러운 시선이 느껴졌다.

"저…… 무슨 일이세요?"

팀장실에 들어와 문을 닫은 율리가 경진에게 조심스럽게 말을 붙였다. 경진이 깊은 한숨을 내쉬었다.

"나한테 물어보라고 했잖아."

"네? 뭘요?"

"임진하의 정체라든가, 네가 궁금해하던 것들. 나한테 물어보라고 했잖아."

경진이 웬일로 노기를 섞어 말했다. 율리는 그제야 경진이 왜 대표이사에게 불려 갔는지 알 것 같았다. 어제 자신은 진하에게 숨겨진 사실에 대해 꼬치꼬치 캐물어 대표이사의 정체까지 알게 되었다. 아마 그것이 진하를 통해 대표이사의 귀에 들어간 게 아닐까. 율리는 열심히 헛다리를 짚었다.

"죄송해요. 저 때문에 많이 난처하셨……."

"율리야, 내가 전에 네게 부탁한 게 있었지?"

급한 말투로 경진은 율리의 말을 도중에 잘랐다. 율리가 입사하면서 경진은 몇 가지 조언을 했었는데, 그중 하나를 그녀는 어제 어겼다.

경진의 부탁이 한두 가지가 아니었던 터라 율리는 바로 생각해 내지 못했다. 경진은 그녀의 의아해하는 표정에서 절망을 느꼈다. 뜬금없는 부탁이긴 했으나 제발, 제발 그것만큼은 지켜 주기를 바랐었다.

흑룡의 역린을 건드리지 말기를.

"기억 안 나니? 내가 부탁했잖아. 임진하의 목덜미를 건드리지 말아 달라고."

"아……."

그제야 기억해 낸 율리가 고개를 끄덕였다. 맞다. 경진은 진하에게 약간 정신병이 있다고 했었다. 그래서 목을 건드리지 말라고 조언을 주었었는데, 생각해 보니 어제 그의 목을 끌어안고 말았다.

'아, 그래서 화를 냈던 걸까?'

임진하가 사람인 줄 알았을 때는 그가 정신병자이기 때문이라고 넘어갔었다. 그러나 그가 사람이 아니라 용이라고 생각하자 용들은 목을 만지는 것을 싫어하는 걸지도 모르겠다는 추측이 이어졌다. 이유는 모르겠지만 그래서 화를 낸 것일 수도 있겠다. 그의 태도가 돌연 변했던 이유를 짐작해서일까. 율리의 마음이 조금 가벼워졌다.

"그게 좀 사고 같은 거였는데요. 일부러 그런 게 아니라……."

경진의 눈치를 보면서 율리가 우물쭈물 털어놓았다. 하지만 경진은 천진난만한 후배를 안타깝게 응시할 뿐이었다.

용이 용살자를 직접적으로 해칠 수 없다는 것이 그나마 다행이었다. 아니었으면 율리는 그 자리에서 진하에 의해 숨이 끊어졌을 것이다. 경진은 다시 한 번 한숨을 내쉬었다. 이제 정말 다 끝장이었다.

"이제 임진하는……."

그토록 숨기고 싶었던 사실이었는데.

"너를 해치려고 할 거야."

꿈에도 상상하지 못한 소리에 율리의 눈이 동그래졌다. 해친다? 왜? 고작 목을 만졌다는 이유로? 납득할 수 없는 말이라 그녀는 얼굴을 찌푸리고 물었다.

"왜요?"

"네가 용살자라는 것을 알게 되었거든."

"네? 용살자?"

낯선 단어의 뜻을 이해할 수 없어서 율리가 되물었다. 그녀는 경진의 경고가 실감 나지 않았다. 아무리 이무기를 단번에 죽일 수 있는 강한 흑룡이라 해도 율리에게 있어 임진하는 드래곤물 마니아에 치킨이라면 환장하는 이상한 남자일 뿐이었다. 그가 자신을 해친다는 말은 농담거리도 되지 않았다. 경진은 아직까지도 사태의 심각성을 파악하지 못한 후배를 동정하며 대답했다.

"용을 살해할 수 있는 유일한 인간 말이야."

경진의 말이 끝나기 무섭게 율리의 머릿속에 강렬하게 남은 그림 하나가 떠올랐다. 소녀가 용에게 칼을 박아 넣는 기괴한 그림이었다. 그림이 떠오른 순간, 갑자기 모든 퍼즐이 투투투툭, 맞춰지는 느낌이 들었다.

작은할아버지가 도란도란 해 준 옛 이야기, 오로지 자신에게만 남긴 낡은 문서 더미, 날씨를 조절할 수 있는 자들과의 만남…….

"너에게 갔구나."

작은할아버지의 목소리가 잔상이 되어 머릿속에서 울렸다. 율리는 저도 모르게 입을 틀어막았다. 속이 뒤집어질 것 같아서였다. 경진의 말은 농담 따위가 아니었다.

"제가 용살자라고요."

경진이 마른침을 삼켰다. 율리의 눈은 조금 전까지 아무것도 모르는 듯한 순진한 눈동자가 아니었다. 모든 것을 깨달은 사람처럼 그녀의 눈빛이 어두워졌다. 균형을 잃고 비틀거리는 그녀를 그가 붙잡아서 소파에 앉혀 주고 말했다.

"우리는 본능적으로 용살자에게 끌리게 되어 있어. 불길에 뛰어드는 불나방처럼."

그러나 경진은 본능 때문에 자신이 율리의 주변을 맴돌았음을 인정하기는 싫었다. 그녀가 그를 물끄러미 올려다보았다.

"흑룡은 예전에 용살자였던 친구에게 소멸될 뻔한 적이 있어."

그러고 보니 진하가 죽은 친구 이야기를 한 적이 있었다. 죽은 친구와 그녀 자신이 닮았다는 말이었다.

"정말 착한 친구라고 생각했는데, 마지막에 내 뒤통수를 치더니 죽더라."

그 친구였구나. 율리는 진하가 무의식중에 자신에게서 먼 옛날의 벗을 투영하여 보았을 것이라 짐작했다. 그 친구도 자신과 같은 '용살자'였을 테고, 경진의 말이 사실이라면 진하가 죽은 친구에게 이끌리듯 자신에게도 이끌렸을 것이다.

"그래서 흑룡은 이번 생에 용살자를 전부 처리…… 하겠다는 목적을 가지고 왔고."

"처리라면?"

"위협이 되지 않도록 널 죽이겠다는 거야."

율리의 입술이 말라 가기 시작했다. 어제 진하가 히스테릭하게 자신을 쫓아낸 이유는 따로 있었다. 대표이사를 만나고 돌아온 경진의 안색이 나빴던 것도 이 일 탓이었다.

흑룡은 이무기를 단숨에 제압했다. 하등한 지네나 쥐 따위는 눈 하나 깜빡이지 않고 죽여 버렸다. 그런 그가 힘없는 인간 여자를 '처리'하는 것은 식은 죽 먹기이리라.

뒤늦게 율리는 자신이 엄청난 위험에 빠져 있음을 피부로 느낄 수 있었다. 어떻게 해야 할지 몰라 그녀가 경진을 망연히 쳐다보았다. 머릿속이 텅 비어 버린 듯 아무 생각도 나지 않았다.

"저, 저는 그럼 어, 어떻게 해야…… 하죠?"

"일단 진정하고, 최대한 나랑 같이 움직여."

"……선배랑요?"

"응."

율리가 경진을 의심스럽게 응시했다. 어제오늘 자신이 몰랐던 사실이 폭포처럼 쏟아져서 이해도 하기 전에 질식할 것 같았다. 비현실적인 상황이 그녀를 혼란스럽게 만들어, 무엇을 믿어야 할지 기준이 서지 않았다.

"제가 용살자라면서요."

용을 죽일 수 있는 인간. 혈통의 무게가 그녀의 어깨를 짓눌렀다. 임진하도 질색하는 자신인데, 그와 같은 용이라면서 백경진은 도움의 손길을 내밀었다. 죽을 수도 있는데.

"선배는 제가…… 괜찮으세요?"

"용살자 이전에 넌 내 후배야. 내가 도와줄게."

경진의 말이 율리의 가슴을 울렸다. 눈물이 날 것 같았다. 이런 말이 듣고 싶었다. 용이니 용살자니 비일상적인 단어가 아니라 후배라는 말. 아직은 발이 현실이라는 땅에 닿아 있다고 안심할 수 있는 단어 말이다.

"퇴근할 때도 같이 가자."

"……네, 고맙습니다."

코끝이 붉어진 율리가 더듬더듬 말했다. 여전히 경진은 그녀를 안타까운 시선으로 바라보고 있었다.

* * *

지방에서 촬영을 마치고 올라온 진하는 곧장 대표이사실로 향했다. 대표이사는 평소와 다름없이 그를 맞아주었다.

"무슨 일이시지요?"

"백경진이 거슬려."

뜬금없는 소리에 적룡이 고개를 기울었다. 자세하게 말해 달라는 무언의 몸짓이었다. 팔짱을 낀 채로 얼굴을 찌푸린 진하가 불만스럽게 말했다.

"백경진이 차율리 옆을 지키고 있다. 목적에 방해돼."

지금 흑룡의 목적은 단 하나, 차율리의 죽음이었다. 그런데 그 목적을 방해하는 자가 동족인 백룡이라니 기가 막힐 노릇이었다.

심정적으로는 흑룡의 편이었고, 그를 지지하는 적룡이지만 차율리가 용을 살해할 기세로 날뛰지 않는 이상 별생각은 없었다.

물론 용살자의 잠재력을 경계하는 마음에 어린 백룡에게야 율리를 포기하라고 종용했고, 용살자가 얼마나 무서운 존재인지 모르는 것도 아니었다. 그래도 어차피 흑룡이 알아서 용살자를 잘 제거할 테니까 별로 신경 쓰고 싶지도 않다는 게 솔직한 마음이었다.

"그렇군요. 출근을 같이하는 건 저도 알고 있었습니다만."

아무렇지 않게 말하는 적룡과 달리, 흑룡의 눈동자에 불꽃이 튀었다. 백경진이 진정 미쳤나 보다. 겁도 없이 차율리 옆을 맴돌다니 말이다. 아니, 그보다 백경진이 차율리와 시간을 오래 보낸다는 것에 먼저 화가 치밀었다.

"출근을 같이 해?"

"모르셨군요?"

"당연하지, 제주도 근처에 5일을 갇혀 있었는데!"

진하가 분통을 터뜨렸다. 그날 이후, 그는 영화 촬영 때문에 제주도와 남해 근처를 돌아다녔다. 장장 5일이나.

"당장 차율리 잘라 버려."

백룡과 더는 접점이 없도록 진하는 율리의 해고를 명했다. 대표이사가 한숨을 내쉬었다. 언제는 차율리의 자리를 만들라 하더니, 지금은 그녀를 내쫓으란다.

"……알겠습니다."

머뭇거리긴 했으나 적룡은 아쉬울 것도 없었다. 마침 용살자가 자신의 회사에 근무한다는 점도 찝찝했으니 잘된 셈이었다.

진하는 화를 식히기 위해 심호흡을 했다. 차율리 옆에 백경진이 있다는 게 왜 이렇게 짜증 나는지 모르겠다. 백룡 새끼는 이때다 싶어서 그녀의 환심을 사려고 노력하는 건가?

'자존심이라고는 하나도 없는 등신.'

이를 갈면서 속으로 경진을 욕하는 진하를 대표이사가 물끄러미 살폈다. 적룡이 보기에 흑룡은 뭔가 이상했다.

흑룡의 제1목적은 차율리를 처리하는 것이었다. 또한 용살자를 혐오하는 흑룡은 그 누구보다도 차율리에게 가장 크게 반감을 가지고 있어야 했다. 그런데 어째서인지 흑룡은 차율리보다는 백경진에게 화가 난 듯 보였다.

'착각인가?'

현명한 적룡은 굳이 입 밖으로 그 말을 하지 않고 돌려 물었다.

"용살자 제거는 어떻게 하실 생각인지요?"

"아직 고민 중이다."

진하가 고소를 지으며 대답했다. 대표이사는 더 이상 캐묻지는 않았다.

사람 하나쯤은 쥐도 새도 모르게 죽일 수 있는 세상이 아닌 터라, 계획은 치밀해야만 했다. 요즘은 과학수사 기법이니 뭐니, 인간들이 쓸데없이 똑똑해져서 사람 하나 죽이는 데에도 신경을 많이 써야 했다.

게다가 진하는 용살자인 율리를 직접적으로 해할 수는 없었다. 이용할 수 있는 건 가장 기본적인 방법인 미물을 이용하는 법, 혹은 사람을 사거나 선동하는 식의 간접적인 방법뿐이었다. 그나마 과거에는 이념과 사상이 지배자와 다르면 얼마든지 사람 목숨을 앗아 갈 수 있었으나 지금은 또 그렇지도 않았다. 사람 하나를 아무 의혹 없이 죽이기가 어려워졌다.

어떻게 해야 할까.

"머리가 아프군."

관자놀이를 짓누르며 그가 중얼거리자 그녀가 의아한 시선을 보냈다. 두통? 평범한 인간도 아닌 흑룡이 육체적인 고통을 호소한다는 게 이상해서 그녀가 걱정스럽게 물었다.

"무슨 일이라도?"

"아니, 신경 쓰지 마라."

진하는 손을 내젓고 돌아섰다. 차율리의 죽음을 생각하는 것만으로도 머리가 깨질 듯이 아파왔다. 적룡은 이 고통을 모른다. 용살자가 용에게 미치는 영향은 예상외로 상당했다. 이게 바로 불공평한 관계의 기본 아닌가?

용은 용살자를 해할 수 없다는 불공평한 관계.

적룡의 눈길을 외면하고 대표이사실을 나온 진하는 하얗게 바랜 얼굴로 엘리베이터에 올랐다. 과거에도 그랬지만 용살자처리는 무척이나 성가셨다. 본능을 거스르는 대가는 고통으로 다가왔다. 상상이 구체적으로 변할수록 육체와 정신은 더욱 힘 겨워진다.

지금도 이 빌어먹을 본능은 차율리를 해치지 말라 외치고 있 는데.

눈가를 일그러뜨린 진하가 엘리베이터 벽에 몸을 기댔다. 머 릿속에서 차율리를 지워 버리는 게 두통에서 벗어날 유일한 방 법임에도 뇌리에서 그녀의 모습이 쉽게 지워지지 않았다.

엘리베이터는 지하 주차장까지 쭉 내려갔다. 다음 스케줄로 이동하기 위해 매니저가 지하에서 기다리고 있을 것이다. 그는 이를 악물고 똑바로 섰다. 곧 엘리베이터 문이 열렸다.

"어……."

그리고 엘리베이터 밖에는 악몽처럼 차율리가 서 있었다. 그 녀는 진하를 보고 한 걸음 뒤로 물러섰다.

율리는 업무 시간이지만 화정의 연락을 받고 잠깐 차에 다녀 오는 길이었다. 이무기와 관련된 기억은 전부 잊은 친구였지만 친구가 아직 잊지 않은 것이 있었다.

팬심!

화정은 율리에게 전화를 걸어서 예전에 부탁했던 진하의 사 인을 받아 갈 수 있겠느냐 물었다. 마침 외근이었고, 업무도 생 각보다 빠르게 끝나서 화정은 시간이 비었다고 했다. 언제고 화 정에게 줄 수 있도록 돌돌 만 사인지를 차 안에 두었던 터라 율 리는 흔쾌히 친구의 부탁을 들어주기로 했다.

즉, 사인지를 들고 1층으로 가기 위해 엘리베이터를 기다리던 참에 율리는 날벼락을 맞은 것이었다.

"아, 안녕하세요."

태평하게도 율리는 자신을 죽이려고 하는 남자에게 인사나 하고 말았다. 그래도 면전에 대고 욕을 할 수는 없지 않은가. 그녀는 자신을 향한 진하의 싸늘한 눈초리에 어깨를 움츠렸다. 그러나 그는 아무 말 없이 닫힘 버튼을 눌러 버렸다.

"어? 잠, 잠깐만요!"

1층에 가려고 엘리베이터를 기다린 건데!

죽음의 위기고 뭐고 간에 율리도 반사적으로 버튼을 눌렀다. 왠지 그에게 지고 싶지 않았다.

다시 엘리베이터 문이 스르르 열렸다. 율리를 마주하고 있어서일까? 진하의 두통이 더욱 심해졌다. 통증을 느끼는 일은 생소한 터라 그의 얼굴이 한층 더 일그러졌다. 머리가 지끈거리기만 하던 것이 이제는 뒷목까지 뻐근해져서 그는 눈을 감아 버렸다.

한편, 율리는 진하의 험악한 표정이 자신 탓인가 싶어 불편해졌다. 그녀의 얼굴이 보기도 싫은지 그가 눈까지 감자 괜스레 가슴 한구석이 욱신거렸다. 용살자든 드래곤 슬레이어든 간에 그런 혈통을 갖고 태어났을 뿐, 자신의 죄도 아니건만!

서러워진 율리가 엘리베이터 버튼에서 손을 뗐다. 엘리베이터 문이 천천히 닫혔다. 그녀는 콧방귀를 뀌었다. 지하 2층에서 1층으로 올라가는데 계단을 이용하면 그만이었다.

'당장에라도 죽일 것처럼 보더니 바로 죽이지는 않네.'

그녀는 일부러 험한 생각을 하면서 여유를 부렸다. 이렇게 강한 척이라도 해야 마음이 덜 아플 것 같아서였다.

그때 문이 닫힌 엘리베이터 안에서 휴대폰 벨 소리가 새어 나왔다. 층수의 변화가 없는 것을 보면 엘리베이터는 어디로도 움직이지 않았다. 그저 문만 닫혀 있을 뿐.

기본으로 설정된 벨 소리는 한참을 울리다가 뚝 끊어졌다. 그리고 다시 벨 소리가 처음부터 나기 시작했다. 계단으로 향하려 엘리베이터를 등졌던 율리가 고개를 돌렸다. 휴대폰 벨 소리는 마치 경고처럼 울리고 있었다.

'왜 전화를 안 받지?'

율리가 꺼림칙한 표정으로 닫혀 있는 엘리베이터를 응시했다. 엘리베이터는 여전히 지하 2층에 머물러 있었고, 그 안에서 진하의 휴대폰이 시끄럽게 울고 있었다. 그녀의 손이 절로 상행 버튼 위에 놓였다.

'누를까 말까.'

그녀는 쉬이 버튼을 누르지 못했다. 이 버튼을 눌러서 문이 열리면 쥐나 지네, 이무기처럼 단숨에 죽어 버릴지도 모르는 일이었다. 하지만 그렇게 죽일 거였으면 아까 눈이 마주치자마자 죽였을 텐데, 싶기도 했다.

율리가 갈팡질팡하는 동안 휴대폰 벨 소리는 끊어졌다가 다시 울려 퍼졌다. 세 번. 임진하 성격 상, 시끄러운 소리를 세 번이나 가만둘 리가 없겠다는 생각이 들자마자 그녀는 엘리베이터 버튼을 눌렀다.

심장이 미친 듯 뛰었다. 그래도 혹시 모르니, 그녀는 엘리베이터 문에서 떨어져서 벽으로 몸을 숨겼다.

시끄러운 벨 소리만 실내에 가득 찼다. 진하의 호통도, 눈앞이 번쩍이는 벼락 따위도 없었다. 율리가 고개만 빼꼼 내밀어서 엘리베이터 안을 살폈다.

'어?'

거기에는 한 손에 휴대폰을 쥔 진하가 다른 손으로는 벽을 짚은 채 서 있었다. 이상한 점은 그가 고개를 푹 숙이고 있다는 것. 목에 깁스라도 한 양 오만하게 턱을 치켜세우던 그가 웬일로 고개를 수그리고 있었다. 순간 그의 손에 들려 있던 휴대폰이 바닥으로 큰 소리를 내며 떨어졌다.

"헉!"

깜짝 놀란 율리가 저도 모르게 소리를 내자 진하가 어깨를 꿈틀거리더니 고개를 서서히 들었다. 혈색이라고는 하나도 보이지 않는, 하얗게 질린 얼굴로 그가 그녀를 응시했다. 본능을 외면하느라 생긴 두통 탓에 눈빛은 흐려져 있었고, 안색만큼이나 입술도 하얗게 말라 있었다. 심각한 통증 가운데에서도 그는 그녀의 목소리에 반응하고 말았다.

"괘, 괜찮으세요?"

버튼에서 손을 뗀 율리가 엘리베이터 안으로 뛰어 들어갔다. 그러나 진하는 팔을 뻗어서 그녀가 더 이상 접근하지 못하도록 막았다. 그의 손 앞에 그녀가 멈춰 서고 이내 엘리베이터 문이 소리 없이 닫혔다.

"가까이 오지 마."

힘이라고는 하나도 없는 목소리가 흘러나왔다. 그녀는 그를 물끄러미 바라보았다. 곧 죽을병에라도 걸린 사람처럼 그는 위태로워 보였다. 여기서 그에게 살해당하기는커녕, 자신이 드래곤 슬레이어 칭호를 받는 게 더욱 일리 있는 상황이었다.

율리는 허리를 숙여서 바닥에 떨어진 그의 휴대폰을 집었다.

"저기, 이거……."

그녀가 머뭇머뭇 휴대폰을 내밀었으나 그는 받지 않았다. 도대체 이 남자에게 무슨 일이 일어난 걸까? 세상에 두려울 것 하나 없어 보이던 임진하가 곧 숨이 넘어가게 생기다니.

'설마 나 말고 다른 용살자한테 당했다거나…….'

용에게 해를 끼칠 수 있는 존재는 용살자뿐이라고 들은 터라 율리는 이런저런 가능성을 떠올려보았다. 반 정도는 맞는 추리였다. 다른 용살자가 나타난 것이 아니라 그녀 자신 때문이었지만 말이다.

"저기, 전화가 자꾸 오는데요."

그 와중에도 전화는 계속 수신되고 있었다. 화면에 뜬 이름은 매니저3. 세 번째 매니저쯤 되는 모양이었다. 계속 침묵을 지키고 있던 그가 마침내 입을 열었다.

"전화 끊어."

"네?"

"전화 끊으라고!"

엘리베이터 안을 가득 메우는 벨 소리를 참을 수 없었는지 그가 버럭 소리쳤다. 그녀가 잽싸게 전화 수신 거부를 하고 고개를 번쩍 들었다. 그녀를 막았던 그의 손이 서서히 내려가더니 힘없이 툭 떨어졌다. 동시에 그의 몸이 균형을 잃어 휘청거렸다.

재고 따질 것도 없이 율리가 진하의 팔을 붙잡았다. 다리에 힘이 풀린 듯 그가 그녀에게 몸을 기대었다.

문제는 임진하가 차율리보다 크고 무게가 많이 나간다는 데 있었다.

"아, 아니, 이러면……."

'넘어진다고!'

진하가 균형을 잃자 율리도 균형을 잃어버렸다. 밀려나듯이 뒷걸음질을 쳤으나 율리는 진하의 몸무게를 이기지 못하고 엘리베이터 바닥에 나뒹굴었다. 그녀에게 기대고 있던 그 역시 바닥에 쓰러지고 말았다.

"히익!"

진하가 정신을 잃기 무섭게 율리가 기겁했다.

'설마, 설마 내가 죽인 거야? 나 때문에 죽은 거야?'

아무것도 하지 않았는데 대단하신 흑룡이라는 임진하가 정신을 잃어버리다니! 율리는 패닉에 빠졌다.

'죽으면 안 돼! 살인자가 될 수는 없다고!'

그러면 교도소행은 물론 변호사 면허도 반납이었다.

당황해서 안절부절못하던 율리는 일단 진하의 팔을 놓았다. 그의 팔이 힘없이 바닥에 놓였다. 그녀는 침을 꿀꺽 삼켰다. 아무 짓도 안 했는데 용이 개복치처럼 쉽게 죽을 수 있는 건가! 그녀의 손이 공포로 덜덜 떨리기 시작했다.

'죽, 죽은 거, 정말 죽은 거 아니겠지?'

율리는 진하의 가슴께에 손을 얹었다. 손이 너무 떨려서 그가 호흡을 하는지, 심장이 뛰는지 도통 느껴지지 않았다. 아니면 정말 죽은 걸지도. 그녀는 절망적인 생각을 떨쳐내기 위해 고개를 젓고 다른 손을 그의 얼굴에 가져다 댔다.

"제발 숨 쉬어라……."

그녀는 저도 모르게 입 밖으로 소리를 내 중얼거렸다. 그리고 곧, 그녀는 안도의 한숨을 내쉬었다.

"살아…… 있다."

진하는 숨을 쉬고 있었다. 죽은 게 아니라 정신을 잃은 것뿐이었다. 긴장으로 잔뜩 굳어 있던 그녀의 어깨가 축 늘어졌다. 긴장이 풀리자 갑자기 눈시울이 뜨거워졌다.

"왜, 왜 죽은 척을 해서 사람 심장 떨어지게 해?"

그를 원망하는 투로 말했으나 그녀의 눈에는 이미 눈물이 가득 올라와 있었다. 참지 못한 그녀가 발갛게 변한 눈에서 눈물을 뚝뚝 떨어뜨렸다. 눈물은 뺨을 타고 흐르다가 턱 끝에서 방울져 떨어졌다.

'살인자 되는 줄 알았잖아!'

율리는 옷소매로 눈물을 훔치고 진하를 내려다보았다. 죽은 듯 핏기 없는 얼굴에 곱게 눈을 감은 모습이 무척이나 낯설었지만 다행히 손에 그의 심장 소리가 전해졌다. 느릿느릿 뛰는 맥박이 이토록 반가울 수가 없었다.

그때였다. 엘리베이터 문이 열리면서 불만 가득한 남자의 목소리가 이어졌다.

"이 형은 대체 어딜…… 어?"

진하의 휴대폰에 여러 번 전화를 건 장본인, '매니저3' 민호가 바닥에 쓰러진 진하와 울고 있는 율리를 보고 경악했다.

"형!"

진하를 부르며 뛰어 들어온 민호는 다급한 눈동자로 율리를 쳐다보았다.

"무슨 일이에요?"

"모르겠어요. 갑자기 쓰러져서…….."

"그럴 리가 없는데…….."

있을 수 없는 일을 마주한 사람처럼 민호가 입을 벌리고 상황을 파악하려 노력했다. 그럴 리가 없다니? 진하에게 시선을 고정하고 있던 율리가 미간을 찌푸리고 민호를 올려다볼 참이었다.

"형! 좀 일어나 봐요!"

민호가 진하의 어깨를 붙잡고 흔들었다. 물론 진하는 쉽게 깨어나지 못했다. 민호는 휴대폰을 꺼내서 119를 부르려다 멈칫했다.

괜히 세간에 이슈거리를 만들어 줄 수는 없었다. 구급차도 응급실도 좋은 선택으로 느껴지지 않아 민호는 휴대폰을 도로 집어넣고 율리에게 말을 붙였다.

"법무팀 직원이시죠?"

진하가 율리에게 지대한 관심을 보였던 터라 매니저들도 알음알음 율리의 존재를 알고 있었다.

"네."

"법무팀장님 좀 불러 주시겠어요? 진하 형 사촌 동생이니까, 119에 신고하는 것보다 이게 나을 거 같아서요."

자신보다 어려 보이지만 똑 부러지는 민호의 말에 율리가 고개를 끄덕였다.

백경진 '인생'에 이만큼 황당한 일이 또 있을까?

기절한 흑룡을 보는 건 처음이었다. 이는 아마 자신뿐만이 아닐 것이다. 민호는 진하를 병원에 데려가야 하는 것 아니냐며 호들갑을 떨었으나, 대표이사인 적룡이 열혈 막내 매니저를 말렸다.

민호는 진하의 스케줄 조율을 위해 자리를 떴고, 대표이사실에는 법무팀장, 대표이사, 정신을 잃은 진하와 차율리만 남았다. 어찌 보면 드래곤 본진에 홀로 들어온 셈이라, 아까와는 다른 의미로 율리가 긴장했다.

진하는 길쭉한 손님용 소파에 누워 있었다. 소파 밖으로 그의 다리가 훌쩍 나왔다. 키가 큰 진하에게 손님용 소파는 무척 짧았다.

"이게 무슨 일이람."

대표이사가 한숨과 함께 혼잣말을 중얼거렸다. 아까부터 두통을 호소하는 등, 흑룡의 상태가 심상찮다 싶었는데 정신까지 잃을 줄은 몰랐다. 누워 있는 진하를 내려다보던 적룡이 율리에게로 고개를 돌렸다.

용살자이기 때문일까? 적룡은 뻣뻣하게 긴장한 율리를 보자 마음이 풀어지려고 했다. 악의라고는 하나도 모를 듯한 순진한 얼굴에는 이번 일로 인한 눈물 자국이 아직도 남아 있었다. 붉어진 눈가는 율리를 더할 나위 없이 여린 사람으로 보이게끔 만들었다. 이런 사람이 흑룡을 소멸시키고자 공격할 리가 없었다.

인간과 거리를 두고 최대한 이성적으로 모든 일을 관조하던 적룡마저 율리에게 호감을 갖고 말았다. 분명 조금 전까지만 해도 용살자가 이 회사에 다닌다는 사실을 찝찝해 했는데 말이다.

"무슨 일이 있었는지 말해 줄 수 있니?"

경진이 율리에게 조심스레 물었다. 입을 살짝 벌리고 있던 율리가 난감한 표정만 지었다. 무슨 일이 일어난 건지 그녀 역시 상황 파악이 되지 않아서였다.

"저도 잘은 모르겠어요. 엘리베이터에서 잠깐 마주쳤던 건데 갑자기 이렇게……."

율리가 말끝을 흐렸다. 진하가 쓰러졌을 때를 상기하자 다시 울컥 눈물이 치밀었다. 백룡은 적룡을 돌아보았다. 이 상황에 대해 설명해 줄 수 있겠냐는 경진의 시선에 대표이사가 고개를 저었다. 이런 일은 그녀에게도 처음이었다.

둘 다 말이 없자 율리가 마음을 진정시키면서 입을 열었다.

"혹시 저 때문에 이렇게 된 건 아니겠죠?"

살금살금 눈치를 보는 율리에게 경진이 씁쓸한 미소만 지어 주었다. 아직 진하가 기절한 이유를 알 수는 없었다.

"괜찮을 거야. 너무 걱정하진 말고."

아마 흑룡이 깨어나면 사정을 알 수 있을 것이다. 한시라도 빨리 진하가 깨어나는 게 우선이었다. 괜한 죄책감으로 율리가 미간을 찡그리고 고개를 수그렸다. 그녀의 그런 모습이 안타까워서 경진은 물론 대표이사마저 가슴 한편이 쓰려 왔다.

"차율리 씨 탓이 아니에요. 신경 쓰지 말고 그만 나가 봐요."

웬일로 적룡이 율리를 달랬다. 율리가 고맙다는 듯 고개를 꾸벅거리고 몸을 일으켰다. 인간에게 상냥하게 대하다니? 경진은 대표이사의 낯선 태도에 의아해했으나 그것이 용살자가 가진 힘이라는 것은 깨닫지 못했다.

율리가 나가고 나서 남은 자들은 아무 말도 하지 않았다. 도대체 무슨 이유에서인지 흑룡의 기운이 쇠약해져 있었다. 적룡은 흑룡이 느끼던 두통과 지금 상황이 관련 있다고 여겼다.

먼저 정적을 깬 것은 대표이사 쪽이었다.

"어떻게 생각하니?"

"무슨 말씀입니까?"

"이 상황."

아무리 인간의 탈을 뒤집어썼다 한들 본래는 인간이 아닌 흑룡이 진짜 인간들처럼 의식을 쉬이 잃을 리는 없으니, 이는 매우 특수한 상황이었다. 게다가 갓 태어난 백룡도 아니고 임진하 정도의 흑룡이 의식을 통제하지 못한다는 점도 납득이 가지 않았다.

"처음 있는 일이라 도무지 이유를 알……."

적룡의 말이 도중에 끊어졌다. 평소보다 약해졌던 흑룡의 기운이 점점 힘을 얻기 시작해서였다.

소파 등받이에 몸을 기대고 있던 그녀가 자세를 바로 했다. 이대로라면 흑룡은 금세 의식을 되찾을 것이다. 성가시게 다른 용들에게 굳이 연락을 취할 필요는 없을 듯했다.

"곧 깨어나시겠구나."

적룡이 소파에서 일어나며 말했다. 어린 백룡은 적룡과 흑룡을 번갈아 보았다. 멀고 두렵게만 보이던 흑룡의 눈을 감고 있는 모습이 참 생경하다고 생각할 때였다. 흑룡의 눈이 번쩍 뜨였다.

깜짝 놀란 경진이 반사적으로 물러났다. 그러거나 말거나 눈을 뜨기 무섭게 진하는 상체를 벌떡 일으켰다. 진하의 얼굴에는 아무런 표정도 올라와 있지 않았다. 그가 고개를 돌려 대표이사에게 물었다.

"시간, 얼마나 지났지?"

"글쎄요? 30분 정도?"

진하는 대답 없이 고개만 끄덕였다. 다리를 바닥에 내린 그가 채 가시지 않은 자잘한 두통을 느끼고 눈살을 찌푸렸다. 그래도 30분가량 차율리 생각에서 벗어나서 두통이 이 정도였다.

"어떻게 된 것이지요? 의식을 잃어버리시다니요?"

그러나 진하는 대표이사의 질문에 답을 주지 않고 뜬금없이 화제를 전환했다.

"차율리, 해고했어?"

"예? 아직이요. 아무 잘못 없는 직원을 마음대로 자르기가 쉽진……."

"당장 내쫓아."

아직도 차율리가 근처에 있다니. 인상을 험악하게 구긴 진하가 잇새로 말을 내뱉고 경진을 돌아보았다. 난처해하는 대표이사와 달리, 입을 한일자로 꼭 다문 경진은 진하의 시선을 피하지 않았다.

"아가."

흑룡의 음성이 서늘하게 울렸다.

"차율리 근처에 맴돌지 마라. 너까지 죽여 버리는 수가 있으니까."

진하는 경진의 치기 어린 태도가 가소로울 따름이었다. 백룡이 차율리 처리를 방해하고 있기도 했지만, 그보다 더 짜증 나는 것은 그녀 주변에 딱 달라붙어 있는 꼴이었다. 아무 대답도 못하는 백룡을 대신해서 적룡이 진정하라는 투로 진하를 달랬다.

"흑룡."

"지금 내 기분 아주 엿 같으니까 토 달지 마."

정신을 잃어버리자 위기감이 닥쳤다. 무방비 상태로 30분이나 있었던 것이다. 만약 그때 차율리가 역린에 칼이라도 꽂았다면, 저항 하나 없이 소멸인 셈이었다. 상상만으로도 눈앞이 아찔해졌다.

한편, 그 누구보다도 이성을 빨리 되찾은 쪽은 적룡이었다.

"왜 이런 일이 일어났는지 알아야 저희도 대비를 하지 않습니까?"

옳은 말이었으나 진하는 한숨만 내쉬었다. 사실, 기절한 이유는 너무나도 명백했다. 본능을 거슬러 용살자를 제거하려는 계획을 세운 탓이 컸다.

"차율리 때문이다. 됐나?"

율리가 죽어 가는 모습을 생각하는 것이 진하의 정신에 크게 타격을 입혔다. 이미 용살자를 제거해 본 경험이 있기에 어느 정도 예상을 하기는 했는데 이토록 힘들 줄은 몰랐다.

"율리…… 가요?"

경진이 떨리는 목소리로 되물었다. 친근하게 율리의 이름을 부르는 경진이 마음에 들지 않아 진하의 표정이 한층 더 험악해졌다.

"내 앞에서 차율리 이름 꺼내지 마."

목적을 이루기 위해 본능을 억제할수록 힘겨워졌다. 그녀의 이름을 듣고, 말하고, 생각하는 것마저 그에게 스트레스로 다가왔다. 그녀를 떠올리면 떠올릴수록, 그녀를 향한 살심이 잦아들기 때문이었다.

"알았으면 더 이상 이래라저래라 하지 마라."

전에도 두통 같은 증상은 겪어 보았으나 의식을 잃어버리는 것은 처음이었다. 저번보다 훨씬 힘들고 영향도 크게 미쳤다. 도대체 이유가 뭔지, 그때와 지금의 차이가 뭔지 진하는 감을 잡을 수 없었다.

*　　　*　　　*

경진은 퇴근 이후 율리의 집 근처에 잠복했다. 회사에서야 그녀와 가까이 있기에 진하가 수를 써도 빠른 대응이 가능했지만, 퇴근 이후에는 이야기가 달랐다.

'흑룡의 기운이다.'

흑룡이 차율리 사냥을 시작한 모양이었다. 질척질척하고 습한 생물이 흑룡의 기운을 업고 율리의 집에 다가가고 있었다. 공격하려는 의사가 보이지 않는 미물이지만, 그것이 율리를 만나게 되면 어찌 돌변할지 모르는 일이다.

차에서 내린 경진은 율리에게 전화를 걸었다.

"율리야, 집에 무슨 일 없지?"

—네? 네.

"문단속 잘하고. 조심해."

어쩔 때는 사람이 많은 회사나 도로보다 지금처럼 집이 더 위험할 수 있었다. 경진은 자신이 율리의 집 가까이에 있기를 다행이라고 생각하면서 축축한 기운을 따라 기척을 죽이고 걸음을 옮겼다.

—······왜요?

그는 잠시 고민했다. 솔직하게 말해 주고 그녀에게도 대비를 시키는 것이 나을지, 아니면 그녀가 예민해지지 않도록 거짓말로 안심을 시키는 것이 도움이 될지 갈팡질팡했다. 그러나 그녀는 그의 망설임을 기다려 주지 않았다.

—아, 저 죄송해요. 전화가 들어와서······ 잠깐 끊을게요.

"그래."

일단은 저 미물을 쫓는 것이 우선이었다. 경진은 전화를 끊고 추적에 집중했다.

한편, 율리는 화정의 전화번호를 보고 잔뜩 미안한 목소리로 전화를 받았다.

"어, 화정아. 오늘 미안했어."

시간이 난 김에 화정이 사인지를 받으러 왔으나, 율리는 진하가 쓰러지는 바람에 친구를 도로 돌려보내야만 했다. 다행히 화정은 너그럽게 이해해 주었다.

─아냐. 갑자기 그럴 수도 있지, 뭐. 일은 잘 해결했어?

"으응…… 그럭저럭."

율리가 씁쓸하게 대답했다. 긍정하기는 했어도 해결된 일은 아무것도 없었다. 여전히 진하는 자신을 적대시했고, 위험은 도처에 존재했다. 율리는 경진이 이 시간에 전화를 한 이유도 알 것 같았다. 굳이 문단속을 언급하고, 조심하라고 경고한 건 자신에게 위험이 닥쳤기 때문일 것이다. 율리는 밖으로 난 창을 무의미하게 바라보았다.

─내가 주중에는 바빠서, 주말에 볼래? 사인도 받아다 줬으니까 밥 한 끼 살게.

창밖은 한 치 앞도 보이지 않게 어두웠고, 이 상황도 답답하기만 한 가운데 화정의 목소리만이 발랄했다. 율리가 힘없이 대꾸했다.

"으음, 그래. 주말이든, 언제든……."

─그래. 나중에 내가 전화할게.

"응, 끊자."

전화를 끊고 휴대폰을 침대 위에 내려놓은 율리는 박살 난 휴대폰 액정을 보자 속이 답답해졌다. 거미줄처럼 쩍쩍 갈라진 액정이 꼭 자신의 마음 같이 느껴졌다. 그때, 창밖에서 바람이 세차게 불었다. 얼마나 강한 바람인지 창문을 두드리는 것만 같았다.

똑똑.

아니, 이건 분명 누군가가 창문을 두드리는 소리였다.

'사람?'

휴대폰에서 관심을 거둔 율리가 창문을 돌아보았다. 그녀가 저도 모르게 중얼거렸다.

"누구?"

문득 그녀의 등골이 오싹해졌다. 그러고 보니 대문이 열리는 소리도 듣지 못했는데 이 밤중에 자신의 방 창문을 두드린다는 건, 누군가가 담을 넘었다는 뜻이었다. 그게 사람일지 괴물일지는 모르는 일이었다.

어둠 속에서 창문을 두드리는 손만 보였다. 유난히 하얗고 가느다란 손은 여자 손이었다. 이내 손에서 손목, 팔, 어깨까지 쭉 드러났다. 다른 것보다 거슬리는 건 여자의 옷차림이었다. 결코 더운 날씨는 아니건만 여자는 민소매 차림이었다.

율리가 뻣뻣하게 굳은 채 창문을 바라보는 동안 여자가 얼굴을 불쑥 들이밀었다. 창문에 달라붙은 얼굴은 놀랍게도 익숙한 얼굴이었다.

"김화정?"

……일 리가 없지.

화정과 똑 닮은 여자는 고개를 갸웃거리면서 문을 열어 달라는 듯 다시금 창문을 두들겼다. 안타깝게도 율리는 이것과 비슷한 일을 겪은 적이 있었다. 경진으로 둔갑한 뱀이 차 문을 열어 달라고 두드렸을 때가 불현듯 기억났다.

'그렇다는 건…….'

화정의 탈을 쓴 여자는 사람이 아닐 것이다. 현실을 깨달은 순간, 율리의 온몸에 소름이 끼쳤다. 얼음물을 뒤집어쓴 양 몸이 덜덜 떨려 왔다. 아늑하고 안전하다고 생각한 집마저 위험한 장소가 되고 말았다.

끔찍한 노크 소리는 점점 격해지기 시작했다. 여자는 창문을 깨부술 것처럼 주먹 쥔 손으로 쾅쾅 때렸다. 율리는 양손으로 귀를 막고 고개를 숙였다.

이상한 것은 이 정도의 소란에 어째서인지 부모님이 신경을 쓰지 않는다는 점이었다. 강화 유리로 제작된 창문은 쉬이 깨지지 않았지만 여자의 위협은 계속되었다.

화정의 모습에 속아 넘어가지 않자, 여자의 모습은 점점 본래의 모습으로 변해 갔다. 창문 두드리는 소리가 사라져서 고개를 똑바로 든 율리가 기겁했다. 여자의 흰자위가 괴기 영화에서나 나올 법하게 까매졌다. 눈이 노랗게 빛나던 뱀 여자와는 조금 달랐으나 느낌상 둘은 비슷한 존재인 것 같았다.

'저, 저게 뭐야?'

율리는 덜덜 떨리는 양손을 맞잡고 창문과 거리를 두려 뒷걸음질 쳤다.

창문을 짚고 있는 하얗고 가느다란 손가락 사이에 어느새 갈퀴가 돋아나 있었다. 반투명한 갈퀴가 빛을 받아 징그럽게 빛났다. 여자의 코가 푹 꺼지고 입은 옆으로 점점 더 길어지며 괴상하게 변화했다. 기본적으로, 이는 사람의 형태가 아니었다.

현실감이라고는 눈을 씻고 보아도 없는 상황.

그때 여자의 눈이 크게 뜨이더니 목이 푹 꺾였다. 화정의 모습에서 채 바뀌지 못한 머리카락이 창문에 드리워졌다. 머리칼은 바닥을 향해 스르르 떨어졌다.

'뭐, 뭐지?'

여자가 사라진 공간에 또 다른 기적이 있었다. 방 안의 형광등 불빛이 비춘 것은 단정하고 깔끔한 남성용 정장 재킷이었다. 보자마자 누군지 알 것 같아, 율리가 잽싸게 창문가로 달려왔다.

"선배?"

이 시간에 어떻게 여길 왔을까? 의문이 생긴 율리가 창문을 열려고 손잡이를 잡자 경진은 고개를 저었다. 그녀가 행동을 멈추자마자 그는 검지를 입술에 가져다 대고 조용히 하라는 제스처를 보인 뒤 어둠 속으로 사라졌다.

율리는 멍하니 경진이 사라진 어둠 속을 바라보았다.

문단속을 잘 하라고 전화까지 걸었던 경진이 집 앞에 나타나서 자신을 위협하던 괴기스러운 여자를 처리해 주었다. 경진이 나타난 것은 절대 우연이 아니었다. 이미 경진은 율리를 진하의 악의로부터 자신을 지켜 주겠다고 말했었다.

'그렇다면 그 여자는……'

어쩌면 그 여자를 보낸 쪽이 진하일지도 모른다는 생각으로 이어지자 율리의 얼굴이 일그러졌다.

임진하는 정말로 자신을 죽일 작정이었다.

이튿날, 출근한 율리는 피곤한 낯빛의 경진을 보자 송구스러워졌다. 미안한 마음에 아무 말도 할 수 없는 그녀를 대신해 아영이 경진에게 말을 붙였다.

"어머, 팀장님 많이 피곤하신 것 같은데 괜찮으세요?"

"괜찮습니다."

꼭 수면을 취해야 하는 것은 아니었으나 흑룡의 힘을 받은 미물들을 처리하는 것은 꽤 힘에 부치는 일이었다. 어제 율리가 본 도롱뇽은 그나마 귀여운 축에 속했다. 찍소리도 내지 않고 죽었으니 말이다.

그런데 또 다른 적이 회사에 있었다.

─오늘 부로 차율리 변호사 해고하렴.

"예?"

─……그러는 게 모두에게 좋겠구나.

경진은 대표이사의 전화를 받고 난처해졌다. 진하가 이를 갈면서 차율리를 해고하라 했을 때, 대표이사가 말려서 흐지부지된 줄 알았는데 안타깝게도 대표이사는 율리를 자르기로 마음먹은 모양이었다.

"하지만 율리가 무슨 잘못이……."

—해고 통지하도록 해. 흑룡께서 원하시는 일이니까.

내선 전화는 그대로 끊어졌다. 경진은 전화가 끊어진 수화기를 든 채 미간을 찌푸렸다. 율리를 회사에서 쫓아내면 흑룡에게 습격의 기회가 더욱 많아질 터라 걱정부터 앞섰다. 그래도 거부할 수는 없는 노릇이었다.

"차변, 잠깐 이야기 좀 해요."

팀장실을 나온 경진이 율리를 불렀다. 한층 더 나빠진 그의 안색에 율리는 죄책감만 들었다. 아마 자신이 후배만 아니었어도 그가 피곤해할 필요는 없을 텐데.

"……네."

주춤주춤 팀장실 안으로 들어온 율리가 문을 살짝 닫았다. 문이 닫힌 것을 확인한 후에 경진이 입을 열었다.

"어젠 잘 쉬었어?"

"네, 제 걱정은 안 하셔도 돼요. 저보다는……."

율리의 안쓰러운 시선이 경진에게 닿았다. 그가 희미한 미소를 지으며 답했다.

"나도 괜찮아, 이 정도는."

경진은 율리에게 소파를 가리켰다. 그녀가 얌전히 소파에 앉자 그 역시 책상 앞에 자리했다. 말이 쉬이 나오지 않아, 그는 한숨을 길게 내쉬었다.

"율리야."

그가 복잡한 목소리로 이름을 부르자 그녀는 문득 불안해졌다. 왠지 해고 통지를 받았을 때 같다는 생각이 들 무렵이었다. 그래도 아니겠지, 싶었다. 저번에도 해고 통지는 아니었으니까 이번에도 그저 자신의 착각이기를 바랐다.

하지만 불안한 예감은 왜 이렇게 적중률이 높은 걸까.

"미안한데, 회사 그만두었으면 해."

"네?"

잘못 들은 것이었으면 좋겠다는 생각으로 그녀가 눈을 동그랗게 뜨고 되물었다.

"흑룡께서 너를 해고하라고……."

그가 괴로운 듯 말을 끝까지 잇지 못했다. 물리적이지는 않아도 정신적으로 용살자에게 상처를 주는 일이기에 그의 본능은 해고 통지를 힘겨워했다. 눈앞이 새하얘지는 느낌에 그녀가 뻣뻣하게 굳은 채로 입술만 달싹였다.

"회사를…… 그만두라고요?"

"내가 다른 데 소개해 줄 테니까 너무 걱정은 말고."

"이 회사에 들어오라고 하더니…… 이제는 나가래요?"

법무팀에 자리를 만들어 준 쪽은 의심할 것도 없이 임진하였다. 그런 그가 이제는 회사를 떠나란다. 율리가 헛웃음을 터뜨렸다. 정말 제멋대로인 남자다.

하지만 율리는 진하에게 화가 나기보다는 해고를 거부할 힘도 없는 자신이 더욱 미웠다. 무력감이 머리끝까지 차올랐다.

경진이 그녀를 달랬다.

"감정적으로 생각하지 말자."

물론 안타깝게도 율리의 이성은 날아간 지 오래였다.

"……전 잘 모르겠어요. 제가 무슨 잘못을 했는데요?"

율리가 허탈하게 물었다. 경진이 그녀를 안쓰럽게 쳐다보았다. 그녀는 시선을 떨군 채로 말을 이었다.

"선배도 알잖아요. 저는 그냥 평범한 사람이에요. 초능력자도 아니라구요. 용인지 드래곤인지 모르겠지만, 누구를 죽이겠다는 생각 같은 건 해 본 적도 없어요."

그런데 왜 죽음의 위기에 놓여 있단 말인가.

문득 율리는 서러워졌다. 아무 잘못도 없는데 닥쳐온 죽음의 위기보다 더욱 서러운 건 몇 년 동안 자신과 알아 왔음에도 스위치를 돌리듯 싹 바뀐 진하의 태도였다.

능글맞게 놀리면서도 일자리를 제안해 주고 몇 번이나 목숨을 구해 주던 다정한 남자가, 단지 용살자의 피가 흐른다는 이유로 그녀를 냉대하기 시작했다.

아니다. 냉대 수준이 아니라 그는 살의까지 가지고 있었다.

율리는 마치 잠에서 깨겠다는 듯이 눈을 길게 감았다가 떴다. 지난날들이 전부 꿈이고 이제야 현실을 마주 본 느낌이 들었다. 그래, 진하가 소개해 준 회사였으니 나가는 것도 그의 뜻에 따르는 게 맞는 것 같았다.

"퇴사는…… 하겠습니다."

게다가 여기서 고집을 피워 봤자 난처한 쪽은 경진이었다. 자신에게 호의적인 선배마저 난감하게 만들고 싶지는 않았다.

"그만 나가 볼게요."

"율⋯⋯!"

꾸벅 고개를 숙인 율리가 힘없이 팀장실을 나갔다. 그녀의 말끝에 울음이 섞여 나와 경진은 그녀를 차마 붙잡지 못했다.

퇴사!

어쨌거나 또 잘리고 말았다. 율리는 책상 위를 물끄러미 살펴보았다. 그러고 보면 이 책상 위에 자신의 개인적인 물건은 얼마 되지 않았다. 일찌감치 잘릴 줄 알고 물건을 가져다 두지 않은 건가. 우습지도 않은 생각을 하며 율리가 한숨을 삼키고 말했다.

"저 오늘부로 퇴사하게 됐어요."

"뭐? 율리 씨, 회사 그만둔다고?"

아영의 목소리가 쩌렁쩌렁 울렸다. 감정 표현에 인색한 한강조차 눈을 동그랗게 뜨고 율리를 돌아보았다.

"네, 방금 팀장님이 말씀하셔서요."

"왜? 갑자기 이런 게 어디 있어? 부당 해고잖아?"

아영이 얼굴을 구기고 율리에게 바짝 다가왔다. 부당 해고라면 부당 해고이긴 한데 율리는 마땅히 대답할 말을 찾지 못했다. 자신을 둘러싼 사정은 평범한 사람들에게 털어놓을 수 없는 비밀이었다.

율리가 우물쭈물 거리자 아영이 참다못해 나섰다.

"기다려 봐. 내가 팀장님한테 한마디······."

"아니에요! 이건 팀장님 결정도 아니고······."

해고는 경진이 거부할 수 없는 임진하의 결정이었다. 율리는 팀장실에 쳐들어가려는 아영의 팔을 꽉 붙잡고 그녀를 말렸다. 아영은 여전히 미간을 찌푸린 채로 물었다.

"위에서 율리 씨 자르라고 한 거야? 왜? 납득할 수 있는 이유라도 있어?"

율리가 아영의 시선을 피했다. 자신이 뭐라도 잘못을 했었다면 모를까, 사정을 설명하지 않고는 아영을 납득시킬 수 있을 리가 없었다. 그때 아영이 뭔가를 눈치챈 듯 목소리를 낮추었다.

"설마, 율리 씨······ 혹시 들킨 거야?"

"네? 들켜요?"

"아니, 그······ 남자 친구 말이야."

율리는 아영이 말하는 '남자 친구'가 누구를 뜻하는지 잘 알고 있었다. 뭐, 반쯤은 맞는 추리기도 했다. 임진하 때문에 쫓겨나는 건 맞으니까 말이다. 그래도 솔직하게 답할 수 없는 율리는 고개를 저었다.

"그런 거 아니에요. 남자 친구도 아니고······."

하지만 아영의 시선은 열심히 부정하는 율리의 어깨 너머로 꽂혔다. 아영이 의아한 듯 중얼거렸다.

"그런 게 아니면 왜······."

아영의 목소리와 동시에 낮고 매력적인 목소리가 울렸다.

"백경진 팀장, 안에 있습니까?"

율리가 고개를 홱 돌렸다.

자신의 뒤에는 임진하가 고개를 빳빳하게 들고 서 있었다. 임진하. 자신을 죽이고 싶어 하는 남자. 율리의 안색이 어두워졌다. 그는 평소에는 전혀 내비치지 않던 차가운 눈빛으로 율리를 쏘아보다가 한강의 안내를 따라 팀장실로 홱 들어갔다.

둘 사이에 부는 차가운 기류를 읽고 아영이 조심스레 입을 열었다.

"헤어져서 잘린…… 거야?"

호기심과 동정심이 가득 든 아영의 눈에 율리는 지친 듯 계속해서 고개만 저었다. 진짜 미칠 노릇이었다.

흑룡이 복도에 있을 적부터 기운을 느끼고 있던 경진은 놀란 기색 없이 진하를 맞았다.

"무슨 일이시죠?"

"아가, 가만히 있으라고 했다."

진하가 분노를 억누르고 최대한 태연하게 말했다. 소문이 빠르게 도는 세상에 사람을 쓰기는 찝찝해서 조금 돌아가더라도 세상을 떠도는 미물들에게 맡기기로 했다. 그런데 어제 풀어 놓은 미물들이 전부 백룡의 손에 당했다. 화가 나지 않을 리가 없었다.

그러나 웬걸, 꼬마가 되레 당당하게 지껄이는 것이었다.

"아뇨, 전 가만히 못 있습니다. 아무 잘못 없는 율리가 죽는 꼴, 저는 못 봅니다."

경진이 진하를 똑바로 쳐다보았다. 한 치의 거리낌도 없이, 물러나지 않겠다는 백룡의 태도가 흑룡의 심기를 건드렸다.

"내가 널 죽이지 못할 거라고 생각하나?"

그의 말이 떨어지기 무섭게 공기가 얼어붙을 것 같이 차가워졌다. 진하의 주변에서 넘실대는 강한 기운에 경진은 입도 뻥긋하지 못했다. 진하가 입술을 비틀어 싸늘한 웃음을 내보였다.

"아가, 네 혼은 소멸시키지 못해도 '백경진'이라는 육체는 얼마든지 없앨 수 있어."

동족상잔은 금물이지만 그것은 어디까지나 본체 한정이었다. 물론 그것만으로도 경진을 막기에는 충분했다. 인간의 육체에서 벗어나면 결국 의식은 사라지고 자연으로 기능할 뿐이니 말이다. 자신의 목표를 방해하는 백경진을 제거하면 차율리를 처리하는 것도 한층 쉬워진다.

"그다음에 차율리를 죽이면 그만이지."

말을 이으며 용살자의 죽음을 떠올리자 진하는 두통이 심하게 밀려왔다. 눈가를 일그러뜨린 채로 웃는 진하의 기괴한 표정에 경진은 어금니를 꽉 깨물었다.

"내가 널 가만히 내버려 두는 건, 그저 자비일 뿐이다. 어린아이에게는 다정하게 대해 줘야 하니까."

경진의 첫 '유희'를 망치고 싶지 않아서 진하는 기꺼이 자비를 베풀고 있었다. 어린 백룡을 보면 지난번에 첫 생애를 마친 어린 흑룡이 떠오르기도 했고.

그러나 경진은 진하의 경고를 들을 생각이 없었다.

"그렇다면……."

경진의 눈이 번뜩였다.

"저도 '임진하'라는 육체를 죽일 수도 있겠군요."

"……네가?"

생각지도 못한 소리에 흑룡이 곧 크게 웃음을 터뜨렸다.

경진도 자신이 무리수를 던졌음을 알고는 있었다. 흑룡과 대치한다? 유감스럽지만, 자신이 덤벼들기도 전에 모든 상황은 정리가 될 것이 틀림없었다. 그래도 한 번쯤은 허세를 부려 보고 싶었다.

율리의 일이었으니까.

"오랜만에 웃음이 다 나는구나. 그래, 이게 애들 보는 맛인가."

웃음 끝에는 흑룡의 진노만이 너울거렸다. 언제 웃었냐는 듯 진하가 얼굴에서 웃음기를 지우고 경진을 매섭게 응시했다. 봐주는 것은 여기까지였다.

"흑룡, 제발 부탁드립니다."

경진이 고개를 숙이고 간절히 부탁했다.

"율리는 아무 죄가 없어요. 흑룡께서도 아시잖습니까? 율리는 그냥……."

율리에게 해고 통지를 했을 적, 그녀는 자신이 평범한 사람일 뿐이라고 한탄했었다. 비록 용살자의 혈통을 타고났으나 용을 해할 생각 따위는 못 하는 평범한 여자 말이다. 그 점을 흑룡이 알아주길 바라며 경진이 이어 말했다.

"평범한 인간이에요."

하지만 이미 진하에게 있어서 차율리는 숙적과도 같은 존재였다. 그가 눈을 가늘게 떴다. 평범하다고 주장하는 여자 때문에 어제 30분이나 무방비 상태에 놓였었다. 그녀에게 기우는 본능을 어떻게든 거부한 대가로 육체와 정신이 고통으로 물들고 있었다. 임진하에게 있어서 차율리는 평범한 인간이 될 수 없었다.

"어제 내가 의식을 잃은 것도 차율리 때문인데, 차율리가 평범한 인간이라?"

"그래도 그전까지는 아무 문제없었잖습니까."

흑룡의 분노를 마주하느라 식은땀이 줄줄 흘렀으나 경진은 필사적으로 매달렸다. 율리의 정체를 알아채기 전까지 진하는 아무렇지 않았다. 그는 오히려 그녀와 가까이 지냈고, 누구보다도 그녀에게 상냥했었다.

"어제 일이 정말로 율리 탓이 맞기는 한 겁니까?"

그때와 현재 모두 율리는 변함이 없었다. 바뀐 것은 그녀를 향한 진하의 마음뿐이었다. 정말 어제 그 일이 율리 때문에 일어난 일일까? 경진은 그렇게 생각하지 않았다. 몇 년 전에 율리의 정체를 깨달았음에도 자신은 흑룡과 같은 일을 겪지 않았었다. 즉,

어제 일은 흑룡의 마음가짐에 의해 일어난 일이었다.

경진의 말뜻을 이해한 진하는 깊은 한숨을 내쉬었다. 아무리 어린 백룡이 자신을 설득하려 한들, 해묵은 그의 원한은 흔들리지 않았다.

"다시 한 번 말하지만, 이제 그만 포기해라."

"······죄송하지만 그럴 수는 없습니다."

경진이 고개를 젓자 진하의 매서운 시선이 날아들었다.

"저는 율리를 잘 알아요. 아무리 용살자라 한들, 율리는 제게 해를 입히지 않을 겁니다. 그런 애가 아니니까요."

"어리석은 것."

진하가 혀를 찼다. 맹목적인 신뢰 또한 용살자를 느낀 용의 본능이었다. 경진은 율리를 단단히 믿고 있었다.

자신도 마찬가지였다. 지난날, 마음을 나눈 벗이 설마 목에 칼을 들이대리라고는 상상도 하지 못했다. 그러나 용살자는 제 목적을 위해서는 오랜 우정을 나눈 친우도 거침없이 제거하려 들었다. 신뢰는 단숨에 깨졌다.

'다 부질없는 믿음인 것을.'

인간의 변덕을 경험해 보지 않은 이상 경진을 설득하기란 불가능해 보였다. 어린 백룡을 죽이고 싶은 마음은 아직 없기에 진하는 팀장실 문고리를 잡고 쓸쓸하게 말했다.

"차율리가 네 역린에 칼을 꽂을 때 후회해 봤자 소용없어."

"죄송하지만, 저는 일어나지도 않은 일에 겁먹지는 않겠습니다. ······흑룡처럼."

고개를 돌리자 똑바로 쳐다보고 있는 경진이 보였다. 흑룡을
겁쟁이라고 비난하는 어린 용의 패기에 진하의 입술이 다시금
비틀렸다. 용살자의 씨를 말리겠다고 다짐하면서 시작한 생이
다. 어린 백룡이 뭐라 지껄이든 자신은 차율리를 처리할 것이다.

"어디 한번 해 보아라."

"예. 계속 율리를 노리신다면, 저는 제 남은 생을 율리를 지키
는 데 쓸 겁니다. 율리의 곁에서."

그 순간, 진하가 잡고 있던 문고리가 뚝 부러졌다. 진하는 손
가락을 하나하나 우아하게 펴서 문고리를 바닥으로 떨구고 돌
아섰다.

차율리의 곁에 있겠다고? 어린놈이 분수도 모르고 까분다. 순
식간에 머리끝까지 화가 치밀었다. 끓어오르는 분노와 달리 진
하의 입가에는 차가운 비웃음이 올라왔다.

"아가, 내가 우습나?"

팀장실 안의 공기가 도로 얼어붙기 시작했다. 책상 위의 물건
들이 흑룡의 분노에 덜덜 떨렸다. 책장에 꽂힌 책들이 우르르 바
닥으로 쏟아졌다. 깜빡깜빡, 형광등이 켜졌다 꺼지기를 반복하
다가 툭, 꺼졌다.

"너는 그저 본능대로 행동하니까 모든 일이 쉽겠지."

갈등도, 고뇌도 없이 본능대로 차율리 옆을 맴도는 일이 얼마
나 쉬운가? 생각을 할 필요도 없고 오로지 그녀만을 바라보면서

그녀의 충실한 개가 되는 일. 용살자를 향한 원한을 가지고 있는 진하에게마저 매력적으로 보이는 일이었다.

결국 백경진은 숨을 쉬는 것보다 쉬운 일을 하면서 자신이 가장 옳은 일을 하고 있다고 큰소리를 치는 셈이었다.

얄팍한 자부심이 가소롭기 그지없다.

"마음이 변했다."

백경진부터 처리하자.

창문이 흔들거렸다. 사무용품과 함께 책상 위의 스탠드가 바닥으로 고꾸라졌다. 꼿꼿하게 서 있는 경진의 뒤로 페이퍼 나이프가 떠오른 그 순간, 팀장실 문이 벌컥 열리며 대표이사의 비명 같은 외침이 쏟아졌다.

"안 됩니다!"

적룡이 사태를 중재하러 달려온 것이었다. 허공에 떠올랐던 페이퍼 나이프가 바닥에 짤랑거리며 떨어졌다.

엉망진창인 팀장실을 흘긋거리다가 아영이 혀를 내둘렀다.

"폭풍이라도 지나간 것 같네."

말 그대로 지진이 일어난 듯 팀장실 안은 엉망진창이었다. 이 지경이 될 정도였는데도 아무 소리가 나지 않았다는 점만이 신기할 따름이었다. 율리는 비어 있는 팀장실 안을 하염없이 바라보았다.

아까 웬일로 임진하가 오더니 이번에는 얼굴 보기 힘든 대표이사가 들이닥쳤다. 재난 현장 같은 팀장실 안쪽에는 새하얗게 질린 경진과 무표정한 진하가 거리를 둔 채 대치하고 있었다. 그때 진하가 율리의 시선을 느끼고 고개를 돌렸다.

짐을 정리하던 율리는 열린 문 사이로 진하를 보다가 그와 눈이 마주치고 흠칫 놀랐다. 그의 눈빛이 무척이나 차갑고 어두워서 몸이 절로 떨렸다.

'정말 날 죽이고 싶은 걸까.'

그의 시선은 그녀에게 고정되어 움직이지 않았다. 대표이사가 두 남자에게 훈계를 하는 한참 동안, 그는 내내 그녀만을 응시했다. 진하를 똑바로 바라볼 자신이 없어서 율리가 홱 몸을 돌려 버렸다. 그럼에도 등 뒤에 화살이 꽂힌 것처럼 따가웠다.

"……앞으로는 이런 일이 없었으면 합니다."

일장 연설과도 같은 대표이사의 훈계가 마침내 끝이 났다. 팀장실 문이 열려 있어서 법무팀 변호사실의 세 사람 모두 대표이사의 훈계를 같이 들은 셈이었지만 말이다.

"그리고 백 팀장은 잠시 나 좀 봅시다."

적룡은 어린 백룡의 생을 지속시키기 위해 억지로라도 흑룡의 곁에서 떼어 내려 애를 썼다. 그러니까 지금 '백경진'은 죽을 뻔한 것이었다. 진하는 대표이사의 원망 어린 눈동자를 무시하고 그대로 법무팀 사무실에서 나가 버렸다.

경진을 대표이사실로 데려온 적룡은 비서들에게 법무팀장실의 정리를 부탁하고 문을 닫았다. 문이 무겁게 닫히자마자 그녀가 물었다.

"왜 그랬니?"

모든 내용이 압축된 질문이었다. 경진은 흑룡의 살기를 직접적으로 받고 있었던 터라 기운이 전부 빠져 버렸다. 이제 그 위험에서 벗어났구나, 싶자 그는 다리가 마른 나뭇가지처럼 툭 꺾여서 힘없이 소파에 주저앉아 대답했다.

"율리에게 퇴사하라는 말을 전했습니다."

억울함과 서러움을 애써 참으며 회사를 그만두겠다고 말한 그녀의 모습이 머릿속에서 지워지지 않았다. 적룡은 어린 백룡을 말없이 바라보았다. 그가 말을 계속했다.

"율리가 묻더군요. 자신이 무슨 잘못을 했느냐고."

경진은 피곤한 표정을 숨기기 위해 양손에 얼굴을 묻었다. 율리의 목소리가 뇌리에 박힌 듯 울렸다.

"저는 그냥 평범한 사람이에요. 초능력자도 아니라구요.
용인지 드래곤인지 모르겠지만, 누구를 죽이겠다는 생각
같은 건 해 본 적도 없어요."

"율리가 무슨 죄를 지었습니까? 왜 흑룡에게 그 애가 살해당해야 하는 겁니까? 용살자라서요? 율리는 그 누구도 해칠 생각이 없는데!"

죽음의 위기에 내몰린 후배가 애처로워서 경진의 음성이 날카로워졌다. 대표이사는 덧없는 인연에 집착하는 경진에게 딱한 시선을 내보이며 한숨을 섞어 말했다.

"머리를 식히렴."

용살자의 존재감이 이다지도 컸단 말인가. 적룡은 흑룡이 용살자에게 집착하는 이유를 티끌만큼 이해할 수 있었다. 어린 백룡은 자신의 목숨마저 내놓을 기세로 용살자를 감쌌다. 용살자는 나름대로 이성적인 편이라고 생각한 적룡 자신마저 뒤흔들었다. 강하기로 으뜸인 흑룡은 용살자에게 적의를 불태우다가 의식까지 잃어버렸다.

더욱 무서운 것은 이 와중에도 차율리에게 호감이 간다는 점이었다.

"나도 차율리가 싫지 않단다. 네 마음을 이해하지 못하는 건 아니야. 하지만 이 감정이 어디서부터 어디까지 온전히 내 감정인지 모르겠구나. 우리는 용살자에게 마음을 주게 되어 있으니까."

경진이 손을 내리고 고개를 들었다. 상처를 잔뜩 받은 눈매가 안쓰러웠다.

"하지만 지금 상황에 가장 힘든 쪽은 흑룡이라고 생각하지 않니?"

차율리 때문에 쓰러지기까지 한 흑룡 아닌가.

"흑룡도 우리만큼이나 차율리에게 호감을 가지고 계실 텐데."

"그럼 율리를 내버려 두면 되잖습니까?"

"글쎄, 그건 흑룡의 선택이지. 감히 내가 왈가왈부할 수 있는 문제가 아니잖니?"

대표이사가 냉정하게 선을 그었다. 경진이 아랫입술을 깨물고 고개를 숙였다. 적룡 또한 자신의 편이 아님을 깨달은 탓이었다.

"오늘은 여기 있도록 해."

진하가 머리를 식히고 이성을 되찾을 때까지 대표이사는 경진을 가둬 둘 생각이었다. 대표이사실 주변으로 작은 결계가 쳐졌다. 이 결계를 뚫고 나가려면 적룡보다 강한 힘이 필요해서 어린 백룡으로서는 꼼짝없이 갇힐 수밖에 없었다.

짐을 다 정리한 율리는 시무룩하게 아영과 한강에게 작별 인사를 했다. 아영은 도무지 믿을 수 없다는 듯 분통을 터뜨렸다.

"왜 율리 씨가 나가냔 말이야!"

입에서 불을 뿜을 기세로 아영이 화를 내는 바람에 한강은 화는커녕, 아영을 말려야만 했다.

"일단 자세한 건 팀장님 돌아오시면 의논을 해 보자고, 최변! 진정해!"

"죄송합니다. 집에 가서…… 꼭 연락드릴게요."

꾸벅 고개를 숙인 율리가 짐을 들고 법무팀 사무실을 나섰다. 율리를 붙잡아야 한다는 아영의 아우성이 들렸으나 오늘부로 해고를 당한 이상, 율리는 회사에 남아 있을 수 없었다.

뒷좌석에 짐을 싣고 운전석에 오른 율리는 한숨을 내쉬었다. 이젠 눈물조차 나지 않았다. 해고 통보가 벌써 두 번이었다. 남들은 직장을 1년, 2년씩 다닌다던데 자신은 몇 개월 만에 잘도 싹둑싹둑 잘렸다.

그래, 목숨이 위태로운 때에 직장 따위가 무슨 상관인가.

난장판이 된 팀장실을 봤을 적에 율리는 심장이 내려앉았다. 평범한 인간이 저 안에 있었으면 분명 중상 정도는 거뜬했을 것이다.

그만한 힘을 가진 자가 자신을 죽이려고 한다.

"엄마한테는 또 뭐라고 하나……."

시동을 걸며 율리가 중얼거렸다. 대낮에 이 주차장을 빠져나가기는 또 처음이었다. 주변을 살피고 핸들을 쥔 그녀가 룸 미러를 멍하니 올려다보았다.

저 멀리 뒤쪽에 그림자가 언뜻 보였다.

예전에 뱀 여자가 그랬듯, 기둥 뒤에 무엇인가가 숨어서 자신쪽을 바라보고 있었다. 덜컥 겁을 먹은 율리는 얼른 사이드 브레이크를 내리고 운전을 시작했다. 그림자는 율리의 차가 움직이자 그녀를 쫓았다. 주차장 안에서는 서행이 필수적이라 속도를 낼 수도 없어서 그림자는 너울너울 어렵지 않게 차로 다가왔다.

또 그때의 뱀 여자처럼, 아니면 어제 창문을 두드리던 괴물처럼 해를 끼칠까 봐 등골에 식은땀이 주륵 흐르고 눈앞이 아득해졌다. 율리가 침을 꿀꺽 삼켰다.

구불구불 움직이는 형체는 꼭 뱀 같았다. 그림자가 처음에는 사람 같았지만, 점점 허리 부근이 늘어나 뱀의 형상을 띠었다.

뱀.

눈앞에서 사람이 뱀으로 변화하는 것을 본 적이 있었다. 화정이 납치된 그 산에서, 젠틀한 남자라고 생각했던 지석이 괴기스럽게 변하던 모습을 뒤에서 지켜보았었다. 그 끔찍한 광경을 악몽으로라도 다시 볼까 봐 얼마나 걱정했는지 모른다.

그런데 악몽이 현실이 되려고 했다. 율리의 입술이 바짝 말라갔다.

지상으로 나온 율리는 눈치껏 도로에 끼어들었다. 룸 미러와 백미러를 번갈아 보면서 그 그림자가 따라붙었는지를 살폈지만 다행히 해가 쨍쨍한 대낮이라 뱀은 보이지 않았다. 안도의 한숨을 내쉬면서도 그녀는 긴장의 끈을 놓지 않았다.

이것도 진하의 사주일까? 아니면 아직도 자신에게 흑룡의 기운이 깃들어 있어서 저런 것들이 꼬이는 걸까? 그러고 보면 지석이 자신에게 흥미를 가진 것도 흑룡의 기운 때문이었다. 하여튼 모든 비일상이 임진하 탓인 셈이다.

실제로 그 뱀은 진하의 명령을 받아 율리를 쫓는 중이었으나 그녀로서는 알 길이 없었다.

'거기다 날 죽이려고 하고.'

그 그림자도 천 년 묵은 이무기처럼 여의주를 노리고 접근하는 걸까? 그렇다면 자신의 주변 사람들이 또 위험해지지는 않을까?

하지만 진하는 여의주를 써 버렸다. 그것도 아주 간단하게.

"어?"

거기까지 생각한 율리가 눈을 동그랗게 떴다.

"잠깐만? 분명히……."

임진하는 이상한 소원을 빌었었다. 율리는 기억을 더듬어 보았다. 그러니까 그가 했던 말이…….

'내가 죽은 이튿날에 차율리가 죽는 걸로.'

소원은 순식간에 접수되었고, 목적을 바로 앞에서 놓친 지석은 꼭 미친 사람처럼 발광을 했었다. 그러나 이미 지난 일은 중요치 않았다. 분노하던 지석은 죽었고 여의주는 소원을 품고 사라졌다는 게 중요했다.

임진하가 죽은 이튿날, 차율리가 죽는다?

율리의 눈가가 일그러졌다. 이성적으로 생각해 보면 말도 안 되는 일이지만, 그 소원이 가짜라고 생각할 수 없는 이유는 여의주에 미칠 정도로 집착하는 지석의 모습을 그녀도 보았기 때문이었다.

'그게 사실이면, 그 남자…… 날 죽일 순 있는 거야?'

우습게도 무척이나 아이러니한 일이었다. 진하는 율리를 죽이겠다고 펄펄 뛰고 있는데, 정작 그녀를 죽이려면 그가 자살이라도 해야 할 판이었다.

'설마 자기가 무슨 소원을 빌었는지 기억…… 못 하나?'

아무래도 진하의 태도나 행동을 보면 여의주고 기억이고 소원이고 간에 아무것도 기억하지 못하는 듯했다. 하! 그녀가 헛웃음을 터뜨렸다.

"……바보 아냐?"

기가 막혀서 율리가 중얼거렸다.

좌회전 신호를 기다리기 위해 율리는 1차로로 진입했다. 몇 번을 다시 떠올려 보아도 진하는 그날, 자신의 수명과 율리의 수명을 한데 묶어 버렸다. 물론 그녀가 용살자의 혈통을 가졌음을 알았다면 절대 빌지 않았을 소원이지만 그 당시에 그는 그녀의 정체를 몰랐다.

갑자기 많은 것을 깨닫자 머릿속이 멍해졌다. 율리는 아무 생각 없이 좌측 백미러를 쳐다보았다. 그때 눈에 거슬리는 것이 보였다.

"응?"

새카만 것들이 하늘에 멀리 떠 있었다. 점점 형체가 커지는 것을 보니 이쪽으로 다가오는 게 분명했다. 가까워질수록 형체가 또렷하게 보였다.

'비둘기?'

새카만 비행 물체는 비둘기 떼였다. 놀랍게도 비둘기가 한 열 마리 정도 무리를 지어 하늘에서부터 빠르게 내려오고 있었다.

혹시 저것들도 자신을 노리고 있는 걸까, 두려워진 율리가 침을 삼키고 핸들을 쥐었다. 그러나 비둘기들은 율리의 차가 아니라 중앙선 너머 반대편 차선 위에서 빙글빙글 돌았다. 길을 가던 보행자들도 신기한 광경에 카메라를 꺼내 들 즈음이었다. 비둘기들이 빙빙 돌던 것을 멈추더니 느닷없이 반대편 차선을 달리는 버스로 돌진했다.

빠앙!

갑자기 비둘기 떼의 공격을 받은 버스가 클랙슨을 눌렀으나 비둘기들은 두려움도 없이 버스로 날아들었다. 비둘기를 피하고자 버스 기사가 무의식적으로 오른쪽으로 핸들을 꺾었다.

버스가 평범한 승용차만큼 작았다면 아무 문제가 없었을 것이다. 하지만 버스는 대형차. 반대 차선 1차로에 얌전히 서 있던 율리는 날벼락을 맞았다. 그녀의 차 앞 유리창을 통해 버스 뒤쪽이 엄청난 빠르기로 다가왔다.

"히익!"

2차로, 3차로가 비워져 있는지 볼 겨를도 없었다. 율리는 달려드는 버스를 피하고자 핸들을 우측으로 홱 꺾어 버렸다. 다행히 옆 차로에는 차가 한 대도 없었지만 슬프게도 율리의 눈앞에는 버스 대신 가까워지는 가로수만이 있었다.

안전벨트도 하고 있고, 속도도 크게 내지 않았으나 곧 율리의 몸에 엄청난 충격이 가해졌다. 목과 몸이 분리될 듯한 큰 충격이 지나가고 나서 그녀는 핸들에 머리를 묻었다. 정신이 아득해지는 것 같았다.

그나마 적룡의 얼굴을 봐서 진하는 괘씸한 백룡을 뒤로하고 촬영장으로 향했다. 어제 기절한 바람에 스케줄이 밀려서 정신이 없었다.

'어디서 차율리 곁에 있겠다고 지랄이야?'

진하가 인상을 험악하게 만들고 바깥을 쳐다보았다. 오늘은 차율리의 마지막 퇴근이 있는 날이다. 이 세상에서 가장 좋은 살해 방법이 사고사로 위장하는 것이라고 결론 내린 진하는 율리가 갈 만한 길목마다 미물들을 배치해 두었다.

'이렇게 쉬운 방법도 없지.'

큰 도시지만 이용할 만한 생물들은 의외로 많았다. 한강으로 흐르는 하천에 머무는 수중 생물, 지상을 돌아다니는 온갖 곤충과 동물들, 공중을 날아다니는 새까지. 평범한 미물들은 단숨에 그의 기운을 받아 흑룡의 수족이 되었다.

차율리를 살해할 생각을 하자마자 멀미가 오듯 눈앞이 어지러워졌다. 진하는 등받이에 몸을 기댔다.

그때 운전을 하고 있던 매니저가 꽥 소리쳤다.

"아 참, 장소 바뀌었다고 했는데!"

늘 가던 길로 운전하던 민호가 정신을 차리고 신호가 바뀌기 전에 유턴했다. 진하가 혀를 찼다.

"왜 그렇게 정신이 없어?"

"어우, 어제 형이 쓰러져 가지고 얼마나 놀랐는데요?"

"아픈 건 난데 네가 놀랄 게 뭐가 있어?"

스케줄이 하루 종일 잡히고 촬영 일정을 맞추기 위해 강행군을 해도 눈 하나 깜짝하지 않던 진하였다. 세상에서 건강하기로는 제일인 줄 알았던 남자가 엘리베이터 안에서 쓰러졌으니, 놀라지 않을 리가 없었다. 매니저는 룸 미러를 통해 진하의 안색을 살피고 조심스레 물었다.

"아직도 컨디션 안 좋으세요?"

"컨디션 완전 별로야."

차율리를 처리할 생각만 하면 속이 뒤집어지고 두통이 밀려왔다. 민호는 도저히 이해가 가지 않는다는 투로 조잘거렸다.

"진짜 신기한 일이네, 형이 다 아프고. 형도 늙나 봐요? 죽여도 죽을 것 같지 않던 사람이."

"시끄러워."

"그러니까 그냥 오늘도 쉬지……."

하지만 협업이 중요한 바닥에 이틀씩이나 빠질 수는 없는 노릇이었다. 진하는 대꾸하지 않고 차창 밖만 응시했다. 매니저 민호가 시무룩하게 사과했다.

"아무튼 죄송해요. 왔던 길 다시 돌아가야 할 것 같아요."

"시간은?"

"넉넉해요. 점심 먹고 가도 될 정돈데요?"

"나 때문에 지연됐으니까 가서 점심 사야겠다."

인간도 아니면서 멀미를 하는 바람에 진하는 다시 눈을 감았다. 운전에 집중하던 민호가 심상찮은 광경에 입을 쩍 벌렸다.

"어? 형 저거 보여요?"

동시에 진하도 정신을 차리고 도로 눈을 떴다. 흑룡의 기운이 사방에서 넘실거렸다. 하늘 멀리 보이는 건 비둘기 떼였다.

"비둘기가 뭐 저러고 있대?"

자신의 기운을 받은 비둘기들이 날고 있다는 건 이 근처에 차율리가 있다는 뜻이었다. 사고사로 위장해서 그녀를 제거하려는데, 그 장면을 본다면 빌어먹을 본능은 아마 가만히 있지 못할 것이다.

"어? 저러다 사고 나겠는데?"

"차 돌려."

"네? 여기서 어떻게 돌려요?"

"차 돌려!"

"못 돌리잖아요! 진짜 가끔 이상하다니까?"

오로지 직진만 가능한 상황임에도 진하가 억지를 부리자 민호의 언성도 높아졌다. 진하의 얼굴이 일그러졌다.

멀찍이 앞장서서 달리는 시내버스를 따라 다른 차들과 함께 그들이 탄 차도 움직였다. 진하는 눈을 꽉 감았다. 비둘기들이 아직 일을 치지 않으면 된다. 여기서 멀리 떨어져서 시야에 그녀의 차가 보이지 않을 때 사고가 나면…….

"어어? 버스 왜 그래?"

놀란 민호가 숨을 크게 들이마셨다. 그리고 이내 버스는 우측으로 갖다 박고, 반대 차선에 있던 작은 승용차는 버스를 피해 보행 도로 끝에 있던 가로수에 박으며 연달아 큰 소리가 들렸다.

"으메, 사고 났네……."

민호가 중얼거리면서 서행으로 차를 몰았다. 진하의 눈이 자동으로 뜨였다. 양쪽 차선에 사고가 나자 삽시간에 도로는 아수라장이 되었다. 버스 승객들이 창문을 열고 구조해 달라 아우성을 치는 반면, 반대편 차선의 승용차는 고요했다.

"형! 어디 가요?"

뒷좌석에 있던 진하는 무엇에 홀린 듯 차 문을 열고 나갔다. 등 뒤로 민호의 외침이 들렸으나 그의 귓가에 닿지는 못했다.

사고가 났다.

진하는 버스 쪽은 돌아보지도 않고 가로수 쪽으로 향했다. 홀연히 나타난 인기 스타에 사람들의 눈길이 모두 진하에게 쏠렸다. 사고를 수습하고자 소방서로 구조 요청을 하던 사람들마저 진하에게 시선을 꽂았다.

"형!"

어떻게든 진하를 저지하기 위해 민호가 후다닥 내려서 그를 쫓아갔다. 사방에서 연신 카메라 셔터 음이 들려 죽을 만큼 창피했으나 안타깝지만 이도 매니저의 일이었다.

진하는 율리의 차 앞에 멈추어 섰다. 핸들을 꽉 붙잡은 채로 기절해 있는 율리의 모습이 그의 눈동자에 비쳤다.

살아 있는 생명의 기운이 아직 느껴지는 바, 그녀는 죽진 않은 모양이었다. 안도감과 함께 절망이 몰려왔다.

그녀가 죽기를 바랐는데, 그녀가 죽지 않아 다행이라니.

"119 불러."

"네? 어? 헉! 이, 이 사람은⋯⋯."

그제야 아는 얼굴을 발견한 민호가 경악을 하면서 휴대폰을 들었다. 그러나 이미 누군가가 신고를 했는지 멀리서 사이렌 소리가 들려왔다. 진하는 굳게 닫혀 있는 운전석 유리창에 손을 대고 숨을 몰아쉬었다.

'차율리, 너를 죽여야 하는데⋯⋯.'

그녀가 죽는다는 상상을 하는 것만으로도 숨이 막힌다. 그녀를 정말 처리할 수 있을까? 이대로라면 자신은 왠지 그녀를 이길 수 없을 듯했다. 한 번도 느끼지 못한 무력한 기분이 들었다. 정신을 잃은 율리를 보는 것만으로도 심장이 뜯겨져 나가는 고통이 일었다.

"형!"

바로 옆에 있는 민호의 목소리가 멀게 느껴지더니 진하의 눈이 스르륵 감겼다.

그러니까 임진하는 어제도 기절, 오늘도 기절하고 말았다.

민호의 보고를 듣고 나서 대표이사는 머리를 감싸 쥐었다. 법무팀 팀장실을 난장판으로 만든 지 얼마나 지났다고 흑룡이 밖에 나가서 사고를 쳤다. 결계로 겨우 경진을 가뒀는데, 이동할 일이 생겨서 결계도 치워야 했다.

"병원에 좀 다녀오마."

"병원이요?"

"결계는 걷겠지만 여기⋯⋯."

어차피 흑룡도 정신을 잃었다고 하니 경진을 풀어 주어도 별로 문제는 없을 것이다. 대표이사실에 얌전히 있으라고 말하려던 그녀가 한숨을 내쉬고 고개를 저었다.

"아니다. 일하고 있으렴."

"예?"

"흑룡께서 사고에 또 말려든 모양이다."

"사고요?"

경진이 눈을 동그랗게 뜨고 설명을 바라는 시선을 보냈으나 현명한 적룡은 백룡에게 율리 이야기는 꺼내지는 않았다. 차율리가 교통사고 났다는 소식을 전해 주면, 겨우 이성을 되찾은 저 어린 백룡은 또 눈이 뒤집어질 것이 뻔했다.

직접적인 사고 피해자도 아닌 주제에 진하는 따로 1인실에 격리되어 있었다. 인기 연예인이라 사람들을 피해야 해서 어쩔 수 없었다. 진하의 옆에 보호자의 자격으로 멍하니 앉아 있던 민호는 대표이사의 방문에 호들갑을 떨었다.

"대, 대표님이⋯⋯."

눈을 곱게 감고 있는 흑룡을 보고 나서 적룡이 언짢은 표정을 짓다가 민호를 돌아보았다. 당황한 듯 눈동자를 떨면서 어깨를 움츠리고 있는 어린 매니저의 모습에 그녀의 표정이 풀어졌다.

"오늘도 이렇게 되어서 매니저가 힘들겠군요. 조금만 애써 주세요."

"아, 아닙니다!"

민호는 대표이사의 공치사에 황송한 듯 굽실거렸다. 곧, 민호의 휴대폰이 진동했다. 벌써 몇 번째 전화인지 모른다. 사고가 난 뒤 스케줄 조율을 위한 통화로 전화통에 불이 났다.

민호가 통화를 하러 병실 밖으로 나가자마자 대표이사가 혀를 찼다.

"일어나시지요?"

어수룩한 민호는 속여도 적룡의 눈은 속일 수 없었다. 진하가 눈을 번쩍 뜨고는 씨익 멋쩍게 웃었다.

"웃음이 나오십니까?"

"미안하다."

적룡의 타박에 그가 미소를 지우고 바로 사과했다. 그녀가 다시금 깊은 한숨을 뱉었다. 어쩔 수 없는 상황이기는 했다. 차율리가 사고를 당한 자리에 흑룡이 아니라 그녀 자신이 있었어도 똑같은 결과가 나왔을 것이다.

"피할 수 없는 일이었으니 이해는 합니다."

문제는 임진하가 인기 스타라는 점이었지만.

"차율리는?"

"모릅니다. 바로 이리로 와서."

율리가 어디에 있는지 모르는 터라 적룡은 진하의 병실을 먼저 찾았다. 애초에 오늘 자로 율리가 해고된 이상, 자신은 차율리와 고용 관계도 아니었다. 율리에게 갈 의무는 없었다.

진하는 허공에 시선을 둔 채로 입을 열었다.

"걔를 죽이려고 함정을 파 놨었어."

하필이면 자신이 그곳을 지날 때 비둘기가 차율리를 덮칠 줄이야. 이만큼 재수 없는 타이밍도 없었다.

함정을 파 두었지만 차율리는 죽지 않았다. 되레 임진하만 창피하게 기절해서는 1인실 입원비나 내고 있었다. 대표이사가 눈살을 찌푸리며 토를 달았다.

"거기 걸린 게 어째 차율리가 아닌 듯…… 합니다만."

"그래, 내가 넘어갔지. 내 꾀에."

그의 목소리가 덧없이 울렸다. 씁쓸한 감정이 잔뜩 묻어 나오는 음성이었다. 사고 경위 등을 알아보러 이곳저곳에 들를 예정인지라, 그녀는 복잡한 눈빛으로 그를 바라보다가 인사를 남겼다.

"오늘은 쉬십시오."

진하는 아무 말 없이 대표이사를 내보내 주었다.

한편, 진하의 스케줄 조정을 위해 연락을 넣은 민호는 촬영장 스태프들에게 이틀 내내 이게 무슨 매너냐고 잔뜩 혼이 났다. 한참 동안이나 몸이 반 접힐 기세로 사과하면서 겨우겨우 스케줄을 미룬 민호는 풀이 죽은 채로 병원 복도를 걸었다. 이렇게 미룬 스케줄이 장장 다섯 개!

병실 복도에서 통화하기가 곤란해서 일부러 건물 밖까지 나와 전화를 받은 바람에 그는 1층 응급실 쪽도 지나가야 했다.

'왜 뛰쳐나가서는 기절하고 그래?'

속으로 진하를 원망하면서 민호는 입술을 삐죽이다가 응급실 쪽을 힐끔거렸다. 병원은 딱 질색이지만 차율리에게 지대한 관심을 갖고 있는 진하를 위해서 민호는 그녀의 상태를 확인해 줄 생각이었다.

민호는 가까이 있는 간호사를 붙잡고 물었다.

"저기, 아까 실려 온 교통사고 피해자들이요."

"네?"

"아직 응급실에 있어요?"

"어느 분이요?"

"버스 쪽 말고⋯⋯."

임진하가 나타난 바람에 아무 관련 없는 사람들도 이번 교통사고 피해자에 대해 관심을 갖고 있었다. 특히 버스 말고 승용차 쪽으로. 응급실 간호사가 민호를 의심스럽게 쳐다보았다.

"관계가 어떻게 되시는지?"

"아! 저는 목, 목격잔데요."

율리와 특별한 관계가 아닌 터라 민호가 어색하게 웃으며 둘러댔다. 그러나 유감스럽게도 목격자라면서 다가온 사람이 한둘이 아니었다. 간호사는 눈을 가늘게 떴다.

"죄송하지만 환자 개인 정보는 알려 드릴 수가 없습니다."

"네에? 아⋯⋯."

쌀쌀맞게 대꾸한 간호사는 민호에게서 등 돌려 멀어졌다. 미련을 떨치지 못해서 아쉬움을 가득 담아 고개를 죽 빼고 응급실 안을 보던 그의 어깨를 누군가가 툭툭 두드렸다. 인기척에 그가 돌아섰다.

"어?"

마침 궁금하던 사람이 눈앞에 떡 나타난 셈이라 민호는 깜짝 놀랐다. 핏기 없는 얼굴로 서 있는 율리에게 그가 다급히 물었다.

"괜찮으세요? 정신 차리셨네요?"

"네, 구급차 안에서 정신 차렸어요."

"다친 데는 없고요?"

"검사 결과 기다려야 한대요. 근데 이거 빼곤 딱히······."

율리가 앞머리를 들어 올리고 이마의 멍을 보여 주었다. 핸들에 갖다 박아서 생긴 멍이었다. 통증을 호소하는 다른 환자들과 함께 여러 가지 검사를 했으나 특별한 증상은 없었고, 결과가 나오기까지 그리 불안하지도 않았다.

죽지 않을 테니까.

"그래도 그 정도라 천만다행이에요."

안도하는 민호를 보며 율리가 빙그레 웃었다. 그녀는 사고 피해자치고는 무척이나 침착하게 대화를 이어 나갔다.

"그런데 제가 구급차 안에서 들었거든요?"

"네? 뭘요?"

"임진하 씨가 제 차 옆에 있었다던데."

보통 교통사고보다 큰 충격이 아니어서 예상보다 빨리 정신을 차린 율리는 구급차 안에서 구급대원들의 대화를 엿들었다. 다른 구급차에 진하가 탑승했다는 이야기를 하면서 그들은 사고 현장에 대해 이런저런 대화를 나누었다. 율리는 자신이 사고를 당한 자리에 진하가 있었다는 것이 완전한 우연이라고 생각하지 않았다.

그가 자신을 정말 죽이려고 했던 걸까. 그렇다면 이 사고도 그가 만든 걸까.

"아! 네…… 형이 어떻게 알았는지 바로 그쪽으로 뛰……."

"병원에 계세요?"

율리가 민호의 말을 도중에 잘랐다. 검사를 마치고 나오면서 민호를 본 율리는 혹시 진하가 근처에 있지 않을까 싶었다. 그리고 역시.

"네! 시간 되시면 같이 올라가실래요? 아, 검사 결과 기다려야 하나……."

검사 결과는 중요하지 않았다. 어차피 죽지 않을 테니 말이다. 율리의 표정이 싸늘하게 가라앉았다. 자신은 안 죽는다. 임진하가 지금 살아 있기에, 율리는 자신에게 위험이 닥쳤다고 생각하지 않았다.

"어디 계신데요?"

"1인실이요. 형이 그쪽 사고 난 거 보고 또 기절해 버렸거든요."

"잠깐 만날 수 있을까요?"

"네? 아, 네……."

민호가 얼떨결에 고개를 끄덕이고 율리를 병실로 안내했다. 정신없고 시끄럽던 응급실 쪽과 달리 복도는 고요했다. 문고리를 잡으며 민호가 중얼거렸다.

"깨어났으려나?"

소리 없이 열린 문 사이로 민호가 율리를 안내했다. 율리는 떨리는 마음을 다잡고 병실 안으로 걸음을 옮겼다. 민호가 조심스레 진하를 불렀다.

"형, 정신이 좀……."

"이 여자는 왜 데리고 왔어?"

"엥?"

진하의 짜증 가득한 음성이 민호의 말허리를 자르고 날카롭게 울렸다. 대놓고 보이는 적의에 가슴 한구석이 찌르르 아팠으나 율리는 태연한 표정으로 민호에게 부탁했다.

"잠깐만 둘이 얘기 좀 할 수 있을까요?"

"네……."

자리를 비워 달라는 부탁을 에둘러 말한 율리에게 민호가 고개를 살짝 숙여 보이고는 병실을 나갔다. 병실 문이 닫히는 소리와 함께 그녀가 침대에 앉아 있는 진하를 돌아보았다. 먼저 입을 연 쪽은 진하였다.

"너 뭐야?"

"차율리인데요?"

"누가 네 이름 모른대?"

겨우 두통에서 벗어났나 했더니 그 원흉이 나타났다. 진하는 눈가를 일그러뜨린 채로 비아냥거렸다.

"왜? 죽고 싶어서 제 발로 걸어 들어왔어?"

"죽일 수 있으면 죽여 보든가."

"뭐?"

처음에 그는 자신이 잘못 들은 줄 알았다. 자신이 차율리를 처리하겠다고 공언한 이후로, 그를 향한 그녀의 태도는 두 가지 정도였다. 하나는 두려움, 다른 하나는 회피. 그런데 이번에는 달랐다.

"제가 뭘 그렇게 잘못했는데요?"

"차율리, 너 미쳤어?"

"누구 때문에 회사도 잘리고, 차 사고도 나고…… 제정신인 게 용하지."

헛웃음을 터뜨리면서 그녀는 오늘 있었던 일을 한 줄로 요약했다. 하긴, 정말 미쳐 버릴 것 같기도 했다.

"지상 최강의 생물 드래곤 아니에요? 그럼 죽여 보든가?"

"야!"

"말로만 죽인다지? 어이가 없어서."

율리가 죽음의 위기에 놓여서 미친 건지, 아니면 사고에서 살아 돌아와서 겁을 상실한 건지 진하로서는 알 길이 없었다.

"하나도 안 무섭거든요?"

율리가 혀를 빼꼼 내밀자 흑룡의 혈압이 확 치솟았다. 욱하는 마음에 진하가 벌떡 일어나 침대에서 내려와 그녀의 앞에 섰다. 위협적인 그의 행동에도 그녀는 여유 만만이었다.

"정말 바본가 봐."

그녀는 일부러 낄낄, 소리 내어 웃었다. 그의 오만한 자존심을 벅벅 긁기 위해서였다.

"그쪽은 나, 절대 못 죽여요."

그녀가 강하게 나와서일까? 그는 기가 막힌 듯 대꾸도 제대로 하지 못했다. 그녀는 기세를 몰아 의기양양하게 이어 말했다.

"내가 그렇게 호락호락하게 죽어 줄 줄 알아요?"

"혈통을 무기로 내세우겠다?"

'뭐래?'

뜬금없이 혈통 이야기를 하는 그를 그녀가 빤히 쳐다보았다. 그녀가 이해할 수 없는 것과 별개로, 그는 그녀가 용과 용살자의 관계에서 용살자가 우위를 선점하고 있기에 허세를 부리는 것으로 받아들였다.

"그래, 난 널 직접 죽이지는 못해."

세상에 두려울 것 없는 자신이건만 용살자에게만은 한없이 약해진다. 이 불공평한 관계가 허탈해서 진하의 목소리에 독기가 빠졌다. 마치 모든 걸 포기하는 듯한 음성이었다.

"그러니까 오늘처럼 사고를 만든 거지."

"진, 진짜 그쪽이 사고를 만든 거라고요?"

지레짐작만 하고 있던 사고의 원흉이 역시나 흑룡이었다. 그냥 일어난 사고라기에는 이상한 점이 존재하긴 했다.

"어쩐지 비둘기가 수상하다 했어……."

율리가 혼잣말을 중얼거렸다. 비둘기 한두 마리도 아니고, 새 떼가 날아드는 일이 이 큰 도시에서 몇 번이나 일어날까? 이 사고에도 그의 의지가 담겨 있었다. 그는 잠시 주춤한 그녀의 기세에 입가를 끌어 올리며 말했다.

"내 손으로 널 죽일 수는 없지만, 다른 방법은 얼마든지 있지."

그의 손이 그녀의 얼굴로 뻗어 왔다. 화들짝 놀란 그녀가 본능적으로 눈을 질끈 감았다. 자신의 뺨에 그의 손가락이 닿는 것이 느껴졌다. 이내 그의 손이 그녀의 얼굴을 폭 감쌌다. 그녀의 어깨가 움찔 떨렸다.

그래, 솔직히 만지고 싶었다. 자신의 목적을 위해 그녀와 거리를 두고 매몰차게 대했지만, 한편으로는 그녀의 체온을 손에 담고 싶었다. 용살자에게 끌리는 나약한 본능이라고 애써 외면해 왔으나, 이성과 감정이 이율배반적으로 돌아가 그에게 다시 고통을 주기 시작했다.

그가 이를 꽉 깨물었다가 쌀쌀맞게 말을 이었다.

"미물을 조종하거나, 사람을 사서 쓰거나, 사고를 만들면 되는 거 아닌가?"

'무슨 소리지…….'

진하의 말을 제대로 이해하지 못한 율리가 슬머시 눈을 떴다. 그의 표정은 차갑게 굳어 있었다. 자신에게 적의를 내비치는 그가 얄미워서 그녀는 그의 팔을 내치고 자신만만하게 대꾸했다.

"아니, 무슨 방법을 쓰든 간에 그쪽은 절 못 죽인다고요."

어쨌거나 달라질 것은 없었다.

"진짜 웃기는 사람, 아니 용…… 아니, 진짜 웃기는 남자야. 자기가 한 말도 까먹고."

그의 손이 닿았던 뺨이 뜨거워지는 것 같아 그녀는 화가 치밀었다. 자신을 죽이겠다고 선언하고 일을 꾸민 남자를 진심으로 싫어할 수 없는 자신의 무른 성질에 화가 난 것이었다. 그녀는 일부러 더 의기양양하게 말했다.

"죄송하지만 그쪽은 죽을 때까지도 제가 죽는 꼴을 못 볼 테니까 이제 그만 포기하시죠?"

"뭐?"

"아니, 그쪽이 그랬잖아. 드래곤 하트에다가, 자기가 죽은 이튿날 내가 죽을 거라며?"

드래곤 하트가 아니라 정확히는 여의주였지만.

전혀 생각지 못했던 일을 떠올리자 진하의 눈동자가 더욱 까맣게 물들었다. 자신이 무슨 소원을 입 밖으로 냈더라? 기억을 재생한 순간 그의 얼굴에 핏기가 싹 가셨다. 그녀가 빈정거렸다.

"바보 아냐?"

말을 마치기 무섭게 그녀는 뻣뻣하게 굳은 그의 어깨를 검지로 콕콕 찔렀다.

"그러니까 이딴 사고 같은 거 만들지 말라고요. 애먼 사람들만 다치고 이게 뭐예요? 어이가 없어서, 진짜."

율리는 그 말을 끝으로 미련 없이 병실을 나가 버렸다. 그의 곁에 더 있었다가는 할 말, 못 할 말을 구분하지 않고 줄줄 내뱉을 것 같아서였다.

*　　　*　　　*

사고 이후로 흑룡은 패닉에 빠진 듯했다.

일에는 성실한 자세로 임하던 임진하가 며칠째 집 밖으로 두문불출했다. 덕분에 마지막 촬영만 남겨 둔 드라마 제작사는 멘탈 붕괴였고, 후반부 작업 중인 영화 촬영팀도 안절부절못했다. 매니저나 동료 배우들, 대표이사는 물론 감독들까지도 진하를 찾아왔으나 무슨 이유에선지 그는 모든 사람들을 문전박대 했다.

그러거나 말거나 백수 차율리는 엄마의 새 가게를 둘러보았다.

"망할 거라면서 왜 다시 여는데?"

"시끄러워! 넌 그냥 여기서 알바나 해라. 회사도 1년을 못 다니는 것이."

솔직하게 해고당했다는 소식을 전하고 나서부터 엄마는 불쌍한 딸을 구박하기 시작했다. 딱히 잘한 일도 아니라 율리는 할 말이 없어서 입을 다물기로 결정했다.

율리는 새로 단장한 가게 안에 앉아 TV를 틀었다. 오늘도 어김없이 연예 뉴스에서 임진하가 얼마나 아픈지 구구절절 보도하고 있었다.

'아프긴 개뿔.'

율리가 콧방귀를 뀌었다. 물론 아무것도 모르는 엄마는 뉴스를 진심으로 믿었다.

"병이 났나 보네. 안됐구먼."

차율리를 죽이겠다고 날뛰던 진하였으니 병이 날만도 했다.

'엄마 딸을 못 죽여서 병이 난 거야.'

……라고 말할 수 있을 리는 없었다.

퇴사하면서 위로금을 두둑하게 받은 율리는 제일 먼저 휴대폰부터 바꾸었다. 거미줄처럼 금이 쭉쭉 간 액정을 볼 때마다 성질이 나서 참을 수가 없었다. 가로수를 들이받았던 차도 그 돈으로 정비소에 보냈다.

TV도 재미없고 유행 다 지난 대여점에 손님이 올 일도 거의 없어서 율리는 휴대폰만 만지작거렸다. 그때 경진에게서 전화가 걸려 왔다. 율리는 엄마의 눈치를 보면서 전화를 받았다.

"여보세요?"

—율리야, 전에 소개해 준 회사에 이력서 안 넣었니?

"아, 네…… 죄송해요."

퇴사하자마자 경진은 율리에게 회사 몇 군데를 소개해 주었다. 진하가 일자리를 소개해 준 것처럼, 경진도 율리를 도와주고 싶은 마음에서였다. 그러나 율리는 이력서를 보내지 않았다.

　―왜?

　"그냥, 통장에 돈이 생겨서 그런지 좀 쉬고 싶어서요."

　말은 그리 했으나 사실은 심적 여유가 없는 것뿐이었다. 요 근래 자신에게 불어 닥친 비일상적인 폭풍이 그녀의 여유를 전부 앗아 가 버렸다. 소설이나 만화 같은 창작물에서나 볼 법한 요괴에게 쫓기질 않나, 흑룡에게 목숨을 위협당하질 않나……

　'파란만장했다.'

　일도 좋지만 뒤늦게 돌아온 평온한 일상에 잠시나마 몸을 맡기고 쉬고 싶었다.

　―그랬구나.

　율리의 마음을 아는 건지, 고맙게도 경진은 그녀를 이해해 주었다. 마음씨 좋은 선배의 너그러운 대답에 그녀의 마음이 한결 가벼워졌다.

　"바쁘실 텐데 저한테까지 신경 쓰지 마세요. 일할 때 되면 제가 알아서 일자리 찾아볼게요."

　진하가 모든 활동을 중단해 버린 상태였으니 회사는 난리가 났을 게 틀림없었다. 손해 배상이니 계약 위반이니, 회사로 날아드는 통지도 많을 터. 법무팀 팀장인 경진에게 여유가 있을 리 없었다.

　잠시 침묵하고 있던 경진이 대화를 이었다.

─뭐 하나만 물어봐도 되니?

"네? 뭔데요?"

─매니저에게 들었어. 흑룡께서 너랑 독대를 하셨다고.

"네, 맞아요."

진하와 마지막으로 만난 건 병원에서였다. 인내심이 바닥을 찍었던 그날, 율리는 그에게 죽일 수 있으면 얼마든지 죽여 보라고 큰소리를 뻥뻥 쳤었다. 이후로 그에게 무슨 일이 있는지 알길은 없었다.

─무슨 일이…… 있었던 거야?

경진의 음성이 조심스럽게 흘러나왔다. 율리는 엄마 쪽을 힐끔 곁눈질했다. 엄마는 TV를 보느라 정신이 없었다. 그래도 괜한 소리가 들릴 수 있어서 율리는 가게 밖으로 자리를 옮겼다.

"왜요?"

─그 이후로 흑룡께서 모든 일정을 캔슬했어. 회사 지금 난리도 아니야. 이러다가 소송도 걸릴 기세라…….

"글쎄요."

죄책감 따위는 들지 않았다. 애초에 소원을 빌어 달라고 부탁한 적도 없었고, 자신이 용살자라고 해서 그를 살해하고 싶은 마음도 없었다. 그 남자 혼자 북 치고 장구 치다가 충격받고 집에 틀어박힌 것뿐 아닌가? 차라리 꼴좋다는 생각마저 들었다.

"전 잘 모르겠네요."

─하긴, 그렇겠다. 안 좋은 이야기해서 미안.

"아니에요. 그럼…… 집에서 안 나오는 거예요?"

─음, 아마 그러실 거야. 아, 이만 끊자.

"네, 끊을게요."

전화기 너머로 두런두런 말소리가 들리다가 통화가 끊겼다. 경진이 다시 바빠진 모양이었다. 율리는 전화를 끊고 가게 안으로 들어갔다. 엄마는 여전히 TV를 보고 있었다. 진하의 쾌유를 빈다는 진행자의 멘트와 함께 프로그램이 끝이 났다. 왠지 마음이 답답해져서 율리는 한숨이 절로 나왔다.

임진하가 집에 틀어박히다니? 충격이 크긴 컸나 보다. 그러고 보면 스트레스 때문인지 자신의 앞에서 풀썩 쓰러진 적도 있었다. 못된 태도를 보인 그에게 천벌이 내려진 것 같아 고소하면서도, 한편으로는 그녀의 마음 한구석이 불편했다.

'가 볼까?'

율리는 고개를 저었다. 괜히 갔다가 좋은 소리를 들을 것 같지는 않았다. 오히려 성질을 내면 냈지…….

거기까지 생각한 율리가 벌떡 일어났다. 리모컨으로 채널을 돌리고 있던 엄마가 율리를 의아하게 쳐다보았다.

"가서 놀려야지."

"뭘?"

"아니, 잠깐만 어디 다녀올게요."

"어딜 가!"

얼마나 마음고생을 했던가. 그동안 자신이 겪은 일들을 쭉 떠올리자 울화통이 치밀어서 율리는 엄마의 호통을 뒤로하고 가게를 빠져나왔다.

치킨도 없고 책도 없이 빈손으로 현대 오피스텔 앞에 선 율리는 제1난관에 봉착했다.

'비밀번호 모르잖아!'

굳게 닫힌 출입문을 보자 그녀는 김이 새 버렸다. 진하에게 전화를 걸어서 비밀번호가 어떻게 되느냐 물어볼 수도 없고, 기껏 분기탱천해서 여기까지 왔는데 남는 것이 없었다. 시무룩해진 그녀가 쓸쓸하게 돌아설 무렵이었다.

"어? 안녕하세요."

며칠 동안 진하 때문에 이곳저곳에서 시달리느라 얼굴이 까맣게 죽은 민호가 율리를 보고 힘없이 인사를 건넸다. 율리도 고개를 꾸벅 숙이면서 답인사를 했다.

"아, 안녕하세요."

"진하 형 보러 오셨어요?"

"아, 네. 뭐……."

걱정 가득한 민호의 모습에 사실은 진하를 놀리러 왔다고 솔직히 말할 수는 없었다. 율리가 대충 말끝을 흐리자 웬걸, 민호가 뜻밖의 제안을 했다.

"저랑 같이 들어가실래요?"

"네!"

뭔가 잘되는 날인 듯했다. 율리가 눈을 반짝이며 긍정하자 민

호는 익숙하게 출입문 비밀번호를 눌러 비밀의 문을 열어 주었
다. 속으로 감격하면서 율리는 민호를 따라 냉큼 엘리베이터에
올랐다.

"그 사람 뭐하고 지내요?"

"아무것도 안 해요."

"네?"

무슨 뜻인지 곧바로 이해가 가지 않아 율리가 반문했다. 민호
는 한숨을 길게 내쉬고 설명해 주었다.

"형이 이상해졌어요. 대체 왜 그러는지 말이라도 해 줬으면 좋
겠는데, 사고 때문에 충격을 받은 건지…… 말도 안 하고 하루
종일 소파에 앉아 있기만 해서……."

어느새 엘리베이터는 13층에 도착했다. 맑은 종소리와 함께
멈춰 선 엘리베이터에서 내리며 민호가 말을 이었다.

"어쩔 때는 무섭다니까요. 저러다 자살이라도 할까 봐."

"그, 그 정도예요?"

자살이라니, 심장이 쿵 내려앉는 느낌이었다. 예상보다 진하
의 상태가 심각한 모양이었다. 그를 놀리러 왔는데…… 율리는
문득 죄책감이 느껴졌다. 괜히 온 건 아닐까? 그녀의 안색이 살
짝 바래졌다.

율리의 앞에 서서 현관 비밀번호를 누르느라 민호는 그녀의
표정 변화를 읽지 못했다.

"형! 저 왔어요."

실내로 들어서며 민호가 일부러 말소리를 냈다. 민호는 적막한 실내 공기를 어떻게든 띄워 보려고 노력하는 중이었다.

"형이 걱정되니까 다들 막 오잖아요. 근데 성함이⋯⋯."

"차율리예요."

율리가 소곤거렸다. 가능하다면 이대로 뒤돌아 도망치고 싶었으나, 이미 집 안에 발을 들인 상태였다. 방 안은 불을 켜지 않아 어두웠다. 커다란 창문은 전부 블라인드로 가려져 있었다. 어둡고 우울한 분위기만이 감돌았다.

"아, 차율⋯⋯."

민호가 고개를 끄덕이면서 율리의 이름을 되뇌고 있을 때였다. 가라앉아 있던 공기를 찢고 진하의 노기 띤 목소리가 울려 퍼졌다.

"너 왜 왔어?"

"혀⋯⋯ 형이 말을!"

물론 진하가 화를 내든, 짜증을 부리든 간에 일주일 만에 진하의 목소리를 들은 민호는 감격했다. 일부러 민호의 등 뒤에 숨듯이 선 율리가 지지 않고 대꾸했다.

"매니저분이 같이 가자고 했으니까 못 올 데는 아니잖아요?"

"왜? 내 꼴 보러 왔나? 비웃으려고?"

"무, 무슨 말을 그렇게 해요?"

반쯤 맞는 소리라 양심이 찔리긴 했으나, 율리는 아무렇지 않은 척 애를 썼다. 그때 민호의 휴대폰이 울렸다. 또 어디 촬영장인 듯해서 민호는 울상을 지으며 통화를 위해 밖으로 후다닥 나가 버렸다. 임진하 때문에 주변 사람들이 모두 다 고생이었다. 율리는 멀어지는 민호의 뒷모습을 안쓰럽게 지켜보다 말했다.

"아까 선배한테서도 전화 왔었는데, 그쪽 때문에 회사에 소송 걸리게 생겼대요."

"걸리라지."

모든 것을 포기한 양, 아무래도 상관없다는 진하의 말투가 율리는 썩 좋게 들리지는 않았다. 율리가 소파 근처로 조심조심 다가갔다.

"갑자기 이럼 어떡해요? 작품이라도 끝내고 칩거를 하든지."

허공을 바라보고 있던 진하가 율리에게 고개를 돌렸다. 어둡고 짙은 그의 눈동자에는 헤아릴 수 없을 만큼 허무함이 들어차 있었다. 그녀가 저도 모르게 긴장하기 시작했다.

"우린 600년마다 생의 기회를 얻어. 쉬운 말로 하자면 600년마다 유희를 나오는 셈이지."

느닷없는 이야기였다. 드래곤의 유희. 이 와중에도 그는 드래곤 마니아로서의 모습을 톡톡히 드러내고 있었으나, 그녀는 굳이 토를 달지는 않았다.

"전생의 기억은 흐려지는 게 보통이지만 난 그렇지 않아. 용살자, 너희들에 대한 배신감과 분노는 똑똑하게 내 안에 남아 있었지."

인간을 향한 신뢰와 드높았던 자존심이 동시에 깨져 버렸던 기억은 영혼에 새겨지고 말았다. 깊은 상처는 커다란 흉터를 남겼고, 그 흉터는 잊을 수 없는 기억이 되어 버렸다.

"이번 생을 시작하면서 난 이 세상에 있는 모든 용살자들의 씨를 말려 버리겠다고 다짐했어."

합리적인 판단을 중요시 여기는 적룡은 진하의 감정적인 태도를 납득하지 못했고, 용살자를 만나 본 적 없는 다른 용들도 전생의 기억에 집착하는 그를 온전히 이해하지는 못했다. 용살자를 마주했을 적 살아남은 용은 진하가 유일했다. 동일한 경험이 없으니, 그의 심정을 오롯하게 이해하는 자는 이 세상에 아무도 없을 것이다.

그런 자신의 앞에 차율리가 나타났다. 아무것도 모르는 척, 순진한 얼굴로 자신을 대하던 용살자의 후예. 그러나 자신은 그녀를 도저히 죽일 수가 없었다. 단지 용과 용살자의 불평등한 관계 탓만은 아니었다.

예전과 달리 이번에는 왜 의식까지 잃어버렸는지 이제는 알 것도 같았다. 지독한 스트레스뿐만이 아니라, 정말로 차율리를 살해하려고 덤볐기 때문이었다. 그녀를 살해하려면, 먼저 전날 자신이 죽어야 했다. 그때의 실신은 일종의 가사 상태였다.

그날 이후, 계획은 모두 백지화되었다. 방법이 없었다.

"그걸 차율리, 네가 처음부터 망친 거야."

"그게 왜 제 탓이에요?"

율리의 얼굴이 확 일그러졌다. 정말 너무한다. 그녀로서는 억울하기 그지없는 일이었다. 잘못한 것이 있기라도 하면 이토록 원통하지도 않겠다. 자신은 그냥 살아 있을 뿐이었다. 오히려 그녀를 이런저런 일에 휘말리게 한 쪽은 진하였다. 용살자에게 원한을 가진 것도 그저 그만의 사정 아닌가? 타인의 사정 따위 구구절절 알아줄 의무는 없었다.

"하다못해 내가 용이라도 한 마리 잡았으면 말을 안 해. 제가 무슨 잘못을 했는데요? 그리고 누가 그런 소원 빌라고 했어요? 웃기는 남자네. 왜 남 탓을 해요?"

그동안 마음속에 쌓아 두었던 말을 하고 나니 속이 조금 시원 해졌다. 율리가 숨을 고르며 진하를 노려보았다. 어디 할 말이 있으면 해 보라는 그녀의 시선에 그는 대꾸하기는커녕 몸을 일 으켰다. 거침없이 주방으로 향하는 그의 뒷모습을 그녀가 물끄 러미 응시했다. 그는 싱크대 서랍을 열어서 무엇인가를 꺼냈다.

처음에는 잘못 본 줄 알았다.

어두컴컴한 방 안, 불빛이라고는 블라인드 사이로 들어오 는 희미한 햇빛뿐이었다. 그 희미한 빛을 받아 번뜩거리는 것 은…….

식칼이었다.

그가 자신을 해칠 수 없다는 사실을 머릿속으로는 알지만 막 상 칼을 눈앞에서 보니 오금이 저려 왔다. 그녀가 주춤 뒤로 물 러났다. 하지만 훌쩍 다가온 그는 무표정하게 칼등 쪽을 쥐더니 그녀에게 칼자루를 내밀었다.

"뭐, 뭐예요?"

진하는 빈손으로 율리의 손을 잡아끌어 칼자루를 쥐게끔 만들었다. 그의 팔 힘에 그녀가 끌려가다시피 했다. 칼날이 향한 곳은 그의 목. 목과 어깨가 연결되는 자리에 칼끝이 정확히 놓였다.

"이걸 들고 여기를 찌르면 끝이 난다."

그가 지친 기색으로 말했다. 살만큼 살았다. 자신보다 오래 존재해 온 흑룡은 이제 존재하지 않았다. 자신이 사라지면 그 자리를 메우기 위해 새 생명이 태어날 것이다. 자연의 균형은 깨지지 않는다. 아무런 미련도 없었다.

물론 그녀는 순순히 그를 죽여 주지 않았다. 그녀가 꽥꽥 소리를 질렀다.

"미, 미쳤어요? 살인자가 되라고? 내, 내가 어떻게 변호사 면허를 땄는데!"

지금은 백수지만.

율리는 칼날이 진하의 몸에 닿지 않도록 안간힘을 썼다. 온몸에 힘을 주고 그에게 끌려가지 않도록 버티느라 그녀의 얼굴이 구겨졌다. 손바닥에 난 식은땀 때문에 칼자루가 미끄러질까 봐 걱정이 될 즈음이었다.

"왜? 이게 너희들의 본능 아닌가?"

"살, 살인이 무슨 본능이야? 사이코 패스도 아니고!"

하다하다, 이제는 미친 사람 취급을 한다. 율리가 빽 소리 질렀다. 몇 번이고 떳떳하게 반복할 수 있었다. 자신은 그 누구도 해칠 생각이 없다고. 용살자도 인간인데, 어떤 미친 인간이 살인을 본능 취급하겠느냔 말이다.

그러나 진하는 들을 생각이 없어 보였다.

"됐어, 이젠 지친다."

목적을 잃어버리자 회한만이 짙게 깔려 생에 대한 의지가 사라졌다. 사실은 그렇게까지 목표가 중요한 것도 아닐지 모른다.

지금 진하의 영혼 깊숙이 침투한 허무의 근간은 자신의 혼란스러운 감정이었다. 용살자에게 끌리는 것은 본능일 뿐이라고 애써 납득하려 해도 그녀에게 마음이 절로 쏟아진다. 그 누가 와서 애원을 했어도 꿈쩍 않던 입이 그녀에게만은 자연스럽게 열렸다. 그녀가 건물 근처에 왔을 적부터 이미 그녀의 존재감을 느꼈고, 불안과 초조 사이에 기대라는 감정이 스멀스멀 피어올라 돌아 버릴 것만 같았다. 지금 당장 그녀의 손에 죽더라도 기쁨을 느낄 것처럼 그의 두뇌는 비정상적으로 사고했다.

"너를 향한 내 감정이 혼을 좀먹는 것 같아. 차라리 소멸하는 게 낫겠어."

인간은 감히 상상도 할 수 없을 만큼 오랜 시간을 주체적으로 살아온 흑룡에게 이만큼 굴욕적이고 비참하면서도 행복한 일이 어디 있을까? 진하는 이 감정을 인정하고 싶지 않았다. 할 수만 있다면 그녀를 증오하고 싶었다. 그럴 수만 있으면 모든 것이 편해질 텐데.

"왜 이래요? 거기 누구 없어요? 매니저님! 이 남자 완전 미쳤잖아!"

율리의 다급한 외침이 실내를 쩌렁쩌렁 울렸다. 힘이 들어간 그녀의 팔이 부들부들 떨렸다. 이렇게 살인자가 되고, 죽을 수는 없었다.

"그쪽이 죽으면 나도 죽는데!"

그 순간 진하의 손에 힘이 풀렸다. 반사적으로 뒤로 튕겨 나간 율리가 이때다 싶어서 식칼을 멀리 내던지고 씩씩거렸다.

"진짜 바본가 봐! 그쪽이 죽은 이튿날, 내가 죽는다며? 지금 이 자리에서 그쪽이 죽으면, 나…… 난 내일 죽는 거잖아!"

극한의 상황까지 몰렸던 터라 그녀의 눈에 어느새 눈물이 찔끔 올라왔다. 긴장이 풀리자 어깨가 축 처졌다. 젖 먹던 힘까지 짜낸 바람에 팔이 욱신거렸다.

뒤늦게 전화를 마치고 돌아온 민호가 바닥에 날아와 있는 칼을 보고 기겁했다.

"히이익? 왜 식칼이?"

"어디 갔었어요? 이 남자 완전 미쳤어. 지금 그걸로 자살하려고 했단 말이에요!"

"네에? 형!"

패닉에 빠진 율리와 민호를 물끄러미 보던 진하가 소파 위에 털썩 주저앉았다. 그의 입술을 비집고 웃음이 새어 나오기 시작했다.

"하하⋯⋯."

정말 우스운 일이 아닐 수 없다. 지금 이 순간마저도 그녀의 안전을 위해 손의 힘이 빠졌다. 자살을 하려고 해도 이튿날 용살자인 그녀가 죽기 때문에, 그녀에게 해를 끼칠 수 없는 본능이 자살을 막아 버렸다.

"나보고 어떡하라는 거냐⋯⋯."

진하가 묵직하게 한탄했다. 답을 구하려는 한탄은 아니었다.

"혀엉, 진짜 왜 그래요?"

"이 남자 정신병원에 가둬야 돼요! 자살을 하려고 했다고!"

눈가가 붉어진 율리는 펄펄 날뛰었다. 히스테릭한 그녀의 아우성마저도 사랑스럽고 예쁘게 보이다니, 이 얼마나 불공평한 관계인가. 그는 자신이 미친 게 아닐까 고민했다. 미치지 않고서는 이 감정을 이해할 수가 없었다.

진하가 율리를 빤히 쳐다보았다. 그녀는 어깨까지 들썩이며 씩씩거리고 있었다. 차율리를 이길 수는 없다. 그 무엇보다도 우월한 존재인 흑룡이지만 그녀의 앞에서는 무릎을 꿇을 수밖에 없었다.

도망칠 구석이 없다는 것을 인정하자, 그는 모든 것을 포기하고 방황의 종결을 선언했다.

"됐다, 내일부터 다시 스케줄 잡아."

"네? 정말요?"

민호의 눈이 크게 뜨였다.

"내일부터 일한다고 당장 전해."

믿을 수 없다는 듯 진하를 바라보던 민호가 그의 말이 번복될세라 전화를 하러 후다닥 자리를 떴다.

한편, 율리는 자신을 향한 진하의 시선에 불만을 표했다.

"뭘, 뭘 봐요?"

그는 대답 대신 시선을 돌려 버렸다.

그가 해묵은 원한과 집착을 차곡차곡 정리하는 동안 그녀는 그의 눈치를 살피면서 조심스럽게 말했다.

"저기, 자살하면 안 돼요."

식칼을 보았을 때 얼마나 놀랐는지 모른다. 칼끝이 그를 향했을 때는 심장이 다 멎는 줄 알았다.

"그쪽 마음을 제가 다 이해는 못 해 드리지만…… 그래도 우린 운명 공동체 같은 거잖아요?"

율리는 상처 입은 동물에게 다가가듯 진하와의 거리를 조금씩 좁혔다. 이내 그녀가 그의 앞까지 다가왔다. 두 사람의 거리는 한 걸음 정도. 그녀가 아이를 어르는 투로 말을 이었다.

"그쪽이 자살하면 이튿날 저도 죽는데, 전 젊은 나이에 가고 싶지 않거든요."

말은 이렇게 했으나, 그녀는 사실 진하가 제 목에 칼끝을 겨누었을 적에는 그 생각보다 이 남자를 잃어버리면 안 되겠다는 절박한 생각만이 들었다. 그의 죽음이 자신의 죽음과 연결되어 있다는 걸 떠올린 건 그다음이었다.

"그리고 제가 용살자라서 못 믿나 본데, 제가 미치지 않고서야 그쪽을 죽이겠어요? 이튿날 저도 죽을 게 뻔한데."

허공을 응시하고 있던 진하가 고개를 들어 율리를 바라보았다. 그녀는 긴장한 듯 셔츠 끝을 손으로 꼭 쥐고 그와 시선을 맞춘 채 차분하게 말했다.

"그러니까 우리 서로서로 잘 살아 보자구요. 네?"

제발!

율리는 간절히 바랐다. 꼭 예전으로 돌아가지 않아도 좋다. 그저 용이니, 용살자니, 죽고 죽이니 하는 비일상적인 사이가 아니라 평범한 관계로만 돌아와도 좋을 것 같았다. 그러나 그는 쉬이 긍정하지 않았다. 그녀가 불안한 듯 재차 물었다.

"듣고 있어요?"

"듣고 있어."

율리의 입에서 안도의 한숨이 흘러나왔다. 그의 나직한 대꾸를 듣자, 이제야 좀 마음이 놓인다.

"진짜…… 죽이겠다거나 죽는다거나 그런 소리 좀 하지 말라구요."

셔츠 끝자락을 쥔 그녀의 손에 한층 더 힘이 들어갔다. 그동안의 힘들고 서러웠던 감정이 마침내 밖으로 터져 나왔다. 그녀의 울먹이는 목소리에 그가 자리에서 일어났다. 그녀는 옷자락을 놓고 양손으로 얼굴을 감쌌다. 눈물이 넘쳐흐를 것 같아서였다.

진하는 율리에게 팔을 뻗다가 멈칫했다. 저도 모르게 그녀를 안을 뻔했다. 미워하고 싶어도 미워할 수 없는 눈부시도록 사랑스러운 존재. 용살자에게 품은 자신의 원한에 그녀가 얼마나 많은 상처를 입었을지 가늠도 되지 않았다.

그럼에도 그녀는…….

"둘이 함께 잘 살면 되잖아요."

함께라는 단어를 입에 올렸다.

"전처럼 드래곤 나오는 책도 보고, 치킨도 먹……."

일상을 늘어놓던 율리의 말이 도중에 끊어졌다. 진하는 손이 그녀에게 닿기 무섭게 그녀를 품 안으로 끌어당겨 안았다. 양손에 얼굴을 묻은 채 뻣뻣하게 굳어 있던 그녀가 한숨을 내쉬며 어깨를 늘어뜨렸다.

"……그래."

그의 목소리가 그녀의 귓가에서 아른거렸다.

모든 것을 포기하자 잘된 걸 수도 있겠다는 생각이 들었다. 그녀를 향한 본능을 거부하느라 얼마나 힘들었던가? 그는 그녀를 죽이겠다는 집착을 내려놓았다.

언젠가는 차율리의 손에 소멸당할지 모르지만, 자신에게 주어진 다른 길은 없었다. 지금은 품 안에 그녀가 있다는 것만으로도 충분했다.

8장

정신적으로 힘든 일이 있었다고 진하는 주변에 사과를 했다. 거짓말은 아니었다. 그는 실제로 자살까지 염두에 뒀을 만큼 정신적으로 구석에 몰렸었다. 지금은 아니지만.

그리고 정상적인 생활로 돌아온 또 한 사람.

"차율리 복귀!"

아영이 율리를 반갑게 맞아 주었다. 송구스럽다는 양 율리가 고개를 꾸벅 숙여 보였다.

"걱정 끼쳐 드려서 죄송해요."

"아냐, 아냐. 다시 보게 돼서 너무 기뻐."

아영은 신이 나서 율리를 덥석 안았다. 두 사람을 보면서 감정 표현에 인색한 한강도 빙그레 웃었다.

진하가 잠수를 타 버린 일주일간 법무팀장인 경진을 괴롭힌 사람이 하나 더 있었다. 아영이었다. 아영은 율리의 해고가 부당하다고 시도 때도 없이 건의를 넣었다. 아침에 출근할 때와 점심 식사를 할 적, 퇴근 인사를 할 무렵과 업무 지시를 들을 때마다 아영은 경진에게 율리의 부당 해고를 철회하라고 압박을 주었다.

　"도대체 무슨 일이었던 거야? 저번 일주일은 진짜 악몽이었어. 내가 소송은 걸어도 피고소인 측에 서는 건 익숙하지 않단 말이야."

　"네……?"

　자신의 퇴사에 관한 대화를 하는 줄 알았는데 느닷없이 피고소인이라니? 율리가 의아한 표정을 짓자 아영이 율리의 옆구리를 쿡 찔렀다.

　"율리 씨, 그냥 말하면 안 돼?"

　"네? 뭘요?"

　"남자 친구 말이야."

　"네?"

　아영이 답답한 듯 눈치를 주었으나 안타깝게도 율리는 남자 친구 같은 건 없는 솔로였다. 그저 아영 혼자 율리에게 애인이 있다고 믿고 있는 것뿐이었다.

　"일이 겹쳐도 이렇게 겹칠 리가 없잖아."

　그러니까 아영은 지금 진하의 사정에 대해 묻고 있는 것이었다. 솔직하게 말할 수도 없는 노릇이라 율리가 어물거렸다.

"아니, 그게 그런 게 아닌데⋯⋯."

⋯⋯라고 부정을 하면서도 율리의 얼굴이 뜨거워졌다. 그날, 진하의 집에 찾아갔을 적 따뜻한 포옹이 생각나서였다. 하필이면 전화 통화를 마치고 돌아온 민호에게 들켜서 얼마나 민망했는지 모른다.

그때 사무실 문이 열리고 조금 늦게 경진이 출근했다. 경진을 제일 먼저 맞아 준 사람은 아영이었다.

"아, 팀장님 오셨네요."

"⋯⋯좋은 아침입니다."

경진은 아영을 보고 흠칫했으나, 목적을 달성한 아영은 더 이상 경진을 괴롭히지 않았다.

그 시간, 진하 역시 율리처럼 오해를 사고 있었다. 촬영장을 향해 운전하면서 민호가 은근슬쩍 진하를 떠보았다.

"형, 법무팀 차율리 씨하고 사귀는 사이였어요?"

"뭐?"

잘못 들었나 싶어서 진하가 귀를 후볐다. 그러나 민호는 쉽게 넘어가지 않았다.

"맞죠?"

"미쳤어? 내가 걔랑 왜 연애를 해? 아니야."

어불성설이라는 듯 진하가 딱 잘라 부정했다. 얼마 전까지 못 죽여서 안달이었는데 연애는 무슨. 말도 안 되는 소리라 그는 코웃음도 치지 않았다. 멀리 보이는 정지 신호에 민호가 속도를 줄이면서 말했다.

"사귀는 것도 아니면서 막 안아 주고 그래요?"

그건 어쩌다 보니 차율리에게 홀린 것이었으나, 사실대로 말한들 아무것도 모르는 민호가 똑바로 알아들을 리가 없었다. 그가 한숨을 내쉬고 다시금 부정했다.

"……아니라니까?"

"네네, 소문만 안 나게 하세요."

물론 민호는 음흉한 시선만 보일 뿐이었다. 진하의 눈매가 일그러졌다.

점심을 먹고 들어오는 길에 율리는 잠깐 차에 들렀다. 재입사를 하면서 회사에 제출해야 할 서류가 있었는데, 오전에 깜빡 차에 놓고 내려서였다. 그녀는 서류 봉투를 품에 끼고 차 문을 잠갔다. 그때였다.

"초면에 죄송한데 이 차 주인이세요?"

"네, 그런데…… 무슨 일이세요?"

사실 율리는 이런 식으로 모르는 사람이 접근하는 것이 썩 내키지 않았다. 특히 차 근처에서 이상한 자들과 몇 번이고 마주쳤기 때문에 절로 경계가 되었다. 지금도 율리는 이 여자가 사람이 맞는지 속으로 재고 있었다. 여자가 우물쭈물 대답했다.

"아…… 제가 자동차 잡지 쪽에서 일하고 싶어서 포트폴리오를 만드는데, 젊은 여성의 차를 주제로 사진을 찍고 있거든요? 차랑 차주랑 같이해서 사진 한 장만 찍으면 안 될까요?"

다행히 이 여자는 사람이기는 한 모양이었다. 납득이 가는 이유였으나 율리는 남이 자신의 사진을 찍는 데 거부감이 들었다. 율리가 바로 고개를 젓고 거절했다.

"사진은 좀…… 죄송합니다."

"저기! 그러면 명함 한 장만 주실 수는 있으시죠?"

율리가 돌아설세라 여자가 다급하게 대화를 이었다. 업무적으로 관련이 있지도 않은 처음 보는 사람에게 명함을 주는 것도 꺼림칙했다.

"명함이요?"

"사진이 힘들면 인터뷰라도 메일로 좀 할 수 있을까…… 해서요."

율리가 썩 내키지 않아 하자 여자가 간절히 부탁했다.

"부탁드립니다."

허리까지 굽히며 사정하는 사람을 무시하는 것도 매몰차 보여서 율리는 어쩔 수 없이 지갑을 꺼냈다. 명함을 줄지 말지 고민이 되기도 했으나 취업 준비생이라면 요즘 가장 힘든 사람 중 하나 아닌가. 메일 인터뷰 정도는 응해 줄 수 있을 듯했다.

"아, 네. 명함…… 여기요."

"감사합니다! 나중에 메일 드릴 테니까 꼭 설문 부탁드릴게요!"

명함을 받아든 여자는 진심으로 고마워했다. 계속해서 꾸벅 꾸벅 고개를 숙이는 여자에게 이제는 안쓰러운 감정마저 들 지경이었다.

"네……."

떨떠름하게 대답한 율리는 눈치껏 그 자리를 떴다. 허리를 굽히고 있던 여자가 서서히 고개를 들고 명함을 확인했다.

'맞네, RD 직원.'

건물 안으로 들어가는 율리의 뒷모습을 지켜보면서 여자가 피식 웃었다.

'조금 더 파 봐야겠다. 예상대로면 특종이네.'

명함 구걸을 한 보람이 있었다. 여자가 콧노래를 부르며 발걸음을 돌렸다.

*　　*　　*

대표이사는 오랜만에 평온한 표정으로 소파에 기대고 있는 진하를 볼 수 있었다. 요 근래 불안해하거나 분노하거나 피곤해하는 등 부정적인 감정만을 내비쳤던 그가 드디어 마음의 안정을 되찾은 듯했다. 적룡은 흑룡의 마음을 뒤흔들었던 사람의 이름을 입에 올렸다.

"차율리는 어떻게 하실 겁니까?"

"내버려 둬."

그는 망설일 것도 없이 대답했다. 차율리를 내버려 두는 것 말고는 할 수 있는 일이 없기도 했다. 대표이사가 의아한 투로 물었다.

"용살자인데요?"

용살자에게 치를 떨던 그가 웬일인가 싶었다. 그럴 만도 했다. 지금껏 흑룡이 보여 온 감정은 얼마나 격렬했던가.

진하는 고개를 저으며 한숨을 섞어 대답했다.

"내가 등신 같은 짓을 해서 그래. 내 업보다. 너희 신변을 걱정할 필요는 없어. 차율리는 내가 감시하면 되니까."

"……그건 별로 걱정은 안 되는데, 마음이 왜 변하셨는지가 궁금하군요."

대표이사가 보기에 율리는 딱히 용에게 해를 끼칠 마음은 없어 보였다. 이게 호감이라는 콩깍지가 씌어서 그런 건지는 모르겠지만 말이다. 게다가 경진이 몇 번이고 주장하지 않았던가? 율리는 평범한 인간일 뿐이라고. 고로 그녀가 의문을 품는 쪽은 어째서 흑룡이 마음을 고쳐먹었는가, 그것뿐이었다.

진하의 얼굴이 일그러졌다. 자존심 강한 성격상 그는 자신의 바보 같은 짓을 솔직하게 털어놓고 싶지 않았다. 그는 한숨을 길게 내쉬었다. 말하고 싶지 않지만, 적룡은 집요한데가 있어서 변심의 이유를 알게 될 때까지 몇 번이고 물어볼 것이다.

"여의주를 썼다."

"예, 그런 것 같더군요."

언제부터인가 진하에게서 여의주의 기운이 느껴지지 않았다.

허나 그게 변심과 무슨 상관인가 싶었다. 대표이사의 시선이 거북하게 느껴질 무렵, 그가 창피한 말을 입에 담았다.

"내가 죽은 이튿날, 차율리가 죽는 걸로."

"……네?"

그래, 사용한 본인도 이토록 어이가 없는데 남이 들으면 얼마나 우습고 기가 찰까? 흑룡은 눈이 휘둥그레진 적룡을 떨떠름하게 쳐다보았다. 이내 상황을 이해한 그녀가 눈을 가늘게 뜨고 믿을 수 없다는 시선을 보냈다.

결국 그는 자폭해 버렸다.

"알아, 나도 내가 등신인 거 안다고! 한 번 빈 소원은 취소도 안 되잖아. 걔를 죽이겠다고 해 봤자였어. 내가 죽어야 걔가 죽는데."

"흑룡…….."

대표이사는 머리를 쥐어뜯는 진하를 가만히 응시하다가 기가 찬 헛웃음만 뱉었다. 웬만한 일이면 이해하고 넘어가려 했지만, 동정심조차 들지 않았다. 그녀가 한참을 침묵하다가 천천히 입을 열었다.

"주제넘지만 정말 이 말을 드리고 싶군요."

머리를 쥐어뜯던 그가 고개를 들었다. 그녀의 한심한 시선이 오늘따라 아프게 박혔다. 쯧쯧, 그녀가 혀를 차며 말을 이었다.

"인간들이 '바보 등신'이라는 욕을 왜 하는지 오늘 깨달았습니다."

"그래, 날 더 까라."

그가 항복의 표시로 양손을 들어 올렸다. 확실히 이는 흑룡이 저지른 바보짓 1위에 랭크될 만한 일이었다. 용살자를 전부 처리하겠다고 호언장담하던 그가 소원 한 번 잘못 빌었다가 용살자에게 코가 꿰이고 말았다. 대표이사가 혼잣말을 중얼거렸다.

"말조심을 해야 하는 이유도 새삼 절감되는군요."

진하는 할 말이 없어서 입만 꾹 다물었다. 대표이사가 자리에서 일어나면서 앞으로의 행보를 물었다.

"그럼 앞으로 용살자 처리는 어떻게 하실 거지요? 용살자 각성이 필요 없다면, 연예인을 하실 필요도 없지 않습니까?"

그 일을 조금 고민하기는 했다. 완벽주의 성향이 있는 진하는 첫 단추부터 잘못 꿴 일을 백지화하고 싶은 마음이 없지는 않았다. 그러나 고민을 거듭한 끝에, 그는 차율리를 예외로 두기로 결정했다. 즉, 율리를 용살자로 여기지 않겠다는 것이다. 눈 가리고 아웅이지만 그렇게라도 해야 이번 생의 목적에 갈피가 잡힐 것 같았다.

"차율리를 죽이지 않는다고 해서 다른 놈들도 처리하지 않겠다는 건 아니다."

"……알겠습니다."

받아들이면서도 적룡은 아쉬움을 길게 흘렸다. 처음부터 그녀는 흑룡의 연예인 생활을 반대해 왔다. 각성하지 않은 용살자를 일부러 깨울 필요가 없다고 생각했기 때문이었다. 이번 사건

을 통해 혹 은퇴를 하지 않을까 내심 기대를 했는데 아쉬울 따름
이었다.

점심시간 이후, 율리는 경진에게 서류를 제출하러 팀장실에
걸음 했다. 마지막으로 보았던 팀장실 안은 엉망진창이었는데
그새 전처럼 깔끔하게 돌아와 있었다. 이 안에서 경진이 진하와
무슨 대화를 나누었나 궁금했지만 폭풍이 지나간 듯 엉망이었
던 광경을 기억하는 터라 물어볼 엄두는 나지 않았다.

대신 율리는 다른 질문을 했다.

"선배, 저 몇 가지만 여쭤 봐도 될까요?"

"뭔데?"

"전에 임진하가 그랬거든요. 직접적으로 저를 해칠 수는 없다
고. 혈통이 어쩌고 그랬는데……."

병실에서 진하와 대화했을 적 율리는 이상한 소리를 들었었
다. 자신은 그저 여의주에 빈 소원 하나만 믿고 무식하게 달려들
었는데, 그는 그녀가 모르는 말을 했었다. '혈통을 무기로 내세
우겠다?'라고.

"아……."

율리의 서류를 책상 위에 올려놓은 후, 경진이 천천히 설명해
주었다.

"용은 본능적으로 용살자에게 끌리게 되어 있다고 말했지?"

"아, 네."

용은 용살자에게 본능적으로 끌린다. 그 명제를 아무렇지 않게 말하고 있는 경진과 달리 율리는 마음이 싱숭생숭했다. 끌린다는 단어가 괜히 간질간질했다.

'그 남자도 나한테 끌리는 걸까?'

그 생각을 하자마자 율리의 체온이 급상승했다. 느닷없이 얼굴을 붉히는 후배를 경진이 의아하게 쳐다보자, 그녀는 겨우 마음을 가라앉히고 어색한 웃음만 지었다. 그가 천천히 설명을 계속했다.

"으음, 그건 우리가 본능적으로 용살자를 해칠 수 없다는 뜻이기도 해."

"아! 그래서……."

율리가 저도 모르게 손뼉을 쳤다. 그동안 궁금했던 의문이 단숨에 풀렸다. 직접 손을 쓸 수 있다면 지네를 죽일 때처럼 멀리서 손쓰지 않고 죽일 수 있었을 텐데 진하가 왜 자신을 계속 살려 두나 했었다.

'죽일 수 없어서였다니…….'

왜 하필 자신이 용살자여서 이런 일에 말려드나 화가 났었는데 의외로 혈통 덕에 목숨을 건진 셈이었다. 고개를 끄덕이고 있는 후배에게 경진이 힘없이 말을 붙였다.

"꽤 불공평한 관계지?"

"아…… 죄송해요."

용살자인 자신에게 있어서는 도움이 되는 관계였으나, 용의 입장에서는 이만큼 불공평한 일도 없을 것이다. 자신을 위협하는 존재에게 속절없이 이끌리면서도 손가락 하나 까딱할 수 없다니. 입장을 바꿔 생각하면 분통이 터질 만도 했다.

"네가 왜? 넌 아무 잘못도 없잖아."

그러나 마음 넓은 선배는 미소를 잃지 않았다. 문득 그녀는 자신이 받은 혜택만큼이나 마음이 무거워졌다.

팀장실에서 나와 자리에 앉은 율리는 새로 바꾼 휴대폰을 내려다보았다. 타이밍 좋게 화면에 메시지 알림이 떴다.

누군가 했더니 역시나…….

[야, 오늘 책이나 가지고 와.]

진하가 보낸 메시지였다.

'아무리 변함없이 전처럼 지내자고 했다지만 당장 책을 요구하다니…….'

지난주까지 자신을 죽이겠다고 씩씩거리던 남자 맞나 싶을 만큼 뻔뻔한 요구에 율리가 미간을 찡그렸다. 조금 있으면 업무 시간이라 그녀는 일부러 그의 메시지를 무시하고 오후 업무를 준비했다. 문제는 액정이 큰 휴대폰으로 바꾸었더니 화면이 메시지 수신으로 계속 깜빡거려 거슬린다는 데 있었다.

[야.]

[다른 거 말고 '드래곤 제국' 가지고 와.]

무시가 약이다.

[안 그러면 확 뛰어내리는 수가 있어. 같이 갈까? 황천길?!

"참나!"

기가 막혀서 율리가 입을 쩍 벌렸다. 안타깝게도 둘은 운명 공동체. 그가 죽으면 이튿날 그녀가 죽는 황당한 관계였다. 그가 이걸 무기로 내세울 줄은 몰랐다.

'자기 목숨 가지고 협박질이야? 끝까지 갑질을 하시겠다?'

하지만 율리는 경진에게 이미 사정을 들은 뒤였다. 용은 용살자에게 해를 끼칠 수가 없다고 했다. 그렇다면 용살자인 자신이 이튿날 죽을 걸 알고도 자살할 수는 없지 않을까? 얼굴을 구긴 그녀는 그의 메시지를 쭉 훑고 카운터펀치를 날리기 위해 답장했다.

[근데 그쪽 정말 자살할 수는 있는 거예요?]

메시지를 읽었음에도 그는 잠시 감감무소식이었다. 제대로 약점을 찌른 것이 분명했다. 찌푸린 얼굴을 편 그녀가 턱을 괸 채 그의 답장을 기다렸다.

[무슨 소리야? 이상한 소리 하지 말고 다음 시리즈나 가지고 와.]

역시 예상대로 그가 말을 돌리기 시작했다. 그녀가 코웃음을 치며 광속으로 메시지를 보냈다.

[그쪽이 죽으면 나도 죽을 텐데 내가 죽는 걸 알고도 자살할 수 있냐고요.]

[야, 차율리. 너 어디서 무슨 소릴 들은 거야?]

'눈치 빠른 남자…….'

라고 생각은 했으나 율리는 뻔뻔하게 둘러댔다.

[추론한 건데요?]

[나 바빠. 책이나 가지고 와. 열 시에.]

[밤에 거기 가다가 강도라도 당하면 어떡하라고?]

율리가 일부러 극단적인 메시지를 보내자 기다릴 것도 없이 바로 전화가 걸려 왔다. 물론 그녀가 전화를 쉽게 받아 줄 리가 없었다. 전화도 때와 장소가 있는 법이다. 업무 시간의 사무실인 그녀는 당연히 수신 거부를 했다.

수신 거부로 임진하의 전화를 끊으니 깨소금 맛이었다. 율리가 히죽거렸다. 눈에는 눈, 이에는 이. 갑질에는 갑질. 협박에는 협박. 이제는 임진하에게 질질 끌려 다닐 생각은 없었다.

그런데 바쁘다는 남자가 끈질기게 전화를 걸었다. 무음으로 해 두었지만 화면이 계속 반짝이는 게 거슬러서 참다못해 그녀가 휴대폰을 들고 사무실 밖으로 나왔다.

복도에 사람이 없는지 확인차 둘러본 후, 그녀가 짜증스럽게 전화를 받았다.

"지금 업무 시간인 거 몰라요?"

―야! 너 무슨 재수 없는 소릴 하고 그래?

예상했던 대로 그의 핀잔이 튀어나왔으나, 전과 달리 그녀는 쉽게 위축되지 않았다.

"뭐요?"

―강도는 무슨 강도야?

"그건 모르는 거죠. 요즘 밤길 얼마나 위험한데요? 강도라도 당하면 어떡해? 죽지는 않겠지만."

벽에 기대어 선 율리가 손톱을 보면서 줄줄 말을 늘어놓았다. 휴대폰 너머로 진하의 목소리가 짐짓 심각해졌다.

—너, 그런 소리 하기만 해.

"왜요? 어차피 내 머리카락 하나도 건드리지 못하면서?"

진하와의 관계에서 우위를 점한 쪽은 율리 자신이었다. 그녀가 콧방귀를 뀌면서 여유를 부렸다. 정말 지는 것이 싫었는지 그가 발끈해서 받아쳤다.

—진짜 못 건드릴 줄 알아?

그런데 어째 뉘앙스가 이상하다. 손톱을 보며 여유롭게 통화하던 그녀가 입을 벙긋거렸다. 경진의 말에 의하면 용은 용살자에게 해를 끼치지는 못한다고 했다. 그럼 해를 끼치는 일이 아니라면? 그 순간 그녀의 머릿속에 그와의 포옹이 떠올랐다.

'왜 이게 떠올라?'

율리는 머리를 흔들며 잡념을 털어 내고자 애를 썼다. 그때 그가 버럭 그녀의 이름을 외쳤다.

—차율리!

호명에 정신을 차린 그녀가 머뭇머뭇 말했다.

"그, 그러니까…… 아무튼 끊을게요. 저 일해야 해서."

—뭐라고? 야!

왠지 통화를 계속 이어 나가기 곤란해져서 그녀는 그의 말을 듣지도 않고 종료 버튼을 터치했다. 양손으로 휴대폰을 꼭 쥔 그녀가 얼굴을 붉혔다.

'왜 이래? 사람도 아닌 남자한테.'

사람도 아니고 며칠 전까지는 자신을 죽이겠다고 발악하던 남자에게 왜 자꾸 가슴이 뛰느냔 말이다. 그깟 포옹 하나에 갈팡 질팡하다니, 자신이 이토록 쉬운 사람이었나 싶어서 율리는 울 고 싶어졌다.

퇴근 이후, 두 손 두 발을 다 들고 율리가 가져다주겠다고 답 장할 때까지 진하는 끈질기게 '드래곤 제국'을 가지고 오라고 계 속해서 메시지를 보냈다.

'세레나'가 나오는 '드래곤 제국' 말이지? 율리가 이를 갈면서 몸을 일으켰다. 그때 휴대폰이 한 번 더 반짝였다.

[차 끌고 와라.]

"무슨 차야? 귀찮게."

코끝을 찡그린 그녀가 메시지를 무시하고 밖으로 나왔다. 새 로 연 가게에 놓게 되었다고 변명이라도 할 수 있으면 좋겠는데, '드래곤 제국'을 비롯한 몇 가지 책들은 물에 젖은 터라 가게에 둘 수도 없었다.

비닐 봉투에 여러 권의 책을 집어넣은 율리가 투덜투덜 불평 하며 거리를 걸었다. 책의 무게가 상당해서 끙, 앓는 소리가 절 로 나왔다. 그때였다.

"안녕하세요?"

맞은편에서 오던 여자가 율리에게 뜬금없이 인사를 건넸다. 낯선 여자라 율리가 경계의 눈빛을 보이며 답인사를 했다.

"안녕…… 하세요?"

"저 기억 못 하시나 보다. 전에 자동차 잡지 때문에 명함 받아 간 사람인데."

회사 주차장에서 봤던 여자. 이제야 기억이 나서 율리가 고개를 끄덕였다. 그런데 이 여자가 여길 어떻게 온 걸까? 혹시 뒤쫓아 온 것은 아닐까? 우연이라고 치기에 여자는 놀란 기색 없이 친근하게 말을 붙였다.

율리가 여자를 의심스럽게 쳐다보았다. 제일 먼저 걱정스러운 것은 역시나 이 여자의 정체였다. 자신은 이 여자가 사람인지 사람이 아닌지 파악할 능력이 없었다. 변죽도 좋게 여자가 계속해서 물었다.

"이 근처 사시나 봐요?"

"아, 뭐……."

명함도 주었는데 집 주소까지 알리고 싶지 않아 율리가 말끝을 흐렸다.

"나중에 메일 드릴게요. 마음 바뀌시면 꼭! 꼭 연락 주세요."

율리가 대화를 썩 내켜하지 않는 걸 눈치채서일까? 여자는 생긋 웃으면서 대화를 끝맺었다. 율리가 고개만 까딱 숙이고 그녀를 살피면서 길을 따라 걸었다.

"되게 조심하네. 그쪽 직업 종사자라 이거지?"

여자의 혼잣말은 율리에게 닿지 못했다.

한편, 율리는 뒤를 조심하면서 진하의 오피스텔 앞에 도착했다. 혹시 그 여자가 뒤를 따라오지는 않을까 불안해져서 주변을 몇 번이나 살폈으나 다행히 그림자 하나 눈에 띄지 않았다. 율리가 한숨을 내쉬고 진하에게 전화를 걸었다.

"여기 현관인데요."

ㅡ차 끌고 오라니까.

창문을 통해 아래를 내려다보고 있는지 그는 그녀가 걸어온 것을 지적했다. 그녀가 귀찮은 듯 대꾸했다.

"여기까지 얼마나 된다고 운전을 해요? 됐으니까 문이나 열어 주시죠? 무겁거든요."

ㅡ현관 비밀번호 외워. #778824*.

대뜸 현관 비밀번호라니! 당황한 율리가 어물거렸다.

"네? 아니, 갑자기 그러면…… 잠깐만요, 다시 불러 주세요."

ㅡ#778824*이니까 이제 알아서 들어와.

"네."

그녀는 그의 말을 따라 버튼을 눌렀다. 굳게 닫혀 있던 유리문이 스르륵 열렸다.

"#778824*"

현관 비밀번호를 입으로 중얼거리며 들어온 그녀는 마침 1층에 내려와 있는 엘리베이터에 반색하며 올랐다.

13층에 도착해서 엘리베이터 문이 열리자마자 기다리고 있는 진하의 모습이 보였다. 율리가 힘들어 죽겠다는 듯 그에게 책이 든 비닐 봉투를 안겼다. 그가 혀를 찼다.

"위험하다곤 하지만, 책도 무거우니까 차 끌고 오랬던 거야."

"그래 봤자 죽지도 않을 텐데."

그녀가 빈정거렸다. 그가 죽지 않는 이상 그녀 또한 죽지 않는다. '죽지도 않는다'는 말이 버릇이 될 지경이었다. 어쨌거나 수명을 한데 묶어 버린 쪽은 자신이기에, 그는 딱히 할 말이 없었다.

이제 율리는 자연스럽게 진하의 집에 발을 들여놓았다. 책도 건네주었고 돌아가도 되는데 왜 그를 따라 들어가는지 모를 노릇이었다. 그가 책을 소파 밑에 내려놓고 물었다.

"가게 다시 열었다며?"

"어떻게 알았어요?"

"단골이라고 나한테 문자 왔거든."

"아······."

하긴, 임진하는 단골 중에서도 큰손이었다. 진하는 마침 잘되었다 싶었다. 이제는 맨날 보던 책 말고 새로운 작품이 끌릴 때가 왔다. 내일쯤 가 볼까 생각하던 그에게 율리가 조심스럽게 말을 붙였다.

"궁금한 게 있는데요."

"뭔데?"

"만약 제가 홱 돌아서 자살해 버리면 어떻게 돼요? 바다에 뛰어든다거나."

율리가 손가락으로 제 머리 옆을 빙글 돌리며 묻자 진하의 표정이 순식간에 일그러졌다. 율리의 죽음을 상상하는 것만으로도 타격을 입기 때문이었다. 물론 그의 고통을 모르는 그녀는 주절주절 말을 이었다.

"왜 저번에 이별 살인도 엄청 시끄러웠잖아요. 괜히 남자 잘못 만나서 살해당한다거나, 사고는 얼마든지 일어날 수 있는 건데 그래도 안 죽을까요?"

"죽고 싶어? 왜 그런 재수 없는 소리를 해?"

"궁금할 수도 있는 거지……."

그의 질타에 그녀가 말끝을 흐리며 입술을 삐죽거렸다. 그를 죽여야 자신이 죽는다면, 반대로 자신이 죽을 위기에 놓였을 때 그가 어떻게 될지 궁금했다.

이미 저번에 기절한 전적이 있는 진하가 매우 내키지 않는 투로 대답했다.

"네가 정말 죽을 팔자면 그 전날 나도 사고를 당하든 심장마비가 오든 죽겠지."

"용, 용도 심장마비가 와요?"

"몰라. 그냥 그렇다는 거야."

용에게 심장마비가 왔다는 소식은 들은 적이 없긴 했다. 진하 역시 어떤 메커니즘으로 소원이 작동할지 궁금하긴 했으나 별로 알고 싶지는 않았다. 대신, 그는 화제를 바꿔서 그녀에게 경고했다.

"내가 저번에 말했지? 세상엔 미친놈들 많다고."

율리가 고개를 끄덕였다.

"괜히 남자 같은 거 만나고 다니지 마. 거기 휘말려서 나도 죽으면 어떡해?"

"네? 아니, 남자를 안 만나면 결혼은 어떻게 해요?"

"요즘 같은 세상에 무슨 고리타분한 사상이야? 혼자 살면 되지."

"안 돼요. 저 외동딸이라 결혼 꼭 해야 하는데!"

진하가 눈살을 찌푸렸다. 차율리가 이상한 놈팡이의 손을 잡고 웨딩 마치를 울릴 생각을 하니 속이 안 좋아졌다. 두통도, 위장병도 없는 건강한 몸이었는데 차율리 때문에 별걸 다 겪어 본다. 그의 안색이 나빠지자 그녀가 그의 눈치를 살피며 제안했다.

"괜찮은 남자를 만나면 되지 않을까요?"

"처음에는 다 멀쩡한 놈 같겠지."

그가 비아냥거렸다. 그녀도 그의 말에 동감이긴 했다.

'자기소개?'

임진하도 처음에는 멀쩡한 남자 같았다. 멀쩡한 모습으로 갑자기 죽이겠다고 난리를 치긴 했지만 말이다.

"사귀어 보다가 아니다 싶으면 헤어지면……."

"헤어지자고 했다가 죽이면 어쩔 건데? 너야 연애라도 했지만

나는 억울하게 죽잖아. 그것도 전날에. 너는 하루라도 더 살아서 좋겠다?"

'자기가 빌어 놓고는!'

누가 들으면 자신이 소원을 빌어 달라고 사정한 줄 알겠다. 율리가 속으로 투덜거리면서 다른 예시를 들었다.

"전에 형법 시간에 들었는데 혼자 사는 여자들도 범죄 타깃이 되기 쉽대요. 혼자 살다가 강도 살해당하면 어떡해요? 그럼 그쪽도 개죽음이지."

"치안 좋은 데서 살면 되잖아? 너 월급도 많이 받을 텐데? 대표가 돈 안 줘?"

위로금도 회수하지 않고 월급도 잘 주기는 하지만…… 포인트는 그게 아니었다.

"그러니까 제 말은, 완벽한 해결법이 없다는 거죠. 이래도 위험하고 저래도 위험하면 차라리 우리 엄마 소원대로 손녀딸을 안겨 드리는 게 낫지."

엄마의 소원은 하나뿐인 딸과 똑 닮은 손녀를 보는 것이었다. 고로 율리는 특별히 결혼이 하고 싶은 건 아니었으나 어렴풋하게 결혼 생각이 있기는 했다.

"그렇죠?"

동의를 구하는 반문에 진하는 매몰차게 고개를 저었다.

"완벽한 해결법이 하나 있기는 해."

"네? 뭔데요?"

율리가 눈을 동그랗게 뜨고 그를 바라보았다. 그는 의아해하는 그녀를 가만히 응시했다. 완벽한 해결법은 간단했다. 믿을 만한 남자와 결혼하면 되는 거다. 예를 들면 자신처럼 선량한 남자 말이다. 며칠 전까지 차율리를 죽이겠다고 날뛴 주제에 임진하는 자신감이 대단했다.

그러나 여기서 그 말을 하고 싶지는 않았다. 그는 기대에 찬 그녀의 시선을 외면했다.

"뭐야? 왜 말을 하다 마는데?"

김이 샌 그녀가 빽 소리쳤으나 들은 척도 않은 그가 침실에서 자동차 키를 가지고 나왔다.

"위험하니까 집까지 데려다줄게."

"네? 됐어요. 그쪽이 살아 있는 걸 보면 전 적어도 내일까지는 무사하다는 거니까."

"집에 가다가 괜히 퍽치기 당하지 말라고 데려다주는 거야. 월급도 별로 못 받는 거 같은데 퍽치기까지 당하면 어떡해? 불쌍해서."

성격 나쁜 임진하는 끝까지 지지 않았다. 오늘도 또 실컷 바보 취급당한 율리가 씩씩거렸다.

"선볼래?"

"엥?"

청소와 정리를 돕기 위해 새 가게에 온 율리에게 엄마가 뜬금없이 맞선을 제안했다. 율리가 대걸레를 가게 구석 붙박이장에 넣고 돌아오자 엄마는 신이 나서 털어놓았다.

"나 아는 아줌마가 자기 조카 얘기를 하더라고. 성형외과 의사인데 나이가 차서, 너 만나는 사람 없으면 자리 한 번 만들자고 하더라."

"엄마 아는 아줌마가 누군데?"

"왜 거기 찜질방 있는 건물 알지? 그 건물주야. 집안 자체가 돈이 많다던데."

사거리 코너에 있는 꽤 큰 건물을 떠올리며 율리가 고개를 끄덕였다. 그 건물주인 정도면 돈이 없을 수가 없었다.

"엄만 별사람을 다 알아."

율리가 신간 도서에 바코드 스티커를 붙이며 중얼거릴 무렵이었다. 신장개업을 했음에도 손님 하나 없는 슬픈 가게에 드디어 손님이 왔다.

"어머! 진하 씨 오셨네."

진하의 이름을 듣자마자 스티커를 붙이던 율리가 고개를 번쩍 들었다. 어제 자신에게는 얄밉게 굴던 진하가 공손하고 바른 청년처럼 엄마에게 인사를 건넸다.

"오랜만입니다. 전보다 아담해졌네요?"

이전을 하면서 가게 규모가 작아지기는 했다.

"그래도 있을 건 다 있어. 둘러봐요."

엄마도 여자라 그런지 잘생긴 인기 스타에게 약했다. 진하와 눈이 마주치자 율리가 확 시선을 내리고 스티커 붙이기에 몰두하는 척했다. 그때 엄마가 계속 율리를 찔러보았다.

"성형외과 의사면 돈도 잘 벌잖아."

"어우, 됐어. 지금은 별로 안 내켜요."

느닷없이 맞선이라니! 게다가 소개팅도 아니고 맞선이란다. 갑자기 나이 먹은 기분이 들어서 울적해진 율리가 바로 부정했다. 아직 결혼할 생각은 없었다.

엄마가 아쉬운 듯 미련을 내비쳤다.

"잘생겼다던데. 의사에 잘생기기까지 했으면 최고 아니야?"

"엄마 같으면 자기 조카를 못생겼다고 하겠어?"

"……그건 그러네."

"아무튼 괜히 헛바람 잡지 말고 거절해."

엄마가 고개를 끄덕이며 납득하자 율리는 한시름 놓았다. 결혼이고 맞선이고 간에, 그런 개인적인 일은 진하가 없는 데서 나누고 싶기도 했다. 그러나 엄마는 강적이었다.

"그래도 네가 20대니까 이런 맞선 기회도 오는 거야. 지금 괜찮은 사람 만나야 서로 알아 가고 때맞춰 결혼하지. 안 그래?"

왜 하필 엄마는 지금 맞선 같은 이야기를 꺼내고, 왜 하필 저 남자는 이 시간에 가게에 왔나 모르겠다. 바코드 스티커를 뜯은 율리가 눈동자만 슬쩍 돌려 진하의 눈치를 살폈다. 다행히 별로 신경 쓰지 않는 듯 그는 신간 코너에 우뚝 서서 드래곤이 나올 법한 책만 열심히 찾고 있었다.

'근데 내가 왜 저 남자 눈치를 보지?'

자신이 생각해도 이상한 태도라 그녀가 얼굴을 구기고 마지막 바코드 스티커를 뜯어 책에 딱 붙였다.

"어? 안 그러냐고."

"됐어, 됐어. 그런 건 내가 알아서 할게요."

대답 없는 딸이 답답한지 엄마가 재차 물었으나 율리는 엄마의 조언을 단호하게 거절했다.

"성형외과 의사라니까? 그냥 의사도 아니고 성형외과."

"성형외과고 나발이고……."

지긋지긋하다는 투로 율리가 고개를 휘휘 저을 무렵이었다. 신간 다섯 권을 뽑아 온 진하가 카운터에 책을 가지런히 놓으며 예의 바르게 물었다.

"가게 안 접으실 거죠?"

"어? 그럼요. 상가 계약도 2년 했는데."

"그럼 선불 천만 원 해 둘게요."

그는 단정한 얼굴로 천만 원을 선불 결제하겠다 말하고 있었다. 천만 원을! 엄마는 물론 율리마저 입이 떡 벌어지는 소리였다.

"처…… 천?"

엄마가 숨넘어갈 듯이 되물었다. 그는 대답 대신 여심을 사로잡는 미소만 내비쳤다. 문득 율리는 이 남자의 꿍꿍이가 대체 뭔지 의심스러워졌다. 천만 원이라니! 설마 천만 원 선불 결제하고 또 자신을 엄청 부려 먹는 거 아닌가 싶을 때였다.

"아니, 그, 그렇게까진! 우리도 부담스러운데……."

엄마가 손사래를 쳤으나 그 역시 물러서지는 않았다.

"한 번에 해 두는 게 편하니까요."

아무리 귀찮아도 그렇지 천만 원이라니. 소설책을 대략 만 권 가량 대여할 수 있는 가격이었다. 심지어 그는 휴대폰을 꺼내 들며 이어 말했다.

"바로 보내 드릴 테니까 계좌 주세요."

그는 당장에라도 입금할 기세였다. 진지하게 나오는 걸 보면 그냥 해 본 말이 아니라 진심인 모양이었다. 엄마가 쩔쩔맸다.

"아무리 그래도 우릴 어떻게 믿고."

"그때 선불금도 백 원 단위까지 환불해 주셨고, 차율리 씨도 우리 회사 직원이니까 믿고 선불 결제 하는 거죠."

난데없이 지목당한 율리가 어깨를 움찔했다. 그러니까 차율리가 천만 원 선불의 보증인이 되는 셈이었다.

우량 고객의 제안을 더 이상 거절하기도 민망해서 엄마는 결국 진하에게 계좌 번호를 알려 주었다. 곧장 천만 원을 이체한 그는 신간 다섯 권을 들고 가게를 나섰다.

손님이 나가고 모녀 둘만 남자, 엄마가 귀신에라도 홀린 듯 중얼거렸다.

"성형외과 의사고 뭐고, 배우가 최고인 것 같다."

"그냥 배우가 아니잖아."

최고의 주가를 올리고 있는 배우이기에 가능한 일일 것이다.

도대체 진하가 왜 천만 원이나 되는 선불 결제를 했는지 율리는 도통 이해가 가지 않았다. 올해 초, 오백만 원을 미리 결제했을 때에도 놀랐는데 두 배나 되는 금액이라니.

율리는 모니터 화면을 바라보았다. 999만이 넘는 어마어마한 액수가 찍혀 있는 진하의 선불 결제란이 눈에 띄었다.

*　　　*　　　*

회사에서 업무용 메일함에 접속한 율리가 눈살을 찌푸렸다. 서면 인터뷰를 바란다는 메일이 와 있었다. 파일을 받아서 열어 보니 더욱 가관이었다. 자동차에 대한 이야기는 거의 없었고 대부분이 이름과 나이, 거주지, 소득에, 가족 관계 등 이력서가 따로 없었다. 물론 메일 하단에는 개인 정보를 유용하지는 않겠다는 문장이 달려 있었으나 그 여자가 찜찜해서인지 썩 믿음이 가지는 않았다.

'이걸 보내야 해, 말아야 해?'

잠시 고민하던 율리는 아무래도 내키지 않아서 답장을 미루기로 했다. 메일 창을 끄면서 그녀가 속으로 투덜거렸다.

'왜 하필 나야? 다른 사람들도 차 가지고 다니는데.'

설문에 응해 줄 만큼 만만해 보이나?

책상 구석에 놓인 거울을 힐끔 본 율리는 솔직히 부정할 수는 없었다. 제 나이보다 앳되어 보이는 얼굴이나 동그란 눈, 직장인답게 염색 없이 단정한 머리까지.

그녀의 어깨가 축 처졌다. 화려하고 접근하기 힘든 느낌으로 스타일링을 해야 할까. 율리는 한숨을 내쉬고 나서 화려하기로는 대한민국 일 퍼센트인 아영에게 말을 걸었다.

"저기, 선배님."

"응?"

"혹시 회사 근처에서 인터뷰 요청받아 본 적 있으세요?"

"아니? 인터뷰는 왜?"

'젊은 여자의 자동차'를 주제로 포트폴리오를 만든다고 해서 혹여 아영도 인터뷰 요청을 받았을까 싶었는데, 역시 아영은 율리처럼 붙잡혀 본 적이 없는 모양이었다. 율리는 내심 아영이 부러웠다.

아영이 덧붙였다.

"근데 그거 다 사이비 종교 아니야? '도를 아십니까?' 같은 거. 나 그런 건 조금 걸려 봤는데."

'사이비 종교인가⋯⋯.'

그럴 가능성도 없지는 않았다. 율리가 솔직하게 털어놓았다.

"자동차 관련 잡지사 취업 지망생? 이라고 하던데⋯⋯ 포트폴리오를 만들고 있대요. 젊은 여자의 차를 주제로."

그러나 이번에도 아영은 고개를 저었다. 아영이 서류 파일을 닫으면서 답했다.

"모르겠네. 난 받아 본 적 없어. 율리 씨도 그런 거 일일이 응해 주지 마. 귀찮잖아."

"네……."

아영의 말대로 정말 귀찮을 따름이었다.

얼마 지나지 않아 퇴근 시간이 되자 휴대폰이 신규 메일 알림을 울렸다. 슬쩍 메일을 확인한 율리가 얼굴을 구겼다. 업무용 메일과 휴대폰을 동기화시키지 말았어야 했다.

취업 준비생이라는 여자가 보낸 메일에는 서면 인터뷰라도 응해 달라는 간곡한 요청이 담겨 있었다. 율리는 메일을 무시하고 시동을 걸었다. 그때 조수석 의자에 내려놓은 휴대폰이 울렸다. 저장된 번호가 아니라 화면에는 숫자만이 나열되어 있었다.

"여보세요?"

―안녕하세요! 저 메일 보낸 사람인데요.

전화를 받은 율리는 다시금 후회했다. 그 여자에게 명함을 주지 말았어야 했다. 서면 인터뷰를 원한다고 해서 깊이 생각하지 않고 명함을 건넸는데, 휴대폰으로 전화까지 할 정도로 무례하고 끈질긴 사람일 줄은 몰랐다.

―수신 확인은 하셨는데, 답장이 없어서요.

"죄송한데 제가 좀 바쁘거든요. 나중에 검토하고 답장 드릴게요."

율리의 목소리가 차갑게 나왔다. 다행히 선을 긋는 그녀의 말투 덕분에 상대의 기세가 한풀 꺾였다.

─아…… 네, 알겠습니다.

여자가 전화를 끊기 전에 통화를 종료한 율리는 휴대폰을 조수석에 도로 내려놓고 머리를 쥐어뜯었다.

"진짜 귀찮네. 어떡하지? 대충 써서 보내 줄까?"

난처한 투로 그녀가 혼잣말을 중얼거렸다. 하지만 여전히 내키지는 않았다. 자동차 관련 인터뷰라면 차에 관한 질문이나 할 것이지 왜 개인 정보를 꼬치꼬치 캐묻는지 모르겠다. 그녀가 한숨을 푹 내쉴 무렵 룸 미러에 그림자가 언뜻 비쳤다.

"뭐, 뭐지?"

메일이고 인터뷰고 간에 정체 모를 그림자를 보자마자 율리의 머릿속이 단숨에 텅 비었다. 그림자는 차 안이 아니라 주차장 기둥 근처에 있었다. 형태는 사람의 그림자 같기는 한데…….

"또 뭐야……."

하필이면 주차장 기둥 뒤의 그림자. 율리는 뱀 여자가 떠올라 울상을 지었다. 훨씬 더 위험했던 지석도 있었지만 역시 처음 만난 뱀 여자의 임팩트를 이기지는 못했다. 노랗게 빛나던 눈이 기억나 그녀가 몸을 떨었다.

'일단 도망치자.'

율리는 얼른 시동을 걸고 안전벨트를 맸다. 기둥에 비친 그림자가 살며시 움직였다. 그녀는 뒤쪽이 비치는 룸 미러에 시선을 꽂았다. 멀어서 잘 보이지는 않지만 남자인 듯했다. 뱀 여자가 아니라 이번에는 뱀 남자일까. 끔찍한 상상을 떨치고자 그녀가 일부러 고개를 털었다.

'아직도 흑룡의 기운인지 뭔지 그게 남아 있는 건가?'

액셀을 밟으면서 차를 출발시킨 율리는 혼란스러워했다. 다행히 남자는 그녀가 주차장을 벗어날 때까지도 기둥 뒤에 숨어 있기만 했다.

도로로 편입하자 그제야 긴장이 풀렸다. 그래도 혹여 그 남자가 쫓아올세라 그녀는 종종 룸 미러와 백미러를 모두 살피고 경계했다. 아직 흑룡의 기운이 남아 있는지 자신으로서는 알 수가 없어서 율리는 진하의 오피스텔로 차를 몰았다.

골목 어귀에 세워 둔 차 안에서 잠복하고 있는 '가십스포츠'의 박소라 기자는 길목으로 진입하는 익숙한 자동차를 보고 눈을 휘둥그레 떴다.

"어? 저 차는……."

분명 눈에 익은 차였다. 그 차는 오피스텔 건물 옆에 서더니 이내 시동이 꺼지고 운전석에서 낯익은 여자가 내렸다. 아까 전에 자신과 통화했던 RD엔터테인먼트 법무팀 변호사 차율리였다.

'진짜 애인인가?'

일단 그녀는 율리가 비밀번호를 누르고 안으로 들어가는 모습을 카메라로 찍었다.

사실 소라가 율리에게 취업 준비생이라고 거짓말을 치고 접근한 이유는 특종을 잡기 위해서였다.

진하가 교통사고에 휘말렸을 적, 가로수를 들이받은 차 안에 누가 있었기에 그가 쓰러지기까지 한 걸까? 그 의문에서부터 특종 캐기가 시작되었다. 자신들뿐만 아니라 다른 회사에서도 첩보전이 시작되었을 것이다.

'이번엔 제대로 잡아야 해.'

늘 한발씩 늦었던 소라는 이번만큼은 자신의 손으로 특종을 터뜨리고 싶었다. 그녀의 마음을 아는지 선배들도 발 벗고 나서 주었다. 항상 욕이나 하는 못된 선배들이라고 생각했는데 이렇게 간단히 도움을 줄 줄은 몰랐다.

소라가 여기에 숨어 있는 이유도, 임진하의 매니저 뒤를 밟은 선배가 이곳이 임진하의 집인 것 같다고 정보를 귀띔해 주었기 때문이었다.

"대박."

이번만큼은 하늘도 돕고 있는지 좋은 사진을 건졌다. 율리의 사진을 돌려보면서 그녀가 키득거렸다.

한편, 진하의 집 앞에 선 율리는 한숨만 내쉬었다. 벨을 몇 번이나 눌렀는데 묵묵부답이었다. 그녀가 힘없이 중얼거렸다.

"집에 없잖아……."

그 수상한 그림자는 주차장 이후로 쫓아오지는 않은 듯했다. 문제는 내일도 출근을 해야 한다는 점이었다. 율리가 진하에게 메시지를 보냈다.

[집 아니에요?]

[가고 있는데 왜?]

스스로 운전하는 중이 아닌지 답장이 빨리 도착했다. 빨리 와서 도와 달라고 메시지를 쓰던 율리는 문득 예전에 진하가 했던 말이 떠올랐다.

'넌 뭘 그렇게 자꾸 도와 달라 그래?'

지네에게 쫓겨서 헐레벌떡 그의 집 앞에 도착했을 적 들은 소리였다. 그녀는 줄줄 써 놓았던 메시지를 지우고 새로 작성했다.

[아니에요. 신경 쓰지 마세요.]

아직 위협을 받은 것도 아니니까 나중에 물어봐야겠다. 소득 없이 털레털레 내려온 율리는 주변을 둘러보고 차에 올랐다. 그 모습까지 사진에 찍혔을 줄은 상상도 못 한 채로.

얼마 지나지 않아 진하도 도착했다. 민호가 휴대폰으로 내일 일정을 훑어보고 말했다.

"형, 내일은 새벽 네 시에 올게요."

"그래."

고개를 끄덕인 진하가 차에서 내렸다. 멀리서 인기척이 느껴졌다. 호기심 어린 사람의 시선이 그의 심기를 어지럽혔다. 이 근처에 자신을 지켜보는 사람이 존재한다는 뜻이었다. 그가 눈살을 찌푸렸다.

'누가 하나 숨어들었군.'

경험상 이런 시선은 대체로 기자들이었다. 진하가 운전석 창문을 똑똑 두드렸다. 집에 갈 채비를 하고 있던 민호가 창문을 스륵 내렸다.

"방금 누가 내 사진 찍은 것 같은데."

"네? 어디요?"

민호가 심각한 표정으로 차에서 내렸다. 진하가 턱으로 골목 어귀를 가리키자 육상부 선수였던 민호가 그쪽으로 쏜살같이 달려갔다.

"야!"

민호의 큰소리에 놀란 소라는 카메라를 무릎에 내던지듯 놓고 잽싸게 액셀을 밟았다.

아무리 민호가 육상부 선수였다지만 차를 이길 수는 없었다. 헉헉, 숨을 몰아쉬면서 돌아온 민호가 분통을 터뜨렸다.

"차 타고 튀었어요!"

"내버려 둬. 슬슬 알려질 때도 됐지."

진하가 어쩔 수 없다는 듯 대답했다. 며칠 동안 모든 활동을 중단한 채 칩거했던 터라 집 근처에 동료 배우들도 왔으니 기자들에게 들킬 만도 했다. 게다가 집이야 이사를 가면 그만이었다.

"어휴, 형이 잡지 그랬어요?"

"내가 어떻게 잡아? 너도 못 잡는데?"

육상부 선수인 민호도 따라잡지 못할 자동차를 어떻게 자신이 뒤쫓는단 말인가. 어불성설이 따로 없어서 미간을 찡그린 채로 진하가 한마디 했다. 민호가 아차, 하는 눈빛을 내비쳤다.

"어…… 그거야 다리가 더 기니까 빨리 달릴 수 있을지도……."

진하의 눈이 가늘어졌다. 이런 헛소리를 할 정도라니, 민호는 기자를 놓친 게 꽤 안타까운 모양이었다.

"실없는 소리 하지 말고 들어가."

"네. 네 시에 올게요."

시무룩해진 민호가 얌전히 차에 오르는 것까지 지켜본 후, 진하는 혀를 차고 건물 안으로 들어갔다.

[아직도 저한테 흑룡의 기운이라는 게 있어요?]

민호를 보내고 집에 돌아온 진하는 율리의 새로운 메시지를 물끄러미 쳐다보았다. 그녀에게 또 무슨 일이 생긴 건가 걱정이 앞서서 그는 망설임 없이 전화를 걸었다.

—여보세요?

용살자라 그런 건지, 차율리라 그런 건지 그녀의 목소리는 그녀의 체취만큼이나 달큼했다. 사르르 풀어진 표정과 달리 그가 태연하게 말했다.

"흑룡의 기운은 왜? 많이 옅어졌을걸?"

—아…… 이상한 걸 본 것 같아서요. 남자 같았는데, 사람인지 아닌지 모르겠고…….

물론 그는 그녀의 말을 끝까지 듣지 않았다. 거슬리는 단어는 이미 나와 있었다.

"남자? 어디서?"

—회사 주차장에서 보고 있더라고요.

회사 주차장. 그 지하 주차장은 전에 율리가 뱀에게 당할 뻔한 이후로 백룡이 감시 중이었다. 그가 가볍게 뼈 있는 농담을 던졌다.

"너 스토킹하는 남자 아냐? 성형외과 의사라거나?"

—우씨! 의사가 미쳤다고 스토킹을 해요?

율리가 발끈했다. 진하는 쿡쿡 웃으며 걱정하지 말라는 투로 덧붙였다.

"회사면 잘못 본 걸 거야. 용이 셋이나 있는데 거길 기어 들어 오겠어? 미치지 않고서야."

—그…… 렇겠죠?

"그래."

잠시 정적이 일었다. 나쁜 정적은 아니었다. 정적 사이로 흐르는 기묘한 감정을 먼저 이기지 못한 쪽은 율리였다. 그녀가 마른 침을 삼키고 입을 열었다.

—끊을게요.

"차율리."

진하가 그녀의 이름을 불렀다. 입에 착 달라붙는 이름이라 몇 번이고 부르고 싶어진다. 그래서 전에도 그녀의 이름을 일부러 입에 올리곤 했다. 그녀는 질색하는 듯했지만 말이다.

—네?

"인간이 아닌 것들보다 인간이 더 위험해. 잊지 마."

—네? 왜요?

"인간은 용의 기운을 읽지 못하니까. 다른 것들은 몸을 사리거든."

만약 율리가 본 그림자가 착각이 아니라면, 그건 사람일 가능성이 높았다. 예민한 미물들은 살아남기 위해 용의 기운을 읽고 줄행랑을 치지만 인간들은 용이 바로 옆에 존재해도 알아채지 못한다. 마치 경진의 옆에서 일하는 법무팀 직원들처럼.

—아…… 네.

"끊어."

그녀가 어떻게 받아들였을지는 모르겠지만 알아서 조심을 하고, 자신도 그녀 주변을 감시해 봐야겠다 싶었다. 꼬마 주제에 잘난 척이나 하는 백룡에게 지시하기는 싫었다.

어둡게 변한 화면을 보던 진하가 소파 구석으로 휴대폰을 던졌다. 아직도 비닐에 싸여 있는 '드래곤 제국' 전권이 시야에 들어왔다. 하루하루 연체료만 쌓여 가는 신간도 전부 읽지 않았는데 '드래곤 제국'으로 손이 갔다. 차율리 같은 인물이 나오기 때문일 것이다.

진하는 '드래곤 제국' 1권의 부록 일러스트를 물끄러미 쳐다보았다. 율리하고는 하나도 닮지 않은 겉모습의 대륙 최고 미녀 세레나가 그려진 일러스트였다. 한참 그림을 보던 그가 한숨을 내쉬면서 책을 덮었다.

장난삼아 성형외과 의사 운운했으나 진하의 표정은 꽤 심각해졌다. 새로 단장한 가게에 갔을 적 차율리가 성형외과 의사와 맞선을 볼지도 모른다는 소리를 듣고 얼마나 놀랐는지 모른다. 문득 율리의 나이가 얼마인가 헤아려 본 그는 그녀가 결혼 적령기라는 사실을 깨달았다.

몇 년이 지나도 변함없는 일러스트 속의 세레나 왕녀처럼 차율리도 이대로 영원히 변함없을 줄 알았다. 그런 그녀가 누군가의 손을 잡고 결혼식을 올리고, 제 어머니의 바람대로 똑 닮은 아이를 낳아 기른다는 상상을 하자 목이 졸린 듯 숨이 막혀 왔다.

차율리는 임진하의 운명 공동체였다. 그녀가 용살자라는 현실보다 중요한 건 그녀와 자신의 수명이 얽혀 있다는 점이었다. 폐인처럼 집 안에 틀어박혀 있었던 며칠 전과 달리 진하는 이번 생을 끝까지 잘 지내볼 생각이었다.

'차율리를 잡아 둬야 해.'

그녀에게 다른 남자가 생기는 꼴을 두고 볼 수는 없었다. 말마따나 가정 폭력을 휘두르는 쓰레기한테 걸려서 맞아 죽기라도 하면……

차율리의 죽음을 상상하자마자 또 머리가 아팠다. 진하는 관자놀이를 누르면서 이 불공평한 관계를 저주했다.

그날, 천만 원을 선불로 제시한 것도 모녀의 대화 흐름을 끊기 위해서였다. 유치한 행동이지만, 차율리에게 들이밀어진 성형외과 의사가 아무리 잘났다한들 임진하보다는 못할 것이라고 과시하려는 목적도 없지는 않았다. 돈이라면 이미 평생 써도 남을 만큼 있었다. 어린 흑룡이 남기고 간 재산도 있었고, 몇 년간 자신이 벌어 놓은 재산도 한 아름이었다.

문제는 어떻게 해야 차율리와의 관계를 진전시키냐는 데 있었다.

진하는 눈앞이 캄캄했다. 차라리 일면식이 없는 여자를 홀리는 게 차율리를 사로잡는 일보다 쉬울 것이다. 그동안 차율리에게 보여 온 자신의 가감 없는 모습…… 그러니까 드래곤이 나오는 책에 집착하고, 치킨을 두어 마리씩 처먹고, 얼마 전에는 죽이니 살리니 그녀를 위협했던 모습을 다 알고 있는데, 그녀가 임진하에게 환상을 가지겠느냔 말이다.

다른 의미로 머리가 아파 와서 그가 혀를 찼다. 어쩌다 차율리에게 코가 꿰어서는, 600년 만의 즐거운 유희가 고난과 역경으로 가득 찼나 모르겠다.

* * *

출근 때 주차장에 차를 세우면서 율리는 주변을 예민하게 살펴보았다. 그러나 어제 본 그림자는 보이지 않았다. 그렇다면 그 그림자는 자신의 착각이었을까? 차라리 착각인 것이 다행이라고 여기며 율리는 마음이 한결 가벼워진 채로 출근할 수 있었다.

하지만 업무 시작 전, 율리는 가벼워졌던 마음이 도로 무거워진 채 메일을 열었다. 서면 인터뷰에 응하기 위해서였다. 대신 개인 정보는 가능하면 명함에 주어진 선에서 작성하기로 결정했다. 키보드를 두드리는 그녀의 손이 평소보다 한결 느렸다.

아직 아홉 시도 아닌데 키보드를 치는 율리를 아영이 의아하게 쳐다보았다.

"응? 율리 씨 벌써 일해?"

"아뇨. 저번에 말씀드린 거 있잖아요, 서면 인터뷰."

"아아, 그거 해 주고 있어?"

아영이 관심을 가지고 율리의 모니터를 흘긋 곁눈질했다. 취직과 관련된 인터뷰라고 보기에는 개인 정보를 유난히 꼬치꼬치 캐묻고 있는 무례한 질문지였다. 그래도 율리는 나름 좋은 의도를 가지고 답변을 해 주고 있었다.

"네, 취직 안 되는 거 엄청 힘들잖아요. 이런 거라도 도움이 되면 좋겠다 싶어서요."

저번 회사에서 잘렸을 적과 이번에 뜻밖의 해고를 당했을 때를 떠올리면서 율리는 가여운 취업 준비생에게 도움의 손길을 내밀기로 마음먹었다. 얼마나 힘들고 절실하면 허리까지 굽혀 가면서 명함을 요구하고 쌀쌀맞은 대응에도 몇 번이고 메일을 보낼까.

아영이 율리를 기특하다는 눈빛으로 바라보며 감탄했다.

"율리 씬 정말 착한 것 같아. 나라면 씹었을 텐데."

"착하긴요."

선배의 칭찬에 율리는 부끄러워졌다. 자신 역시 귀찮고 찜찜해서 답장을 미뤄 왔었다. 좋은 의도에서 답변을 해 준다고는 하지만 한편으로는 이 이후로 자신을 귀찮게 하지 말았으면 좋겠다는 생각도 없지는 않았다.

키보드를 치고 있는 율리의 손 옆에 커피가 놓였다. 아영이 준 커피였다.

"커피 한 잔 마시고 해."

"고맙습니다."

수줍게 웃으며 머그 손잡이를 잡은 율리는 질문들을 쭉 읽어보다가 미간을 찡그렸다.

'어라?'

현재 타고 다니는 자동차의 사진 첨부를 부탁하는 문구가 있었다. 사고가 나지 않는 이상 차 사진을 찍을 일도 없었고, 휴대폰을 바꿔서 예전에 찍은 사진은 이미 날아간 뒤였다. 지금 찍어야 했다.

갑자기 귀찮아진 율리가 답장을 하지 말까 잠시 고민했다. 그래도 좋은 의도로 시작한 일, 끝을 맺는 편이 나아 보였다. 율리는 커피를 한 모금 마시고 내려놓은 뒤 휴대폰을 들고 자리에서 일어났다.

"저 잠깐만 주차장 좀 다녀올게요."

"응? 왜?"

"차 사진도 첨부해 달라고 하네요."

、　아영은 조금 있으면 업무 시간인데 무례한 인터뷰 때문에 다급히 움직여야 하는 율리가 안쓰러웠다. 인상을 바짝 쓴 아영이 혀를 찼다.

"별걸 다 부탁한다. 그런 거 다 들어주면 버릇 나빠져."

"다녀올게요."

아영의 말에 동감이었으나 어차피 마지막이다. 율리는 걸음을 재촉했다.

아홉 시에 가까운 시간이라 지하 주차장이 한층 한적했다. 율리는 차 앞에 서서 번호판이 나오지 않도록 휴대폰으로 사진 구도를 잡았다. 지하라 불빛이 있어도 어둑어둑해서 초점이 잘 잡히지 않았다.

'빨리 들어가야 하는데.'

그때 그녀의 시야 끝에 그림자가 걸렸다. 그녀가 홱 고개를 돌렸다. 기둥과 자동차 사이에 그림자가 있었다. 사람의 형태를 띤 그림자. 경진이 출근한 이상, 그의 감시가 이루어지는 지하 주차장에 인간이 아닌 것들은 존재할 수가 없었다.

'진짜…… 사람인가?'

사람도 위험하다. 아홉 시가 가까워지는데 사무실에 올라가지 않고 지하 주차장을 배회하는 사람은 이 건물 직원이 아니었다. 율리의 머릿속에 온갖 범죄 뉴스가 스쳐 지나갔다. 그녀는 그림자를 보지 못한 척 고개를 바로 했다. 태연하게 차 사진을 찍고 싶은데 손이 부들부들 떨렸다.

그녀가 팔에 힘을 주고 초점이 엇나가든 말든 사진을 대충 찍을 무렵이었다. 지하 주차장 안으로 차 한 대가 들어왔다. 헤드라이트 불빛에 그녀가 저도 모르게 뒤를 돌아보았다.

'어?'

아는 차였다. 율리는 반색하면서 차가 멈춰진 곳으로 달려갔다.

피곤해하는 민호를 대신해서 운전을 한 진하는 이른 시간부터 촬영을 하고 잠깐 짬을 내서 회사에 들른 것이었다. 차에서 내리자 웬일로 차율리가 반겨 주고 있었다.

"일 안 해?"

"이제 올라갈 거예요."

"설마 지금 출근한 건 아니겠지?"

"아니거든요."

농담에 발끈하는 그녀를 보고 그가 피식 웃었다. 그녀가 조수석에 늘어져 있는 민호를 보고 눈을 동그랗게 떴다.

"매니저님 자나 봐요?"

"내 매니저한테 관심 갖지 마."

진하가 손을 쫙 펴서 조수석 창문을 가렸다. 아무리 동생 같은 매니저라지만 그는 율리가 민호에게 관심을 한 자락이라도 보이는 게 마음에 들지 않았다. 그녀가 입술을 삐죽이다가 멀찍이 있는 그림자를 곁눈질했다.

이 상황에서 중요한 건 매니저가 아니었다. 그녀는 한숨을 뱉고 나서 본론으로 들어갔다.

"저기 저쪽에 사람 있지 않아요?"

목소리를 한껏 죽인 율리가 소곤거렸다. 차에서 내렸을 적부터 진하는 이미 숨어 있는 남자의 기척을 느끼고 있었다.

"있네, 남자."

"있, 있어요?"

그때 남자가 움직였다. 슬금슬금 차 사이에 숨어 가면서 발소리를 죽이려 노력했으나 진하에게는 남자의 움직임이 훤히 다 보였다. 남자는 살금살금 그들에게로 다가오고 있었다. 특이 능력자도 아닌 평범한 인간 하나 정도를 경계할 필요는 없다고 생각할 찰나였다. 남자가 양손으로 무엇인가를 천천히 들어 올렸다.

'카메라?'

물건을 확인한 순간 진하의 미간이 확 좁아졌다.

"차율리!"

그가 율리의 이름을 부르며 자신의 품 안으로 그녀를 끌어당겼다. 순식간에 얼굴이 그의 가슴에 콱 박힌 그녀는 비명도 지르지 못했다.

곧 율리와 진하를 향해 플래시 세례가 터졌다. 진하는 율리의 얼굴이 노출되지 않도록 꼼꼼히 가린 채로 남자 쪽을 노려보았다. 마음 같아서는 남자를 죽여 버리고 싶었으나, 가능하면 필요 없는 살생은 금하는 편이 좋았다.

그 대신 진하는 남자의 고급 카메라를 망가뜨렸다. 셔터를 누른 남자는 플래시가 터지지 않자 의아한 얼굴로 카메라를 들여다보았다. 디지털카메라의 화면이 까맣게 죽어 있었다.

"어? 이거 왜 이래? 소라야!"

"네!"

여자 목소리가 들려온 쪽으로 진하가 고개를 돌렸다. 2인 1조였나 보다. 반대편에 서 있던 여자도 같은 편이었을 줄은 몰랐다. 회사 직원이거나 이 건물에서 일하는 사람이라고 여겨서 무시했는데!

여자는 휴대폰 카메라로 진하를 찍고 건물 안으로 도망쳤다. 그제야 진하는 저 여자가 그때 자신의 집 앞에 잠복하고 있던 여자였음을 눈치챘다.

이제야 저 둘이 노리던 것이 무엇인지 알 것 같아 그의 표정이 험악해졌다. 뒤늦게 주차장에서의 소란을 알아챈 경비들이 달려왔다.

한편, 지하 주차장에서 율리를 품에 안은 진하의 사진이 찍힐 무렵, 대표이사실로 팩스 하나가 날아들었다. 비서가 팩스 용지를 들고 고개를 갸웃거리면서 들어왔다.

"저, 대표님. 이상한 팩스가 왔는데요."

"그래요? 이리 주고 나가 봐요."

비서는 팩스를 건네주고 꾸벅 고개를 숙인 뒤 소리 없이 사무실을 나섰다.

　팩스를 읽어 본 대표이사의 안색이 싹 바랬다. 백지에 큼직한 폰트로 딱 한 문장이 쓰여 있는 팩스였다.

사람이 아닌 자가 사람 행세를 하는 것을 알고 있다.

　사람이 아닌 자가 누구를 뜻하는지 그녀는 단숨에 알아챌 수 있었다.

　진하의 요청으로 일부러 회사 웹 사이트에 대표이사실 팩스 번호를 공개해 두었더니 역시나 용살자는 이쪽으로 팩스를 보냈다. 혹여 비서들이 장난인 줄 알고 폐기 처분할까 봐 사소한 팩스나 우편물까지 전부 적룡의 확인이 이루어졌었다. 문지방이 닳도록 들락거렸으나 매번 공을 치고 돌아갔던 흑룡이 그토록 원하던 일이 드디어 오늘 일어났다.

　"결국……."

　반면에 적룡의 속은 까맣게 타들어 갔다. 모든 용살자가 차율리 같을 리가 없다. 이 팩스를 보낸 자가 얼마나 위험한 존재인지 그녀로서는 알 길이 없었다.

　'정말 이래서 눈에 띄는 연예인 같은 거 하지 말라고 말린 건데.'

　대표이사가 복잡한 한숨을 내쉬었다. 차율리가 아닌 다른 용살자가 드디어 각성을 한 모양이었다. 위험이 피부로 물씬 느껴졌다.

9장

모든 사람들이 사라지고 둘만 남은 기분이 들었다. 율리는 멍한 표정으로 고개를 들었다. 지금 무슨 일이 일어났는지 정확히 모르겠다. 그녀의 눈은 진하만을 향하고 있었다.

"저기……."

입 밖으로 말을 내뱉고 나니 현실감이 밀려왔다. 시야에 가득 찬 진하의 얼굴, 등과 뒷머리에서 느껴지는 단단한 손길이 느껴졌다. 율리의 멍한 표정이 어느새 경악으로 물들어 갔다.

"히익!"

조금 전까지 자신은 이 남자에게 찰싹 붙어 있었던 것이다.

율리가 기겁하며 뒷걸음질 치자 진하는 순순히 그녀를 풀어 주었다. 그는 무섭도록 고요한 표정으로 몸을 돌려서 조수석 창문을 두드렸다. 똑똑, 경쾌한 소리에 달게 자고 있던 민호가 게슴츠레 눈을 뜨고 문을 열었다.

"무슨 일이에요, 형?"

"……정말 잘도 잔다."

차 바깥에서의 난리를 모르는 민호는 고개만 갸웃거릴 뿐이었다. 한숨을 푹 내쉰 진하는 살금살금 도망가려던 율리의 뒷덜미를 잡았다.

"어딜 가?"

"저, 근무 시간이라……."

"어? 안녕하세요."

눈곱을 떼면서 나온 민호가 율리를 보고 고개를 꾸벅 숙였다. 얼떨결에 율리도 같이 고개를 숙이자 그 장면을 보면서 진하는 코웃음을 쳤다.

"지금 무슨 일이 있었는지 알기나 해?"

"네?"

아직 잠에서 덜 깬 듯 민호는 여전히 갸우뚱거리기만 했다. 율리는 코가 다 짓눌릴 정도로 진하의 품에 꽉 안겨 있었던 것을 떠올리고 괜스레 얼굴을 붉혔다. 아무 생각 없어 보이는 두 사람의 태도에 진하만 속이 답답해졌다.

"이따가 어디 가야 해?"

"어…… '씨네나인' 인터뷰요?"

올해 초부터 출연해 왔던 영화의 막바지 작업이 한창이었다.

조금 있으면 개봉하는 영화 홍보를 위해 주연 배우들이 여러 매체에 인터뷰를 하곤 했는데, 가장 주목받고 있는 진하에게 인터뷰 요청이 쏟아지는 것은 당연지사였다.

그런데!

"그거 잘하면 미뤄야 할지도 모르니까 조율 준비해."

또!

"네? 아니, 형 요즘 왜 그렇게 불성실해졌어요!"

성실하기로는 연예계 제일이던 임진하가 무진장 이상해졌다. 자신에게 쏟아질 비난에 민호가 울상을 지었으나 진하는 말하기도 귀찮은 듯 눈가만 찡그리고 율리에게로 고개를 돌렸다. 그녀는 시무룩한 표정으로 힐끔힐끔 그를 올려다보고 있었다.

"너, 사진 찍혔어."

물론 율리도 모르는 바는 아니었다. 찰칵거리는 소리, 번쩍거리던 플래시. 그의 품에 얼굴을 묻고 있었음에도 번개가 치듯 뜨겁게 느껴졌었다.

"얼굴은 안 나왔겠지만."

아무 말도 못하는 그녀에게 위로 같지도 않은 위로를 건네고 나서 진하가 건물 쪽으로 걸음을 옮겼다. 뒷덜미가 붙잡혀 질질 끌려가던 그녀가 입을 열었다.

"저, 저기…… 별일 없겠죠?"

"내가 알아?"

마침 엘리베이터가 1층에 있었다. 엘리베이터가 지하로 내려오는 짧은 시간, 둘은 아무 대화도 나누지 않았다. 맑은 종소리와 함께 도착한 엘리베이터 문이 열리자, 진하는 율리를 먼저 안에 집어넣고 나서 엘리베이터에 올랐다.

"주차장은 왜 기어 내려왔어?"

"기어 내려오다니!"

험한 말투에 율리가 불만스레 중얼거렸다. 아차, 그러고 보니 법무팀 사무실이 있는 층수를 누르지 않았다. 그녀가 막 숫자 버튼으로 손을 가져갈 때였다. 그의 손이 그녀의 손목을 덥석 붙잡아 행동을 저지했다.

"일단 대표이사랑 이야기를 해 봐야 해."

"저 일해야 하는데……."

"백경진한테 말할 테니 너무 걱정 말고."

이렇게 된 이상 얌전히 그의 뒤를 따르는 수밖엔 없었다. 율리의 팔이 스르륵 떨어지고, 진하도 그녀의 손목을 놔주었다. 고개를 숙인 그녀는 그가 잡았던 제 손목을 가만히 내려다보았다. 괜히 손목이 뜨끈해지는 기분이 들었다.

대표이사실 앞, 진하와 율리를 향한 비서들의 시선이 번뜩거렸다. 진하는 예의 바른 청년 가면을 쓰고 대표이사와의 면담을 청했다. 비서가 율리를 흘끔거리면서 사무실 안으로 안내해 주었다.

문이 닫히기 무섭게 대표이사가 기다렸다는 듯 말했다.

"말씀드릴 게 있습니다."

"나도."

"예?"

팩스 용지를 집어 들던 대표이사가 진하를 의아하게 쳐다보았다. 진하는 귀찮은 표정을 숨기지 않고 소파에 앉았다. 멀뚱히 서 있던 율리가 대표이사와 진하의 눈치를 힐끔힐끔 살폈다. 다행히 대표이사는 우아한 미소를 지으며 율리에게 소파에 앉으라는 신호를 보내 주었다. 율리가 어영부영 진하의 옆에 앉자 적룡이 대화를 시작했다.

"먼저 말씀하시지요."

"사진 찍혔다."

"그…… 렇습니까? 그래서요?"

흑룡이 하고 싶은 말이 뭔지 도통 감을 잡을 수 없어서 적룡이 재차 물었다.

"주차장에 쥐새끼 같은 기자들이 들어왔었다. 얘랑 내 사진을 찍어 갔지."

"그러시군요. 포즈는 취해 주셨습니까? 손가락으로 브이라도 해 주시지 그러셨어요?"

대표이사의 말은 결코 농담이 아니었다. 장난스러운 말이었으나 그녀의 어조는 딱딱하고 차가워서 율리는 꼭 정수리에 바늘이 꽂힌 듯 서늘한 느낌을 받았다. 적룡의 특기인 비아냥거리는 소리에 웬일로 흑룡이 한숨을 다 내쉬었다.

"얘 얼굴이 노출되면 안 되잖아. 그래서……."

차마 말을 끝까지 잇지 못하는 진하를 대표이사가 덤덤하게 바라보았다. 그 상황이 대강 머릿속에 그려졌다. 얼굴을 가리기 위한 제일 쉬운 방법이 뭐겠는가.

"정말 잘하셨습니다. 영화 개봉 앞두고 훌륭하게 홍보를 하시는군요."

"아직 스캔들 안 났잖아."

인내심이라고는 하나도 없는 흑룡이 참지 못하고 잇새로 대꾸했다.

'스캔들이라니?'

한편, 가시방석에 앉은 듯 율리가 불안하게 둘을 번갈아 보았다. 그녀는 머리를 쥐어뜯고 싶었다. 번쩍이던 플래시와 셔터 소리만으로 무슨 일이 있었는지 충분히 이해가 갔다. 오해받기에 딱 알맞은 사진이 찍히기도 하지 않았던가.

하지만 지금 그녀의 머릿속에 지분을 가장 많이 차지한 것은 앞으로의 걱정이 아니라 우습게도 그의 품이 얼마나 따뜻하고 든든했는지, 그것뿐이었다.

"어디 기자였습니까?"

적룡이 입을 열었다. 이미 일이 터진 이상 흑룡을 달달 볶는다고 해결될 리가 없었다. 다시 이성을 되찾은 적룡이 진상 파악에 들어갔다.

"그걸 어떻게 알아?"

하여튼 도움이 안 된다. 두통이 있을 리가 없는데도 머리가 다

지끈거리는 기분이라 대표이사가 관자놀이를 엄지로 눌렀다.

"……일단 홍보팀에 말은 해 두겠습니다."

"사진을 팔거나 입막음 조로 돈을 요구하면 줘 버려. 거지새끼들은 몇 푼만 손에 쥐어도 만족하고 입 닥치기 마련이니까."

그렇게 쉬운 일이면 참 좋을 텐데 말이다. 적룡은 한숨을 겨우 참고 율리를 응시했다. 어쩔 줄 모르는 모습이 안쓰럽게 여겨질 무렵, 용살자의 팩스가 떠올랐다. 스캔들만큼이나 중요한 일이었다.

"이 와중에 말씀드리려니 좀 그렇지만 팩스가 왔습니다."

"팩스? 어디서?"

적룡이 굳은 표정으로 진하에게 문서를 내밀었다. 단 한 줄만이 적혀 있는 문서를 확인한 흑룡 역시 얼굴에서 표정이 싹 사라졌다.

또 다른 용살자의 존재. 바라던 일이 몇 년 만에 드디어 이루어졌다.

갑자기 공기가 싸늘하게 내려앉자 율리가 팩스에 관심을 보였다. 그러나 진하는 그녀가 보지 못하도록 문서를 뒤집어서 테이블 위에 올려 두었다.

"언제 온 건가?"

그의 목소리가 평소보다 한층 더 낮아졌다.

"오늘 아침에 도착해 있었습니다."

한참 말을 잇지 못하던 진하가 율리 쪽으로 고개를 돌렸다.

마침 그의 눈치를 보고 있던 그녀는 그와 눈이 마주치자 어깨까지 움찔 흔들며 고개를 움츠렸다. 그가 한숨을 섞어 그녀의 이름을 불렀다.

"차율리."

"네?"

"내려가서 일하고 있어."

차율리에게 거절할 권리는 없었다.

법무팀 사무실로 가는 동안 경진에게 연락이 들어갔는지 율리는 꾸중을 듣지는 않았다. 평소와 다름없이 일을 하다 보니 오히려 오전 일이 꿈같이 느껴질 무렵이었다.

"율…… 율리 씨!"

아영이 비명처럼 율리를 불렀다. 화들짝 놀란 율리가 자리에서 벌떡 일어났다.

"네?"

"이, 이거 봤어?"

손가락으로 모니터를 가리키면서 아영이 입을 벙긋거리고 있었다. 무슨 일인가 싶어 미간을 좁힌 율리가 아영에게 다가가 모니터를 들여다보고는 입을 쩍 벌렸다.

모니터 안에는 오늘 아침 주차장에서 찍힌 그 사진이 있었다. 자신을 안은 채로 카메라를 매섭게 쳐다보는 진하의 눈빛에 율리는 순식간에 머릿속이 새하얘졌다.

"이거 율리 씨 맞지?"

아영이 고개를 돌려 율리를 살펴보고는 경악했다. 사진 속 여자가 입은 블라우스와 현재 율리가 입은 상의가 똑같았다.

"맞네, 지금 입은 옷이잖아!"

사실인지라 율리는 아무 말도 할 수 없었다. 아영의 호들갑 때문에 모든 일에 무덤덤한 한강도 이쪽으로 다가와서 모니터를 보고는 눈을 부릅떴다.

단독 보도라는 말머리를 단 기사는 너무나도 충격적이었다. 그들은 마치 벼르고 있었다는 듯 예전 율리의 사고부터 언급하고 있었다. 가로수를 박아 볼품없이 찌그러진 차 앞에 진하가 서 있는 사진이 주차장 사진 다음으로 배치되어 있었다.

오전 업무도 대강 끝을 보았겠다, 월급 도둑질을 위해 인터넷 서핑을 하던 아영은 연예 뉴스에서 진하의 이름을 보고 마우스를 클릭했다.

물론 아영은 율리가 진하와 비밀 연애 중이라고 철석같이 믿고 있었기에 러브 신이 따로 없는 사진을 봐도 어디서 잘못 찍힌 사진이겠거니 가볍게 여길 뿐이었다. 워낙 이 바닥에 근거 없는 헛소문들이 부유하지 않던가.

그러나 곧 아영은 사진 속 여자의 뒷모습이 익숙하다는 것을 깨닫고 후배 쪽을 돌아본 후, 머리가 아득해졌다.

기사는 첩첩산중이었다. 주차장 사진, 교통사고 현장 사진, 그리고 율리와 진하가 같은 오피스텔 건물에 드나드는 사진까지. 의혹이 다분한 사진은 당사자인 율리조차 언제 찍혔는지도 모르는 것들이었다. 고맙게도 모자이크 처리는 해 주었지만.

"어떡해, 어떡해 율리 씨?"

대중의 관심을 필수적으로 요구하는 연예인이라면 모를까 차율리는 연예인도, 유명인도 아니었다. 그때, 안절부절못하는 율리의 뒤로 불호령이 떨어졌다.

"차변!"

경진의 목소리가 폭포처럼 쏟아졌다. 파랗게 질린 율리가 스르르 뒤를 돌아보았다. 경진의 표정을 보아하니 기사를 본 게 틀림없었다. 경진의 손짓에 율리는 도살장에 끌려가는 소처럼 주춤거리면서 팀장실로 들어갔다.

"어떻게 된 거야?"

홍보팀으로부터 기사를 전해 받은 경진은 바로 자리를 박차고 나왔다. 무척이나 소중한 듯 흑룡이 끌어안고 있는 여자의 뒷모습. 얼굴을 보지 않아도 정체를 알 수 있었다. 그 순간 어째서 그녀를 빼앗긴 느낌이 들었을까.

"오해예요. 이건 제 얼굴 안 나오게 한다고……."

사실이었으나 꼭 변명 같이 들렸다. 경진은 가볍게 고개를 끄덕이고 다른 사진을 가리켰다.

"이건 어떻게 된 거니?"

"이, 이것도……."

언제나 마음 좋던 선배가 오늘따라 낯설게 보여서, 차마 율리는 경진에게 진하의 취미가 드래곤 나오는 소설 읽기라고 밝히지 못하고 우물거렸다. 경진이 피곤한 투로 막 입을 열 즈음이었다. 팀장실 문이 벌컥 열렸다.

"꼬마. 차율리 잘못은 없어. 내가 불러서 온 거니까."

생각지도 못한 진하의 음성에 율리가 고개를 확 돌렸다. 문을 닫고 눈가를 일그러뜨린 진하는 율리에게 잠깐 시선을 주고는 다시 경진을 쳐다보았다. 경진은 진하의 여유 만만한 태도가 영 이해가 되지 않아 따지듯 말했다.

"흑룡께선 잘 모르시는군요. 율리 신상이 일부 공개되었어요. 완전히 알려지기까지는 시간문제입니다."

아무리 얼굴을 가리고 모자이크 처리를 했어도 알아볼 사람은 쉬이 알아볼 수 있다. 기자는 어떻게 알았는지 율리가 소속사 직원, 그것도 법무팀 변호사라는 사실까지 적었다. 주변 사람들이 알아차리는 것은 시간문제였고 소문은 빛처럼 빠르다.

"그게 뭐?"

"무슨 뜻인지 모르십니까?"

요점만 말하라는 듯 진하가 눈을 가늘게 떴다. 경진이 진하를 원망스럽게 응시하며 말을 이었다.

"앞으로 율리는 뭘 하든 '임진하'라는 꼬리표가 붙는다는 말입니다."

상대가 누구든 간에 젊은 미혼 여자에게 사회적으로 결코 좋은 꼬리표는 아니었다. 그제야 자신의 상황을 깨달은 율리가 망연한 눈빛을 내비쳤다. 사진 속 모습만 보고도 아영은 정체를 눈치챘다. 아마 다른 가까운 사람들, 예를 들면 화정이라거나 가족들, 대학 동기 등도 어렵지 않게 짐작할 것이다. 그중 한 사람이라도 입을 여는 순간……

여유롭게 경진을 지켜보던 진하가 율리에게로 시선을 옮겼다. 한층 더 창백해진 안색이 그녀의 불안을 드러내고 있었다. 그가 그녀를 말없이 내려다보고 있을 적 언짢은 목소리가 실내에 울려 퍼졌다.

"또 싸우고 계십니까."

이내 팀장실 문이 소리 없이 닫혔다. 적룡은 혀를 쯧쯧 차면서 율리에게 종이봉투를 내밀었다. 양손으로 공손하게 종이봉투를 받아 든 율리가 내용물을 확인하고 의아한 표정을 지어 보였다.

"어? 이건……"

웬 블라우스였다. 지금 자신이 입고 있는 살구빛이 아닌, 까맣고 하늘거리는 옷은 한눈에 봐도 고급품이었다. 대표이사가 인자하게 말했다.

"옷 갈아입고 일단 집으로 가도록 하지요?"

"네?"

대표이사는 율리가 사진 속 상의와 같은 옷으로 주목받지 않도록 세심하게 주의를 기울였다. 하지만 조퇴를 권하는 대표이사의 조언에 율리는 갑자기 안 좋은 기억이 떠올랐다. 예전 회사에서 퇴사 직전, 집에서 대기하고 있으라던 사수의 말.

'퇴사각?'

"저, 저기 그래도 일은 해야 할 것 같습니다만⋯⋯."

잘리고 싶지 않아 율리가 머뭇머뭇 대답했다. 적룡이 이해할
수 없는 듯 율리를 쳐다볼 무렵, 한참 입을 다물고 있던 진하가
입을 열었다.

"그래, 자기가 일하고 싶다는데 내버려 둬."

"흑룡?"

기사가 뜨자마자 차율리를 어디에 격리해야겠다고 화를 내던
흑룡에게 갑자기 무슨 심경의 변화가 있었던 건가. 적룡은 진하
에게 의심스러운 시선을 주었다. 교활한 흑룡의 속내를 도통 읽
을 수가 없어서 느낌이 썩 좋지 않았다.

한편, 경진 역시 흑룡의 오만한 미소가 왠지 거슬려서 괜스레
안 좋은 예감이 들었다.

"중요한 일이 또 있지 않나?"

"아, 팩스 말인가요?"

"팩스요?"

경진이 눈을 동그랗게 뜨자 진하가 의기양양하게 팩스를 보
여 주었다. 진하가 법무팀 팀장실에 찾아온 이유는 두 가지였다.
하나는 기사 때문에, 그리고 나머지 하나는 바로 이 팩스 때문이
었다. 짤막한 한 줄을 읽은 경진은 당황한 표정을 감추지 못했
다.

"드디어 입질이 왔다."

"설마 용살자…… 입니까?"

용살자. 긴장을 절로 부르는 단어에 순간 율리에게로 시선이 모였다. 눈을 크게 뜬 율리가 자신을 향한 시선에 재빨리 고개를 흔들었다.

"저, 전 아닌데요?"

"누가 너래?"

"아니면 말고요."

율리가 입술을 삐죽거렸다. 진하는 코웃음만 쳤다.

차율리가 미치지 않은 이상 이런 팩스를 보낼 리가 없다. 믿고 싶지 않은 듯 경진이 다른 가능성을 제시했다.

"용살자가 아니라 다른 요물일 수도 있지 않습니까?"

"아니, 이건 인간이야."

익명으로 팩스를 보내는 것은 무척이나 인간적인 행동이었다. 다른 능력이 있는 존재들이 팩스 따위로 의사를 표현할 리가 없었다. 경진이 고개를 끄덕였다. 용살자가 아니라는 보장도 없으니, 최악의 상황을 가정하는 편이 나았다.

"내 정체를 알 만한 인간이라면 용살자가 맞겠지."

실내 공기가 무겁게 가라앉았다. 적룡이 한숨을 길게 내쉬었다. 표적이 된 흑룡도 문제였으나, 용살자가 각성했다는 건 다른 용들에게도 위협이 될 수 있는 셈이었다. 분위기가 무거워서일까? 모두가 침묵하고 있는 가운데 율리가 떨떠름하게 물었다.

"정말…… 용살자라고요?"

"그럴 가능성이 제일 높지."

기다렸던 일에 진하가 한쪽 입가를 끌어 올리며 오만하게 웃었지만 그를 제외하고는 아무도 웃을 수가 없었다.

또 다른 용살자의 존재.

그렇다면 누구보다 강한 그도 죽을 수 있다는 말이었다. 율리의 안색이 바랬다. 이들 중 일부러 눈에 띄게 나선 쪽은 진하뿐이었다. 아마 자신이 아닌 또 다른 용살자가 노리는 건 진하일 것이다.

"왜 그렇게 울상이야?"

"위험한 거 아니에요? 죽을 수도 있는 건데⋯⋯."

"위험하지."

용살자와 마주하는 순간 자신은 모든 힘을 잃어버리는 셈이다. 그나마 다행인 건 세상에 자신이 인간으로 알려져 있기에 사람이 많은 장소가 오히려 안전하다는 점이었다. 현대 사회를 살아가는 이상 용살자도 살인자가 되고 싶지는 않을 테니 말이다. 그렇기에 먼저 승기를 얻으려면 한시라도 빨리 계책을 세워야 했다.

솔직한 대꾸에 놀란 사람은 율리만이 아니었다.

"그러니까 이토록 위험한 일을 왜 하신다는 겁니까?"

평소에는 볼 수 없는 잔뜩 구겨진 얼굴로 적룡이 분개했다.

"지금이라도 안 늦었으니까 연예인이니 배우니 다 때려치우시지요?"

진하가 율리를 바라보았다. 간절해 보이는 율리의 눈동자에는 걱정이 가득 스며들어 있었다. 용살자가 전부 차율리 같을 리가 없다.

"팩스, 누가 보냈는지 추적해."

"그걸 한다고……."

거기까지 대꾸한 적룡은 잔뜩 구겨진 얼굴로 고개를 홱 돌려 버렸다. 자기 혼자 알아서 할 것처럼 굴던 흑룡한테 결국 끌려들어 가고 말았다.

율리는 자신의 바람대로 퇴근 시간까지 주어진 일에 충실할 수 있었다. 사무실이 격리되어 있어서 다행히 따가운 시선을 받을 일은 없었으나 아영의 걱정만큼은 피할 길이 없었다. 그때 먼저 주차장으로 내려간 아영에게서 메시지가 왔다.

[율리 씨, 괜찮아? 기자는 별로 없어 보이는데 혹시 모르니까 각오하고 내려가.]

이미 예전부터 오해를 하고 있던 아영이니 그녀가 이만큼 호들갑을 떨 법도 했다. 율리는 힘없이 휴대폰 액정을 두드리다가 멈칫했다. 다른 메시지가 들어오고 있었다.

[차율! 기사 봤어. 어떻게 된 거야?]

이건 친구 화정의 메시지고…….

[너 집에 들어와서 보자.]

이건 엄마의 메시지였다. 율리가 절망스러운 눈빛으로 화면을 망연자실하게 바라보았다.

'죽었다!'

하긴, 실시간 검색어 1위, 2위, 3위가 모두 '임진하 스캔들', '임진하 열애', '임진하 여자 친구' 등으로 도배가 되어 있는데 엄마가 기사를 보지 않았을 리가 없었다.

이번 일로 율리는 진하의 인기를 실감했다. 피상적으로만 인기 연예인이라고 생각했다. 자신에게 내보이는 그의 모습은 드래곤이 나오는 책에 집착하는 오타쿠 아니었던가!

그때, 팀장실에서 나온 경진이 율리에게 차 키를 내밀었다.

"차변, 혹시 모르니까 나랑 차 바꿔서 타자."

"아…… 고맙습니다."

그러고 보면 대표이사는 율리의 옷까지 신경 써 주었고, 경진은 퇴근길을 우려해서 차까지 바꿔 주었다. 자신은 상상조차 못한 세심한 배려에 율리가 머쓱해했다. 경진은 율리를 안쓰럽게 응시하다가 사무실을 빠져나갔다.

직원들의 1차 퇴근 러시가 지나간 일곱 시 반 무렵, 느지막하게 일어난 율리는 잔뜩 긴장한 채로 지하 주차장에 도착했으나 사람 그림자는 눈곱만큼도 보이지 않았다. 그녀의 긴장으로 빳빳했던 어깨가 안도감으로 축 처졌다.

하지만 아직 넘어야 할 산이 남아 있었다. 운전석 의자를 당겨 앉은 후, 손에 익지 않은 운전대를 잡은 율리가 한숨을 크게 내쉬고 나서 집으로 향했다.

대문 앞에 차를 세우고 사이드 브레이크를 올리자 그제야 등 뒤로 식은땀이 주륵 흘렀다. 1분 1초라도 빨리 퇴근해서 집에 들어가고 싶었던 전과 달리, 오늘은 영 대문 안에 들어가기가 꺼려졌다. 그래도 피할 수는 없는 법.

"다녀왔습니다."

"이리 와서 앉아."

엄마가 기다렸다는 듯 현관에 서 있었다. 율리는 엄마가 꼭 지옥의 수문장처럼 느껴졌다. 겉옷도 벗지 못하고 가방도 내려놓지 못한 채 율리는 엄마의 뒤를 따랐다.

소파에 앉은 엄마가 율리의 눈앞에 휴대폰을 들이밀었다.

"이거 뭐야?"

자신을 안고 있는 진하의 사진을 엄마 앞에서 보게 되자 어째 부끄러워졌다. 율리는 엄마의 시선을 슬그머니 피하면서 어색하게 대답했다.

"어…… 그게, 오해가 조금 있어서……."

"오해?"

"누가 내 사진을 찍으려고 했거든. 그래서 얼굴 가려 준다고……."

거짓말은 아닌데 왜 양심에 가책이 느껴지는지 모르겠다. 율리는 마른침을 소리 없이 삼키고 엄마의 눈치를 살폈다. 엄마는 다른 사진을 보여 주었다.

"그럼 이건 뭐야? 네가 왜 남자 집에 가?"

"이건…… 왜, 창고에 책 쌓아 둔 거…… 그거 갖다 주려고 그랬던 거고요. 드래곤 좋아하니까 어차피 버릴 거……."

진하의 집에 걸음 한 목적은 대개 책을 전해 주기 위해서였다. 물론 다른 일로 간 적도 없지는 않지만 말이다.

율리가 더듬더듬 사실을 말했으나 엄마는 고개를 절레절레 저었다.

"솔직하게 말하자면, 엄만 네가 하는 말이 다 변명으로 들려."

부모와 나누기에 결코 유쾌하지만은 않은 대화 탓에 눈을 어디에 두어야 할지 몰라 눈동자를 굴리던 율리가 엄마에게 시선을 고정했다. 엄마가 답답한 듯 한숨을 내쉬고 말을 이었다.

"부모인 나도 널 못 믿겠는데 다른 사람들은 오죽하겠니?"

믿을 수 없다는 말에 율리는 울컥 화가 치밀어 올라왔다. 엄마 앞에서 거짓말을 하지는 않았다. 그런데도 엄마는 자신의 말이 아니라 기사 쪽에 무게를 두고 있었다. 율리는 바짝 마른 입술을 서서히 떼었다.

"엄만…… 내가 아직도 애기 같아?"

"갑자기 무슨 소리야?"

모녀의 기 싸움을 느끼자 옆에서 기웃거리던 아빠가 불안한 듯 두 사람을 번갈아 보았다. 율리가 미간을 좁힌 채로 똑 부러지게 말했다.

"엄마가 의심하는 그런 사이가 아니긴 한데, 만에 하나 그런 사이라고 해도 내가 뭘 잘못했는지 모르겠는데?"

"뭐야?"

설사 이 스캔들이 사실이고, 자신이 진하와 특별한 사이라 하더라도 그것은 분명 죄가 아니었다. 엄마의 서슬 퍼런 기세에 조금도 밀리지 않고 율리는 계속 말을 이었다.

"엄마, 저번에 나한테 이제는 결혼 생각해야 할 때라면서? 그럼 남자를 만나야 하는 거 아니에요?"

변호사 아니랄까 봐 차율리는 온갖 곳에서 논리를 만들어 냈다. 엄마의 표정이 일그러졌다.

"그, 그래서…… 이게 사실이란 말이야?"

"아니, 그건 아닌데 엄마가 자꾸 날 나쁜 짓한 것처럼 몰고 가니까……."

……라는 말은 엄마에게 통하지 않았다. 엄마에게 있어서 가장 중요한 것은 기사의 사실 여부인 모양이었다. 엄마가 시뻘겋게 변한 얼굴로 씩씩거리며 소파에서 벌떡 일어났다. 아빠가 엄마의 팔을 덥석 붙잡았다.

"뭐, 뭐하려고 그래?"

"전화로 한마디 해야겠어."

엄마의 눈이 형형하게 빛났다. 아빠는 혹시라도 몸이 약한 엄마가 분노를 이기지 못하고 쓰러질까 봐 노심초사하며 조심스럽게 물었다.

"누구한테?"

"누구긴 누구야! 잘생기고 예의 바른 청년이라고 너무 방심했어. 그때 천만 원 선불로 한 것도 너 때문 아니야?"

"아니라니까! 왜 내 말은 안 믿냐고요!"

"잠깐, 진정해 봐. 그리고 그 말대로면 괜찮은 사람 같은 데……."

모녀 사이에 껴서 새우 등 터지게 생긴 아빠가 한술 더 떴다. 잘생기고, 예의 바르고, 돈까지 많다니 괜찮은 조건 아닌가. 그러나 엄마의 바늘 같은 눈빛이 아빠에게 무자비하게 박혔다.

나름대로 이성적인 아빠 덕에 엄마의 마수에서 벗어난 율리는 도망치듯 방 안으로 들어왔다. 문을 잠근 그녀가 제일 먼저 한 일은 가방을 침대 위로 내동댕이치는 것이었다.

"왜 날 안 믿는 건데!"

엄마의 성격을 그대로 물려받은 율리가 불같이 화를 냈다. 잠시 씩씩거리던 그녀는 화가 조금 가라앉자 주섬주섬 비싼 가방을 주워 책상 위에 올려놓고 휴대폰을 꺼냈다. 타이밍 좋게 전화가 걸려 왔다. 화정이었다.

"응……."

─차율, 괜찮아? 톡에 답이 없어서 전화했어.

"응, 괜찮아. 조금 피곤하긴 한데……."

정확히는 엄마 때문이었다. 율리가 한숨을 겨우 참고 겉옷을 벗었다. 이내 화정의 농담이 이어졌다.

─많이 시달렸어? 나도 너 괴롭히려고 전화했는데.

"그래, 괴롭혀라. 오늘만."

─아니야. 봐주지, 뭐.

율리의 지친 대꾸 덕분일까? 화정은 장난을 거두어 주었다. 다행이었다. 엄마에게 탈탈 털렸는데 친구에게까지 털리고 싶지는 않았다.

─뭐, 처음에 기사 봤을 때는 조금 서운했었거든. '나한테만은 귀띔해 주지.' 하고.

"뭐? 아니, 그게 아⋯⋯."

율리가 막 부정하려는 찰나, 화정이 먼저 말을 줄줄 이어 나갔다.

─근데 내가 네 입장이었어도 말하기 힘들었을 거 같더라. 그리고 알지? 난 그냥 팬으로만 임진하 좋아하는 거.

조심스러운 친구의 목소리에 율리의 눈앞이 아득해졌다. 이미 화정은 스캔들을 진실로 믿고 있었다. 그럴 만도 했다. 의심스러운 사진이 증거로 떡하니 올라와 있는데 어느 누가 믿지 않을까?

'그래도 사실이 아니니까 말을 안 했지!'

경험상 이런 일은 직접 대면해서 오해를 푸는 것이 좋았다. 엄마처럼 남의 이야기를 듣지 않는 경우를 빼고는 말이다. 엄마와의 대화를 다시 생각해 보니 기운이 쭉 빠져나갔다.

"음⋯⋯ 화정아, 우리 나중에 만나서 얘기하자. 내가 잘 설명해 줄게."

가십에 관심이 많은 화정은 흔쾌히 제안을 수락했다. 머리를 부여잡은 율리는 전화를 끊고 바로 진하에게 메시지를 보냈다.

[저랑 내일 얘기 좀 해요.]

율리는 한시라도 빨리 대응해 달라 부탁할 생각으로 메시지를 보낸 것이었다. 스캔들 기사가 터진 지 벌써 반나절이나 지나갔는데 회사 차원에서 반박 기사를 내지 않고 있었다. 이는 분명 진하의 입김이 틀림없었다.

의외로 답장이 바로 왔다.

[내일 나 스케줄 늦게까지 있어.]

보통 스캔들이 나면 자숙이니 뭐니 두문불출하지 않던가? 율리가 미간을 찌푸리고 바로 답장했다.

[아니, 무슨 스캔들 난 사람이 스케줄이에요?]

[스캔들하고 무슨 상관이야? 일은 해야지.]

임진하는 스캔들에 아무런 타격을 입지 않은 듯 무척 태연하고 평온해 보였다. 자신과는 정반대로 여유 만만한 그의 메시지를 읽고 씩씩거리던 율리가 대뜸 전화를 걸었다. 몇 번 신호음이 가기 전에 진하가 전화를 받았다.

"사람이 어떻게 그래요?"

─뭐가? 사람이 아니니까 그렇지.

맞다. 그는 사람이 아니었다. 기세 좋게 따졌는데 정말 할 말 없게 만든다. 분기탱천했으나 적절히 대꾸할 말을 찾지 못해 그녀가 침묵만 지키자 그가 웬일로 한발 물러나 주었다.

─알았어. 내일 이야기해.

속이 답답해진 율리는 전화를 끊고 휴대폰으로 포털 사이트에 접속했다가 아무것도 하지 않고 화면을 꺼 버렸다. 악플을 간접적으로 경험해 본 터라 차마 기사와 사람들의 반응을 제정신으로 볼 자신이 없어서였다.

이튿날 아침, 율리는 제대로 잠을 이루지 못해 피곤했으나 출근은 해야 했다. 그녀가 경진에게 빌린 차에 오를 때였다. 누군가가 등 뒤로 다가와서 그녀에게 말을 걸었다.

"안녕하세요."

깜짝 놀란 율리가 뒤를 홱 돌아보았다. 안색이 썩 좋지 않은 여자는 자신이 아는 사람이었다.

"어, 그쪽……."

여길 어떻게 찾아왔느냐 물으려고 했으나 여자가 빨랐다.

"먼저 죄송하다는 사과를 드리고 싶어서요."

뜬금없이 사과를 한다며 여자가 명함을 내밀었다. 얼떨결에 명함을 받아 든 율리의 눈동자가 흔들렸다. '가십스포츠' 기자 박소라. 율리가 표정을 굳히고 여자를 응시했다. 이제야 모든 퍼즐이 다 맞았다.

율리의 날카로운 눈빛에 소라가 몸을 푹 숙였다.

"거짓말을 해서 죄송합니다."

어이가 없어서 율리는 헛웃음이 튀어나왔다. 그러니까 이 여자는 취업 준비생이라는 타이틀로 자신에게 접근한 뒤 정보를 얻어 스캔들 기사를 낸 것이었다. 그런 속내도 모르고 호구 같은 자신은 소라에게 도움이 되고 싶다는 생각으로 서면 인터뷰에 응하려 했다. 율리는 허리를 굽히고 있는 소라를 내려다보았다.

"진짜 웃기시네. 일 다 저질러 놓고 왜 이제 와서 사과하시는 거죠? 왜요? 그쪽 마음이라도 편해지려고?"

소라의 명함을 사정없이 구겨 버린 율리가 쓰레기를 버리듯 바닥에 내팽개쳤다. 깜짝 놀라 허리를 편 소라는 경멸 어린 율리의 눈빛에 다시금 고개를 수그렸다.

사과를 하러 온 이유 역시 이기적이었다. 아무리 말단 변호사라 하더라도 율리는 어쨌든 법조인 아닌가. 고소를 당할 여지를 없애기 위해서 율리에게 파견된 것이었다.

"죄송해요. 제가 막내라서 어쩔 수가 없었어요."

거짓말이 입에서 술술 흘러나왔으나 율리는 쉬이 넘어가지 않았다.

"말로만 죄송하다 하지 마시고 정정 기사를 내든지 보도를 다시 하세요. 행동으로 보여야지, 기가 막혀서."

그 말을 끝으로 차에 오른 율리는 매정하게 차 문을 닫고 멀어져 갔다.

소라는 구겨진 채 바닥에 떨어진 자신의 명함을 집으며 한숨을 뱉었다. 정말 되는 일이 없었다. 웬일로 악귀 같은 선배들이 자신을 도와주나 했더니 결국 기사는 선배의 이름으로 나갔고 이번 특종도 선배의 공이 되었다. 마음고생이 너무 심해서 회사를 그만두고 싶다는 생각만 들었다.

한편, 익숙하지 않은 경진의 차를 운전하느라 율리는 짜증이
배가 되었다.

"웃겨, 진짜."

그저 남을 돕고 싶었을 뿐이었는데 바보같이 스캔들 따위에
휘말렸다. 얼굴을 찌푸린 채로 분노의 운전을 하다 보니 어느새
회사에 도착할 수 있었다.

다행히 지하 주차장이나 회사 정문에 경비가 배치되어서 출근
에 애로 사항은 없었다. 잔뜩 저조한 기분으로 출근한 율리는 자
동차 열쇠를 들고 바로 팀장실로 향했다. 경진이 일찍 출근해 있
었다.

"선배, 차 감사했어요."

"별일은 없었고?"

소라와의 불쾌한 만남이 있기는 했으나 율리는 굳이 경진에
게 자신의 바보짓을 고백하고 싶지는 않았다. 그녀가 감정을 겨
우 숨기고 대답했다.

"네, 키 드릴게요."

차 키를 교환하고 나온 율리가 지친 듯 자리에 앉아 업무 준비
를 시작했다. 컴퓨터를 켜고 어제 끝맺지 못한 일을 처리하기 위
해 서류 파일을 꺼내 들던 그녀의 시야 끝에 반짝거리는 불빛이
걸렸다. 책상 구석에 두었던 휴대폰 화면이 반짝거리고 있었다.

[오전에 시간 내.]

진하의 메시지였다. 율리는 의아한 눈빛으로 화면을 쳐다보았다.

'바쁘다더니?'

그래도 기다리던 메시지였다.

[알았어요.]

한시라도 빨리 정정 보도를 내고 싶었다. 임진하가 싫은 것은 아니었으나 진짜 연인도 아닌 남자와 이런 식으로 얽히고 싶지는 않았다.

진하가 도착했다는 소식을 듣자마자 율리는 대표이사실 옆 회의실로 달려갔다. 피곤에 절은 자신과 달리 그는 평소와 다름 없는 자태를 뽐내고 있어서 괜스레 얄미워졌다. 율리는 회의실 문을 닫고 어색하게 안부 인사처럼 말을 건넸다.

"그 용살자, 아직 누군지 몰라요?"

"몰라. 누군지 드러낼 거였으면 익명으로 팩스 보내진 않았겠지. 앉아."

그가 턱짓으로 가리키는 맞은편에 그녀가 주춤주춤 앉았다. 그가 빙그레 웃고 있어서인지 그를 똑바로 바라보기가 힘들었다. 그녀는 불안한 투로 시선을 회의실 이곳저곳에 두다가 마음을 다잡고 물었다.

"스캔들 때문에 난감하지 않았어요?"

"별로? 다들 웃어넘기니까."

웃어넘긴다고? 율리가 미간을 확 좁혔다. 자신은 이곳저곳에서 치이고 오해받고 있는데 그에게 이번 일은 웃어넘길 만한 일이라니, 불공평하다는 생각이 들었다.

어쩌면 그의 주변에서 차율리라는 사람은 스캔들 상대도 되지 못하는 존재가 아닐까. 그럴지도 모르겠다. 임진하의 주변에는 별처럼 반짝이고 꽃처럼 화려한 사람들이 가득할 테니 말이다.

"그렇다면 다행이고요……."

무시당한 기분이 들었지만 그렇다고 그에게 화를 낼 수도 없어서 그녀가 찝찝하다는 듯 중얼거렸다. 그가 턱을 괴고 말했다.

"왜? 실망했어?"

"실망이요?"

빙글빙글 웃고 있는 그를 한 대 때려 주고 싶다는 충동이 일었지만 훌륭한 문명인으로서 그럴 수는 없었다. 그녀가 코끝을 찡그리고 단호하게 답했다.

"아뇨, 전혀."

마음을 뒤흔드는 방법을 잘 아는 남자처럼 그는 빙긋빙긋 웃을 뿐 아무런 대꾸도 하지 않았다. 그녀는 흔들거리는 마음을 단단히 잡고 딱딱하게 부탁했다.

"사실무근이라고 모호하게 기사 내지 말고 얼른 확실하게 부정해 줬음 해서요."

"그건 홍보팀에서 하는 거잖아."

"홍보팀에 그렇게 지시 내린 쪽이 그쪽이잖아요."

정확히는 대표이사를 통해서. 정곡을 찔린 진하가 딴청을 피우며 대답하지 않자 율리가 줄줄 말을 이었다.

"솔직히 왜 부정하는 기사 안 내는지도 모르겠어요. 지금 이 상황, 서로한테 안 좋은 거 알잖아요."

구구절절 맞는 말만 하는 율리를 진하가 물끄러미 쳐다보았다. 처음에는 스캔들이 피곤한 사건이라고만 생각했다. 그러나 경진의 말에서 힌트를 얻은 진하는 이번 일이 의외로 기회일 수 있다 여겼다. 차율리에게 자신이라는 꼬리표를 다는 것. 꽤 재미있고 괜찮은 방법 아닌가. 교활한 흑룡의 머리는 빠르게 돌아가기 시작했다.

일단 그는 그녀를 떠보기로 했다.

"차율리."

율리는 대답 대신 진하를 가만히 응시했다. 그는 여전히 턱을 괸 채로 끔찍한 소리를 터뜨렸다.

"시점을 바꿔 보자. 맞다고 인정하는 건 어때?"

"네? 미쳤어요?"

처음에 그녀는 자신이 잘못 들은 줄 알았다. 그러니까 지금 진하의 말은 정말로 연애하는 것도 아니면서 스캔들을 인정하자는 말이었다. 기가 막히고 황당한 제안이 따로 없었다. 그녀의 경악에 그가 웃음을 지우고 불만스레 투덜댔다.

"야, 이게 미쳤냐는 말까지 들어야 할 소리야?"

"당연하죠! 이득이 없잖아요, 둘 다."

"아니, 넌 무슨 인간관계에 이해득실을 따지고 그래?"

한마디도 지지 않으려는 그에게 그녀의 의심스러운 눈초리가 따갑게 박혔다. 그는 자세를 바로잡고 고개를 끄덕였다.

"뭐, 그래. 계속 말해 봐."

울컥했던 마음을 겨우 가라앉힌 율리는 헛기침을 하고 말했다.

"그쪽이 지금 왜 인기가 있는지 모르진 않죠?"

"잘생겨서?"

진하가 한 치의 망설임도 없이 대답했다.

"스스로 그런 소릴……."

그는 의기양양했고 그녀는 눈을 가늘게 뜨며 입술을 실룩였다.

"잘생긴 싱글이니까 그런 거잖아요. 그런데 열애설 터지면 어떡해요? 인기 수직 하락이라고요."

그녀가 손가락을 책상 위로 내리꽂았다. 톡톡, 책상을 두드리고 있는 그녀의 손가락을 그가 지켜보다가 피식 웃었다.

"인간은 그렇게 매정하진 않아."

정에 휘둘리고 감정에 지배당하는 게 인간 아닌가.

하지만 율리는 머리를 절레절레 저었다.

"조금 있으면 영화 개봉하잖아요. 거기에 직격타라니까요?"

"그런 건 내가 알아서 해. 어차피 사내놈들만 득실대는 영화

망하든 말든……."

그녀는 툴툴거리는 그를 빤히 응시했다. 아무리 생각해 봐도 스캔들은 현재 그에게 유리한 패가 아니었다. 대체 이 남자가 원하는 것이 뭔지 감을 잡을 수가 없어서 그녀가 복잡한 머릿속을 정리하고자 한숨을 길게 내쉬었다.

"알았어요, 그쪽은 아무 문제가 없다 이거죠?"

진하가 대답 대신 고개를 끄덕였다.

"근데 이쪽은 아니거든요?"

"왜?"

율리는 그를 지친 듯 바라보았다. 스캔들이 장난거리나 다름없는 그는 그녀의 마음을 모를 것이다. 잠을 설쳐서 그녀는 더욱 피곤해졌다.

"아무 짓도 안 했는데 욕만 잔뜩 처먹고, 사람들한테 시달리고…… 저한테 무슨 득이 있는데요? 날 좋아하지도 않는 남자랑 엮여서 재수 없으면 결혼도 못 할 테고……."

"잠깐. 차율리, 너 말이 이상하다? 이득이 왜 없어?"

진하가 대뜸 율리의 말을 끊고 물었다. 그녀는 기가 막혔다. 이번 일이 자신에게 좋은 영향을 끼칠 것이라 여기는 그의 말이 이해가 가지 않아 그녀는 차마 반문조차 하지 못했다. 그녀의 시선에 담긴 의문을 그가 바로 풀어 주었다.

"내가 평생 네 거가 되는데?"

그 순간 율리의 머릿속 사고가 뚝 멎었다.

"……네?"

도대체 이 남자가 하고 싶은 말이 뭔지 모르겠다. 율리는 표정 관리를 포기하고 멍하니 진하를 응시했다. 꿈에도 상상하지 못한 대답 탓에 그의 말뜻이 바로 와 닿지 않았다. 그러니까 그가 뭐라고 했더라. 회의실 안에 미묘한 침묵이 내려앉았다. 정적 속에서 그들은 서로의 존재에 날을 세웠다.

그때, '쾅쾅!' 소리와 함께 회의실 문이 흔들렸다. 정신을 번쩍 차린 율리가 문 쪽을 홱 돌아보았다. 민호가 잔뜩 일그러진 얼굴로 진하를 닦달했다.

"형! 어우, 진짜 늦겠네! 뭐 하고 있어요?"

"이야기 안 끝났어."

제작 보고회 현장으로 이동해야 하는데 이야기 운운하는 진하를 무시하고 민호가 율리에게 말을 걸었다.

"안녕하세요. 저기, 죄송한데 이야기는 나중에 하면 안 돼요?"

"어…… 네, 그…… 러세요."

무척이나 바쁘고 급해 보이는 민호 탓에 율리가 고개를 끄덕거렸다. 반면 진하는 눈가를 찡그리고 버럭 큰소리를 쳤다.

"야! 다 안 끝났다니까?"

"저 정말 사표 낼 거예요. 진짜 더는 못 해 먹겠다고!"

물론 민호도 지지는 않았다. 신입이지만 입사 이후 별일을 다 겪은 터라 민호의 배짱은 두둑해져 있었다. 결국 율리가 두 남자의 눈치를 보다가 슬그머니 일어났다.

"죄송해요, 그럼 가세요. 저도 가 볼게요."

"감사합니다."

천군만마를 얻은 얼굴로 민호가 율리에게 고개를 꾸벅 숙였다. 율리는 일부러 진하 쪽을 쳐다보지 않고 문을 나섰다.

"차율리!"

진하의 목소리를 뒤로하고 도망치듯 법무팀 사무실로 돌아온 율리가 한숨을 겨우 삼키면서 멍하니 휴대폰 화면을 내려다보았다. 반짝반짝, 신규 메시지가 도착했음을 알리는 불빛이 지켜웠다. 그녀는 휴대폰을 뒤집어 두고 깊은 한숨을 뱉었다.

"율리 씨 왜 그렇게 멍해?"

"네? 아…… 좀, 피곤해서요."

"하긴……."

아영이 율리에게 안쓰러운 눈길을 주었다. 율리는 어색한 미소를 지어 보이고는 아영의 시선을 피하기 위해 휴대폰을 들었다.

휴대폰에는 웬일로 온갖 메시지가 다 들어와 있었다. 그새 알음알음 소문이 퍼졌는지 연락이 뜸하던 동기들이나 대학 친구들까지 이번 스캔들의 진위 여부에 관심을 보였다.

아영과 부모님, 친구 화정의 반응까지 지켜본 결과 아무리 진실을 이야기해 봤자 사람들은 믿고 싶은 대로 믿는 법이었다. 일일이 아니라고 답장을 하기도 우스워서 율리는 모든 연락을 무시했다.

"점심 뭐 먹을까? 율리 씨 먹고 싶은 거 먹자."

"아무거나 괜찮아요. 드시고 싶은 거 있으세요?"

"율리 씨 기운 내라고 먹자는 건데, 잘 생각해 봐."

아영이 율리에게 선택권을 주고는 자리로 돌아가 앉았다. 율리는 선배에게서 시선을 떼고 멍하니 휴대폰을 내려다보았다. 갑자기 진하의 메시지가 반짝, 들어왔다. 그녀는 봐서는 안 될 것을 본 듯 화들짝 놀라 휴대폰을 뒤집어서 구석에 처박았다. 갑자기 머릿속에 그의 자신만만한 목소리가 절로 재생되었다.

"내가 평생 네 거가 되는데?"

율리는 양 팔꿈치를 책상에 대고 손으로 머리를 잡아 쥐어뜯었다. 스캔들을 인정하면 그가 평생 자신의 것이 된다니? 어떻게 생각이 그렇게 널뛰는지 모르겠다. 도대체 그 남자는 무슨 생각을 하고 있는 건가.

그런데 기대가 마음 한구석에 똬리를 틀기 시작했다. 다만 무의식 속의 기대라 그녀는 자신의 감정을 쉽게 인지하지 못했다.

*　　*　　*

제작 보고회 현장에 도착한 진하는 대기실에서 이번 영화의 시놉시스를 대강 훑어보고 있었다. 그는 이동하는 차 안에서의 불만 가득했던 표정은 어디로 갖다 버리고 예의 바르고 공손한 가면을 뒤집어쓴 상태였다. 그때 진하의 뒤로 선배 은기가 다가와 슬그머니 말을 붙였다.

"그 변호사, 진짜 애인이야? 아니지?"

현재 가장 핫한 이슈가 바로 임진하의 스캔들 아닌가. 증거 사진까지 딱딱 붙어 있는 완벽한 스캔들에 친분 있는 배우들은 다들 관심을 보였다. 진하가 시놉시스를 내려놓고 빙그레 웃었다.

"노코멘트해도 돼요?"

"헉! 진짜였어?"

아니면 바로 부정을 해야 하는데 노코멘트라니! 분명 뭔가가 있다. 이 바닥에서 눈치로는 한 손에 꼽힐 은기가 신이 나서 의자를 끌고 와 진하의 옆에 앉았다. 막내 현웅도 후다닥 선배들 곁으로 다가왔다.

"진짜예요, 형?"

"예쁘냐?"

미인이 별처럼 차고 넘치는 바닥에서 일을 하면서도 은기는 남자 아니랄까 봐 제일 먼저 뱉은 질문이 예쁘냐는 말이었다. 진하가 난처한 표정을 내비쳤다. 이들이 율리에게 관심을 갖는 것이 썩 마음에 들지는 않았지만, 차율리 정도면 예쁘다고 그는 주관적으로 생각하고 대답했다.

"글쎄요, 제가 보기엔 꽤 예쁜데……."

"얼굴도 예쁜데 변호사예요? 대단하다."

"사진은?"

진하가 웃는 낯으로 고개를 저었다. 그러고 보니 율리 사진을 찍어 본 적이 없다. 굳이 사진을 찍을 일도 없었고, 보고 싶으면 불러내서 만나면 그만이니까 사진을 찍어야 할 필요를 느끼지 못해서였다.

아쉬운 듯 입맛을 다신 은기가 말했다.

"미인에 변호사, 애인은 임진하…… 최고네. 얘는 남자가 봐도 혹할 때가 있는데, 여자는 어떻겠어?"

은기의 말에 현웅이 동의한다는 투로 고개를 끄덕였다. 실제로 현웅은 이번 영화에서 진하의 후배 역할이라 함께 연기하는 부분이 많았다. 조명 아래, 스포트라이트를 받은 진하와 대화만 나누고 있어도 그에게 홀리는 것 같은 느낌을 받을 때가 몇 번 있었다.

그러나 거슬리는 단어가 있어서 진하는 바로 입을 떼었다.

"아직."

"엉?"

"아직 애인은 아닙니다. 그래서 노코멘트라고 한 거예요."

분주하게 돌아다니면서 일하는 척, 그들의 대화를 듣고 있던 스태프들도 일순간 동작을 멈추었다. 큰 눈을 더욱 동그랗게 뜬 은기가 믿을 수 없다는 식으로 대꾸했다.

"말도 안 돼…… 어떤 여자가 임진하를 거절해?"

진하를 제외한 모든 사람들이 은기에게 동감했다. 어렸을 적부터 여자와 가깝게 지냈던 현웅이 고개를 갸웃거리다가 짝, 박수를 쳤다.

"근데 형도 은근히 순진한 데가 있잖아요. 여자분이 완전 여우과 아닐까요? 그거 알고 쥐락펴락하려고요."

순진해 빠진 율리의 모습을 떠올린 진하는 현웅의 넘겨짚는 소리가 우스울 뿐이었으나 율리를 모르는 이들로서는 일리 있는 주장이었다. 은기가 거들었다.

"하긴, 진하 얘가 얼굴값을 못할 때가 있어. 너한테 들이대던 애가 한둘이냐? 근데도 무슨 철벽을 그렇게 치고……."

은기가 머리를 절레절레 저었다. 러브 라인이 필수적인 드라마와 달리 장르가 액션 스릴러인 이번 영화에서 진하는 여배우와 엮일 일이 드물었다. 그럼에도 어떻게든 자리를 만들어 보려는 여자들이 얼마나 많았는지 두 손으로 다 세기가 어려울 지경이었다.

심지어 견학이라는 황당한 명분을 앞세워서 촬영장까지 찾아온 여배우도 있었는데 예의상 인사만 한 번 나눈 후 진하는 자기 차나 대기실에서 촬영 준비를 하거나 독서만 했다. 옆에서 지켜보는 입장에서는 눈물이 다 앞을 가릴 일이었다.

"여자 안 만난 지 얼마나 됐냐?"

"뭐 그런 걸 묻고 그러세요."

"왜? 남자끼린데."

술자리에서나 나눌 대화였으나 은기는 갑자기 진하의 연애사가 궁금해졌다.

"저번에 스캔들 살짝 났던 걔…… 박희은, 개랑 진짜 아무 일도 없었어?"

"저 여자 사귄 적 없습니다."

진하가 단호하게 부정했다. 드라마 종방 이후로 희은과 마주칠 일도 없어서 그녀의 얼굴도 가물가물했다. 자기 관리의 끝을 보여 주는 후배를 속으로 독한 놈이라고 평가하면서 은기가 계속 캐물었다.

"데뷔하고 나서?"

"아뇨, 살면서 지금까지요."

진하의 폭탄 발언에 모두가 할 말을 잃어버렸다. 하지만 사실이었다. 첫째로 그는 인간에게 관심이 많지 않았고, 둘째로 역린을 가지고 있는 그에게 여자는 귀찮은 존재였다.

정적을 깬 쪽은 은기였다.

"야, 선배 앞에서 구라는 좀…… 내가 기자도 아니고."

"정말입니다."

은기는 저도 모르게 입을 쩍 벌리고 진하를 쳐다보았다. 정말 믿을 수가 없었다. 눈웃음을 이토록 자연스럽게 치는데 단 한 번도 연애 경험이 없다니.

"어, 어떻게 그, 그럴 수가……."

"무슨 일이야?"

경악하는 은기의 목소리에 감독이 관심을 보였다. 은기뿐만이 아니라 주변에 있는 다른 사람들도 모두 충격과 공포에 휩싸여 실내에는 기묘한 분위기가 감돌고 있었다.

"감독님, 이리 와 봐요. 대박 사건 하나 알려 드릴 테니까."

"뭔데?"

평소 촬영 때와 달리 신경 써서 단장한 감독이 고개를 갸웃거리면서 은기에게 다가갔다. 감독에게 은기가 속삭였다.

"진하, 지금까지 한 번도 여자 사귀어 본 적이 없대요."

물론 감독은 폭소만 터뜨렸다. 감독이 귀를 후비며 중얼거렸다.

"말이 되는 소리를 합시다, 모두."

하지만 아무도 웃지 않았다. 이미 은기와 현웅은 진하의 말을 어느 정도 믿고 있었다. 왜냐하면 임진하는 이런 일로 농담이나 거짓말을 할 리가 없기 때문이었다. 진하는 미미한 미소를 유지한 채로 말했다.

"정말인데요."

"엥? 진짜로?"

물론 오랜 시간 동고동락해 왔던 감독도 진하의 성격을 모를 리가 없었다. 여자 수십은 울렸을 것 같은 외모와는 전혀 어울리지 않는 말이었다. 감독이 안경을 추켜올리고 나서 조심스럽게 말을 건넸다.

"진하 씨, 그쪽 과야?"

"그쪽이요?"

"어…… 성적 취향이 좀 남다르냐고."

워낙 특이한 사람들이 많은 바닥 아닌가? 남자가 꼭 여자만을 좋아해야 하는 것도 아니고. 감독은 여러 가지 가능성을 떠올리며 물었으나 진하는 고개를 설레설레 저을 뿐이었다.

"아뇨, 그렇진 않습니다."

그런데 '왜! 저 외모로 여자를 만나지 않았느냔 말이다!' 감독은 그렇게 외치고 싶었다.

자신에게 진하의 외모가 주어졌더라면 영화감독이 아니라 21세기 의자왕이 되었을 것이다. 감독이 진하의 아까운 미모를 보며 씁쓸하게 말을 이었다.

"그럼, 몸에 문제 있어?"

"아닌데요."

일단 인간이 아니다 보니 몸에 문제가 있을 리도 없었다. 진하가 가볍게 부정하고 나서 테이블 위에 올려 둔 시놉시스 문서를 다시 집었다. 감독이 힘없이 물었다.

"그런데 대체…… 왜?"

대답 없는 질문만이 허공을 맴돌았다. 감독은 진하를 도무지 이해할 수 없다는 표정으로 한참 쳐다보다가 머뭇머뭇 걸음을 옮겼다. 그새 정신 줄을 붙잡은 은기가 진하의 어깨를 툭 치고 말했다.

"이야, 이거…… 특종감이다?"

"그러니까요. 형은 그냥 여자 앞에서 분위기 잡고 사랑한다고 고백만 하면 게임 끝날 것 같은데……."

현웅도 열심히 거들었다. 진하는 후배를 물끄러미 쳐다보다가 빙그레 미소를 지으며 입을 열었다.

"그래?"

"어우, 저 보고 웃지 마세요. 이 형이 진짜 사람 기분 이상하게 만드네."

농담조로 말했으나, 분명 진심도 담겨 있는 말이었다. 현웅이 손사래를 치면서 진하에게서 멀찍이 떨어져 나갔다.

그래, 그렇게 쉬운 게임이었으면 좋겠는데 말이다.

퇴근해서 돌아온 율리는 아무 생각 없이 TV 화면을 바라보았다. 영화 홍보를 위해 연예 프로그램에서 진하가 인터뷰를 하고 있었다. 스캔들 기사가 뜨기 전에 촬영한 것인지 다행히 스캔들 이야기는 나오지 않았다.

그때 등 뒤에서 엄마의 불호령이 떨어졌다.

"TV 꺼!"

"응?"

깜짝 놀란 율리가 고개를 돌리기도 전에 엄마는 리모컨으로 TV를 꺼 버렸다. 까맣게 죽은 화면에 율리의 얼굴만 비쳤다. 율리가 주춤거리면서 몸을 일으키자 엄마가 무섭게 쏘아붙였다.

"뭐가 좋다고 TV 보면서 헤실대고 있어?"

아무 생각이 없었던 터라 자신이 웃고 있었는지도 모르겠다. 율리가 고개를 갸웃거리면서 물었다.

"내가 헤실거렸어?"

"아니야?"

"안 웃고 있었어! 엄마 혼자 착각은……."

말은 그리했으나 멍하니 있었던 터라 확신이 담겨 있지는 않았다. 엄마는 맹한 딸을 흘겨보면서 꼬치꼬치 캐묻기 시작했다.

"왜 정정 보도 같은 거 안 해? 너희 회사 왜 그렇게 직원을 우습게 아니?"

"엄마, 기사 보고 있었어?"

자기 일임에도 태평하기 짝이 없는 율리를 엄마가 한심하게 응시했다. 정말 속이 터질 것 같아서였다.

"그래! 네가 지금 얼마나 욕을 먹고 있는 줄 알아?"

"댓글 같은 거 보지 마요. 내가 그때 고소하면서 알게 된 건데 인생 망조인 애들이나 악플 쓰는 거더라고."

"넌 참 속도……."

말을 끝맺지 못한 엄마가 대신 한숨을 길게 내쉬었다. 안다. 이번 일이 진하의 탓이 아님을 모르는 바는 아니었으나, 원망스러운 것은 사실이었다. 우연히 뉴스 기사 아래 달린 댓글을 보고 딸에게 향하는 비난과 욕설에 충격을 받았다.

진하의 악플을 처리한 적이 있던 터라 율리는 엄마의 마음이 어떨지 알 것도 같았다. 괜스레 미안해져서 율리가 위로차 힘없이 말했다.

"그래도 너무 나쁘게만 생각하진 마요. 그 사람도 많이 당황했고 회사 차원에서도 어떻게 할지 고민하니까."

엄마를 안심시키고자 율리는 없는 소리까지 지어냈다. 그러나 실제로 진하는 스캔들을 인정하자는 이상한 소리나 했고, 회사는 진하의 뜻대로 움직이고 있었다.

"내 딸 욕 먹이는데 어떻게 나쁘게 안 봐? 태평하기는."

이제는 더 이상 할 말이 없어서 율리는 방 안으로 도망쳤다. 잔뜩 일그러진 엄마의 표정을 떠올려 보니 율리는 갑자기 진하에게 울컥 화가 났다. 돌아오는 월요일에는 꼭 이번 스캔들을 무마해 달라고 부탁해야겠다 싶었다.

충전기와 연결해 둔 휴대폰이 반짝거리고 있었다. 저 불빛만 봐도 이제는 노이로제가 올 것 같았으나 율리는 휴대폰을 집어 들었다. 그런데 의외로 연락은 진하에게서만 와 있었다.

"어?"

[너 시간 언제 돼?]

[차율리.]

[차율리, 자고 있어?]

부재중 통화 세 통에 메시지까지. 어지간히 급한 일인가, 불안을 겨우 잠재우고 율리는 진하에게 전화를 걸었다. 통화 연결음에 맞춰서 심장이 두근두근 빠르게 뛰었다. 다행히 연결음이 몇 번 가기 전에 그가 전화를 받았다.

"전화했어요?"

─지금 시간 있어?

"네? 지금이 몇 신데…….."

아홉 시가 넘은 시계를 보고 미간을 찡그린 율리는 화장대로 시선을 돌렸다. 무의식적으로 거울을 본 그녀는 화장을 하지 않은 상태로 진하를 만나기가 껄끄럽다는 생각을 하며 말했다.

"그냥 회사에서 얘기하죠?"

─내일부터 주말이잖아.

"아, 맞다. 그러면 내일…….."

─나 주말 내내 바빠.

진하가 대뜸 율리의 말허리를 잘랐다. 사실 지금은 영화 촬영이 종료되고 홍보로 바쁠 시기였다. 게다가 하필이면 진하 자신이 주연에 얼굴마담이어서 온갖 매체에 얼굴을 내비쳐야 하기도 했다.

절대 물러서지 않는 그를 꺾을 수는 없다고 판단한 율리가 한숨을 섞어 져 주었다.

"……알았어요. 그쪽 집으로 가면 돼요?"

─아니, 거기 기자들 있어.

"그러면, 회사로 갈까요?"

─아니.

집도, 회사도 아니면 그가 있는 곳이 어디란 말인가. 그녀가 미간을 좁힐 찰나, 그가 말을 이었다.

―이사했거든. 주소 알려 줄 테니까 내비 찍고 와.

"아…… 알았어요."

―올 때 책 좀 가지고 오고.

정말 기가 막힌 주문이었다.

"이 상황에 책이 눈에 들어와요?"

―기다릴게.

변함이라고는 하나도 없는 그의 태도에 어이가 없어서 웃음이 비집고 나올 지경이었다. 율리는 전화를 끊고 화장대 앞으로 달려갔다.

'밤중에 화장 진하게 하고 가면 이상하겠지?'

그녀는 뺨을 손으로 감싸고 거울을 뚫어져라 쳐다보다가 컨실러를 집어 들었다.

그의 집에 수차례 책을 배달해 온 동안, 단 한 번도 해 보지 않았던 화장을 그녀는 바로 지금 하고 있었다.

황룡이 작업실로 쓰다 비워 준 고급 아파트는 전망이 꽤 좋았다. 어둠이 내려앉은 밤의 도시는 휘황찬란하게 빛났다. 빠르게 변화하는 세상에서 그나마 제 모습을 유지하고 있는 강을 진하는 말없이 내려다보았다.

[저 왔는데요.]

기다리던 메시지를 보자마자 그는 몸을 돌려 인터폰 쪽으로 걸어갔다. 아파트 공동 출입문을 열어 준 그는 현관으로 나갔다. 엘리베이터가 1층에서부터 무섭게 올라오고 있었다. 이내 엘리베이터는 최고층에 도착했고 문이 소리 없이 스르륵 열렸다.

"어?"

책을 한 아름 들고 있는 율리는 진하를 보자 밖으로 나오다 말고 깜짝 놀라 멈칫했다. 그는 그녀에게서 책이 든 봉투를 들어 주고는 어서 내리라는 듯 고갯짓을 했다.

"들어와."

"네……."

꼭 그날 같다. 처음으로 그의 오피스텔에 걸음 했던 날처럼 그녀는 낯선 집 안으로 걸음을 옮겼다.

문이 덜컥, 닫혔다. 절로 잠기는 문을 보다 말고 그녀가 태연한 척 물었다.

"전에 살던 데는 어떻게 할 거예요?"

"적룡한테 넘기면 알아서 해 주겠지. 저쪽에 앉아."

귀찮은 투로 그가 답해 주며 소파를 가리켰다. 예전 오피스텔보다 세 배는 큰 실내를 빙빙 둘러보던 그녀는 널찍한 소파에 조심스럽게 자리했다. 집이 커서 그런지 오피스텔보다 실내가 어두운 느낌이 들었다.

그는 손에 든 책을 소파 테이블 위에 아무렇게나 올려 두었다. 그녀가 그를 슬그머니 올려다보며 말했다.

"엄마가 댓글 보고 많이 힘들어하세요."

"안 보는 게 좋을 텐데. 넌 보지 마."

"그렇지 않아도 안 보고 있어요."

지금도 스트레스가 가득한데 사서 고생하고 싶지는 않았다. 진하가 율리를 보고 피식 웃었다.

"오늘 이야기 끝내자고 불렀어."

생각해 보면 그다지 대단한 이야기도 아니다. 잘못된 기사를 바로잡고, 서로 제 갈 길 잘 가면 되는 건데 왜 이렇게 사건을 질질 끌고 있는지 모르겠다.

율리는 소파 상석에 앉은 진하를 가만히 살폈다. 분명 그는 뭔가를 원하고 있었다. 그가 원하는 것이 무엇인지 알아야 그의 태도를 이해할 수 있을 것이다.

"솔직히 난 부인하는 기사 내고 싶진 않아."

"아니, 서로한테 이득이 하나도 없는데 도대체 왜요?"

율리가 답답한 듯이 투덜거렸다.

"정말 그렇게 생각해?"

회의실에서와 달리 진하는 조금 더 진중한 분위기를 풍기고 있었다. 심장이 떨어질 만한 소리를 하지 않는 게 그나마 다행이다 싶었다.

문득 율리는 자신의 입술에 두껍게 발린 립글로스의 끈적임을 느꼈다. 핑크빛 립글로스는 마치 첫사랑에 빠진 소녀의 뺨처럼 설레는 색깔이었다.

'왜 이걸 바르고 왔을까?'

그제야 그녀는 자신의 마음속 깊은 곳에서 무럭무럭 자라나는 기대를 인식했다. 혹시라도 그가 자신을 여자로 보고 있지 않을까 하는 기대. 회의실에서 그가 그랬었다. 스캔들을 인정하면 그가 평생 그녀의 것이 될 거라고. 아마 자신이 아무것도 몰랐더라면 여자의 마음을 뒤흔드는 그의 외모와 목소리에 현혹되어 이 세상 누구보다도 기뻐했을 것이다.

"제가 착각할 것 같아서 그러니까 단도직입적으로 물을게요. 나 좋아해요?"

"당연하지. 난 너 싫어하지 않아."

"장난으로 묻는 거 아니에요."

그러나 얌전히 기대하기에 자신은 그에 대해 아는 것이 많았다. 예를 들면 그는 용살자를 끔찍하게 싫어하는 용이고, 인간에게 무관심한 존재라는 사실 같은 것들 말이다.

"정확하게는 널 싫어할 수 없는 거지."

"제가 용살자라서요?"

진하의 눈빛이 가라앉았다. 율리는 예상과 한 치도 엇나가지 않는 그의 반응에 허탈한 한숨을 뱉었다. 왠지 헛웃음이 입술 사이를 비집고 나올 것 같았다. 할 수만 있다면 입술에 바른 화장품을 싹 지워 버리고 싶다는 생각이 들었다.

"그쪽이 원하는 게 뭔지 잘은 모르겠지만 저는 절 좋아해 주지도 않는 남자랑 연애한다고 소문나고 싶진 않아요."

해묵은 감정이 솟아날 것만 같아 그에게 흔들리는 마음을 꼽

게 접은 후, 그녀는 팔짱을 끼고 태연을 가장했다.

언제부터인가 그에게 자꾸 시선이 갔다. 마음이 쓰이고, 그의 행동에 설레었던 적이 없던 것도 아니다. 사진이 찍혔던 그날도, 앞날에 대한 불안보다 그의 품 안에 있었던 기억을 곱씹었었다. 그와 단둘이 있을 적에는 저절로 긴장을 했고, 화끈거리는 얼굴을 어떻게든 수습하려 했었다.

지금도.

마치 친구 화정이 이무기에게 홀렸을 때처럼, 자신은 흑룡에게 홀린 것이 아닐까?

왠지 진하를 똑바로 바라볼 수가 없어서 율리는 바닥을 내려다본 채로 계속 말했다.

"저 때문에 주변 사람들이 피해 보는 것도 싫고요. 잘못도 없는데 안 좋은 소리 듣고 싶지도 않고요."

엄마가 왜 그토록 화를 내고 펄펄 뛰었는지 율리는 잘 알고 있었다. 자신을 대신해서 상처를 받았기 때문이었다. 선배와 친구가 자신에게 우려의 시선을 보내는 것도 이쯤 되면 미안할 지경이었다.

"저뿐만 아니라, 그쪽도 잃는 게 더 많잖아요."

"난 잃는 게 없다니까 그러네."

진하의 말에 율리가 고개를 들었다. 둘의 시선이 허공에서 맞부딪쳤다.

"나한테 가장 중요한 게 뭔 줄 알아?"

그녀가 대답하지 않자 그가 손가락으로 제 목을 가리키며 말을 이었다.

"목숨."

그의 말 한 마디에 등골이 오싹해졌다. 그가 한쪽 입가를 슥 끌어 올렸다.

"내 생명줄을 쥐고 있는 게 누구라고 생각해?"

차율리는 임진하가 죽은 이튿날 죽는다. 그 명제를 떠올리자마자 율리의 눈가가 일그러졌다.

"그 이유 때문에…… 날 끌어들이려는 거였어요?"

"널 끌어들여?"

말이 재미있는지 그가 대뜸 웃음을 터뜨렸다. 그녀는 여전히 눈살을 찌푸리고 있었다.

나직하게 쿡쿡 웃던 그가 웃음을 지우고 고개를 기울인 채 그녀의 턱 밑으로 검지를 들이밀었다. 그녀가 저도 모르게 턱을 치켜들었다.

"천만에. 이미 넌 나랑 생명이 얽혀 있는 관계야, 차율리. 너도 나랑 같은 처지잖아? 우린 서로 오래오래 잘 살 수 있도록 도와야 하는 처지라고."

"그래서요? 그게 스캔들하고 무슨 상관인데요?"

율리의 눈빛이 매서워졌다. 이번 스캔들은 서로의 생명이 얽혀 있는 것과 전혀 상관없는 사건이었다. 그가 왜 그때의 소원까지 끌어들이는지 이해가 가지 않아 그녀가 일부러 물었다.

"스캔들이 뭔지 몰라요? 다른 스캔들도 아니고 연애 스캔들이 잖아요."

율리는 감정이 상했음을 드러내면서 진하에게 복잡한 시선을 보냈다. 그를 이해할 수가 없다.

"난…… 날 사랑하지도 않는 남자랑 사귀는 척하고 싶지 않아요."

쓴물을 뱉듯 그녀가 힘겹게 자신의 마음을 뱉어 냈다. 그는 그녀를 물끄러미 바라보다가 손을 거두었다. 조금 전까지 자신의 목을 겨누고 있던 그의 길쭉한 검지에 그녀가 눈길을 돌릴 때였다.

"사랑하는 게 뭔데?"

"네?"

뜻밖의 대꾸에 율리가 고개를 번쩍 들었다. 진하는 만사가 귀찮은 표정을 지으면서 소파에 기대어 거만하게 다리를 꼬았다. 그의 태도가 그녀에게는 거만하게 보였지만, 사실 그는 경미한 두통을 느끼고 있었다. 차율리의 눈동자에서 실망과 상처, 혼란 등의 부정적인 감정을 읽은 탓이었다.

"사랑이 뭔지 몰라요?"

"차율리. 잊었나 본데 난 인간이 아니야."

그의 눈가가 살짝 일그러졌다.

"너희들이 말하는 사랑이라는 개념은 나한테는 생소한 감정이라고."

차라리 백룡처럼 어린 용이면 인간과 감화되기 쉬웠을 테니 사랑을 이해했을지도 모른다. 그러나 안타깝게도 진하는 오랜 시간을 살아오면서 자신만의 세계를 확고하게 쌓아 둔 상태였다. 그녀가 용을 이해할 수 없듯, 그 역시 인간을 이해할 수 없었다.

"그러니까 설명해 봐."

연애를 어떻게 설명해야 하나. 율리는 마치 커다란 벽을 마주한 것처럼 막막한 기분이었다. 왜냐하면 자신 역시 특별히 연애를 해 본 적이 없었으니까!

'공부만 하지 말걸……'

지금 와서 후회해 봤자였다. 율리는 열심히 머리를 굴렸다. 학창 시절에 짝사랑을 해 봤던 기억을 헤집으면서 그녀가 일반적인 설명을 시작했다.

"일단…… 그 사람이 세상에서 가장 좋겠죠."

그 정도는 이해가 가는 터라 진하도 쉬이 고개를 끄덕였다. 율리는 눈을 깜빡거리면서 다른 설명을 찾아 헤맸다. 그때 율리의 머릿속에 아주 좋은 방법이 떠올랐다. 그녀는 자신이 기억하는 유행가들을 떠올리며 말을 이었다.

"그 사람만 생각나고, 보고 싶고."

사랑을 시작하는 건, 어떻게 보면 상대에게 뇌를 저당 잡히는 셈이었다. 그 사람 생각만 날 테니까. 자신도 그렇지 않았던가? 다른 일을 하다가도 그와 몸이 닿았던 기억이 불쑥불쑥 생각나서 난처해했던 적도 있었다.

"으음, 그 사람을 볼 때마다 가슴이 뛰고, 그 사람만 보이고. 안아 주고 싶고, 안겨 있고 싶고……."

당장 앞에 닥친 미래를 걱정하기보다는 그에게 안겨 있었다는 사실에 집중을 했고, 그로 인해 심장이 뛰었다. 지금 다시 곱씹어 보는 것만으로도 얼굴에 열이 오르는 느낌이라 율리는 말을 끊고 슬쩍 진하의 눈치를 살폈다. 표정이 없어서인지 그의 속내를 그녀로서는 통 알 수 없었다.

"든든한 내 편으로 느껴지고."

마치 그가 쥐를, 지네를, 끔찍한 이무기를 잡아 주었던 것처럼 말이다. 그녀가 한숨을 길게 내쉬고 줄줄 읊었다.

"잃어버리면 죽을 것 같을 테고, 다른 사람에게 빼앗기고 싶지 않고…… 그리고 그 사람이 상처받지 않고 행복하기만 바랄 거예요."

진하는 입을 다문 채로 율리를 가만히 지켜보았다. 꿈을 꾸는 소녀처럼 눈을 반짝이면서 설명하는 모습이 퍽 낭만적이었다.

"그러니까 세상이 그 사람으로 가득 찬 것 같은……."

하지만 율리는 말을 끝까지 잇지 못했다. 돌연 찬물이라도 맞은 듯 그녀가 정신을 번쩍 차렸다. 그가 그녀를 의아하게 응시했으나 그녀는 말을 끝맺을 수가 없었다.

'아…… 나, 그랬구나.'

율리가 놀란 이유는 자신의 말 때문이었다.

어느 순간 자신은 예전에 짝사랑했던 기억도, 유행가 가사도 생각하지 않고 있었다. 자신의 입에서 흘러나오는 말은 전부 자신의 안에 차곡차곡 접혀 있던 감정이었다. 그녀는 손을 들고 멍하니 제 입술을 훑었다. 끈적이는 화장품이 손가락에 묻어났다. 자신의 마음처럼 설레는 색상이었다.

"왜 그래?"

율리의 이상한 기운을 감지한 진하가 바로 물었다. 그녀는 마음을 지우듯 손에 묻은 립글로스를 바지에 눌러 닦고 힘없이 말을 이었다.

"그런 감정이라고 생각해요."

겨우 설명을 끝낸 그녀를 바라보며 그가 팔짱을 풀고 장난스럽게 말했다.

"차율리, 너 전에 연애한 적 있어?"

"어, 없는데요."

"근데 왜 이렇게 잘 알아?"

"설명하라면서요?"

율리가 미간을 찡그리고 톡 쏘아붙였다. 진하는 씩 웃으면서 그녀를 계속 놀렸다.

"아하, 그럼 가슴 아픈 짝사랑이라도 해 봤나 보구나?"

"아니거든요!"

가뜩이나 마음이 싱숭생숭 복잡한데 이 남자는 뭐가 그리도 재미있는지 실없는 소리만 하고 있었다. 율리는 소리가 나지 않도록 한숨을 쉬고 사랑의 정의를 정리했다.

"아무튼 그런 복합적인 감정이라고 생각한다고요."

"그렇군."

진하는 납득했다는 듯이 고개를 끄덕였다. 가볍게 받아들이는 그를 보자 어째 온몸에서 힘이 다 빠져나갔다. 어쩌다 이런 남자한테 홀려 가지고는. 자기 연민에 빠진 율리가 어깨를 축 늘어뜨릴 즈음, 그가 그녀의 이름을 불렀다.

"차율리."

"왜요?"

눈을 반짝이는 그와 반대로 이번에는 그녀가 귀찮은 태도를 내비쳤다. 그런데 대뜸 그가 핵폭탄급 발언을 하는 것이었다.

"난 세상에서 네가 가장 좋아."

"네?"

축 늘어져 있던 율리의 어깨가 바짝 긴장하기 시작했다. 진하는 여유로운 표정을 짓고 있었다. 놀리는 걸까? 워낙 뒤통수를 많이 맞았던 터라 그녀는 그의 말을 곧이곧대로 믿을 수가 없었다.

"장, 장난하자는 거 아니에요!"

"진심이야. 난 너한테 끌릴 수밖에 없어. 이 세상에서 가장 좋아하는 존재가 누구냐고 묻는다면 난 너라고 대답할 수밖에 없다고."

갑자기 웬 고백이란 말인가? 당황한 율리는 할 말을 잃고 말았다. 진하는 마치 율리가 사랑이라는 감정에 대해서 설명할 때처럼 말을 줄줄 이어 나갔다.

"솔직히 너만 생각난다고는 장담을 못 하겠어. 일도 생각해야
하고. 하지만 이 세상에 존재하는 사람들 중에 내 머릿속에 가장
오래 남는 사람은 차율리지."

그녀는 아직 립글로스의 끈적임이 남아 있는 손가락을 무의
식적으로 비볐다. 그는 그녀가 말했던 항목을 하나하나 떠올리
면서 계속 말했다.

"내가 왜 너한테 책을 가져오라고 시켰을 것 같아? 그것도 따
로따로?"

율리의 시선이 테이블 위에 놓인 책 봉투로 옮겨갔다. 그러고
보면 그는 일괄 수령도, 택배도 원하지 않고 그때그때 그녀가 직
접 책을 가지고 오기를 바랐었다. 굉장히 비효율적인 방법임에
도 말이다.

"악플 같은 거 신경 쓰지 않는 내가 왜 너한테 고소 전담을 시
켰다고 생각해?"

그 모든 것은 그녀와 만나는 횟수를 늘리기 위한 방법이었다.

"네가 보고 싶으니까 그랬던 거야. 한두 번이 아니라 계속."

왜 이 남자가 자신을 이토록 괴롭히나 싶었는데, 그게 다 이유
가 있었다.

"너를 볼 때마다 가슴이 뛰지는 않아. 평소에도 심장은 뛰거
든. 그래도 네가 내 주변에 접근하면 너한테 본능적으로 이목이
쏠려."

집에 틀어박혔을 때도, 모든 감각을 차단하고 있었는데 율리가 집 근처에 오자마자 감각이 깨어나기 시작했다. 세상이 차율리로 가득 찬 느낌을 그가 단순하게 표현했다.

"너만 보인다고."

"……제가 용살자라서 그렇겠죠."

진하는 율리의 말을 부정하지 않았다.

"안아 주고 싶은 것도 사실이야. 정확히 말하면 만지고 싶은 거지."

둘 사이에서는 여러 번의 스킨십이 있었다. 아무렇지 않은 그와 달리 그녀의 얼굴은 화끈 달아올랐다. 피로를 이기지 못해 햇살 속에서 자던 율리에게 저절로 손이 뻗어지던 순간을 떠올리며 그가 담담하게 말을 계속했다.

"네가 용살자라서 만지고 싶은 건 아니야. 저번 생에 용살자를 만난 적이 있으니까 이건 확실해. 굳이 그놈을 만지고 싶지는 않았거든."

말을 마친 그가 피식 웃었다. 그녀는 뜨거워진 얼굴을 식히고자 손등으로 뺨을 훑었다. 전의 오피스텔보다 조명이 어둑어둑한 것이 빨개진 얼굴을 감출 수 있어 다행이다 싶었다. 이어서 그가 장난스럽게 말했다.

"근데 내 제안을 자꾸 거절하는 걸 보니까 네가 든든한 내 편으로 느껴지지는 않는데?"

뺨을 매만지고 있던 율리는 한층 진지해진 진하의 눈에 움찔,

그대로 얼어 버렸다.

"내가 왜 너한테 이번 스캔들을 인정하자고 한 줄 알아?"

겹쳐 놨던 다리를 풀면서 그가 물었으나 그녀는 쉬이 대답하지 못했다. 아직도 그의 마음이 정확히 어떤지 알 수가 없었다.

그는 입술을 꽉 닫고 있는 그녀를 가만히 응시했다. 그녀의 눈동자에는 숨길 수 없는 혼란이 감돌고 있었다. 그가 입가에 미소를 띠고 양손을 뻗어 뺨에 놓인 그녀의 손을 감싸 쥐었다. 그녀가 긴장으로 몸을 굳혔다.

"널 다른 놈에게 빼앗기고 싶지 않기 때문이야. 네가 다른 놈하고 결혼이라도 한다면 미칠 것 같으니까."

서늘하지만 다정한 음성이 부드럽게 흘러나왔다. 누군가와 결혼을 하고 아이를 가지며 자신과 관련 없는 삶을 살게 될 그녀를 떠올리자 그의 기분이 바닥으로 곤두박질쳐졌다. 차율리를 자신의 손안에 두어야겠다고 결심했던 때가 바로 그때였다. 그리고 이번 스캔들은 그녀를 자신의 영향력 아래 두기 가장 좋은 기회였다.

"그…… 것도 제가 용살자라서요?"

"글쎄?"

평소 진하의 감정을 제대로 느껴 본 적이 없는 터라 율리는 혼란스러웠다. 그저 자신이 용살자고 서로의 수명이 엮여 있기에 그가 울며 겨자 먹기로 자신을 신경 쓰는 거라고만 여겼었다. 그 탓에 그의 말 한 마디, 한 마디가 충격적이지 않을 수 없었다.

"용살자가 얼마나 무서운 존재냐 하면, 난 네가 죽는다는 상상만 해도 바로 몸에 반응이 와."

그가 그녀의 손을 뺨에서 떼어 내 주며 말을 이었다.

"용은 두통 같은 거에 시달리지 않지만, 저번에 난 두통 때문에 기절까지 했었거든. 널 죽이려고 계획을 세울 때 말이야."

그녀의 어깨가 움찔했다. 퇴사 압력과 교통사고를 겪었던 악몽 같았던 날들이 떠올랐다. 그녀의 불안한 시선이 닿자 그가 바로 덧붙였다.

"이젠 다 포기해서 네가 상처받지 말고 행복하기를 바랄 수밖에 없지. 그렇다고 지금이 싫은 건 아니야. 네가 행복하면 나도 좋으니까."

율리는 자신의 손을 감싸고 있는 진하의 손을 내려다보았다. 그러고 보니 지금 그가 말하는 것들은 전부 자신의 설명에 대한 대답이었다.

그걸 깨달은 순간 그녀의 귓가로 달콤한 목소리가 파고들었다.

"그리고 마지막으로 이 세상이 뭐…… 차율리로 가득 찬 것 같지는 않지만 넌 내게 그만한 가치를 가지고 있는 여자야."

그는 꼭 대단한 일을 해낸 어린아이처럼 기대를 품고 그녀를 바라보았다. 의기양양한 태도와 여유로운 표정이 비현실적인 존재감이라는 사실을 상기시켰다. 그녀가 아무 말도 하지 못하자 그가 그녀를 재촉했다.

"어때?"

"뭐, 뭐가요?"

"네가 말한 것에 다 들어맞지 않아?"

분명 다 맞는다. 임진하는 세상에서 차율리를 가장 좋아하고, 그녀에게 끌리며, 그녀를 보고 싶어 하고, 그녀만 보인다. 그녀는 그에게 있어서 안고 싶고 만지고 싶은 여자였고, 그는 그녀를 다른 누구에게도 빼앗기고 싶지 않았고, 무엇보다 그녀가 행복하길 바란다.

이를 한 단어로 압축한 것이 사랑이라는 감정이 아닌가? 그런데도 율리는 차마 긍정하지 못했다. 진하는 그녀의 손을 놓아주면서 다시금 되물었다.

"그렇다면 내가 널 사랑하는 거 아니야?"

보통의 남녀 사이라면 그녀도 그의 말을 어렵지 않게 납득했을 것이다.

"그, 그래도 그게 다가 아니잖아요."

하지만 둘은 평범한 남녀 관계가 아니라 용과 용살자, 생명이 얽힌 운명 공동체였다. 자의적인 감정이 아니라 피할 수 없는 운명 같은 거라고! 율리는 찝찝하게 남은 사실을 지적했다.

"본능적으로 그쪽이 나한테 끌리게 되어 있는 거라면서요."

"사랑은 본능 아닌가? 이성적으로 계산하는 건 아니잖아? 인간들은 그렇게 기계적이지도 못하고. 그러면 다를 게 없잖아."

말을 마친 진하가 씩 웃어 보였다. 이제 빠져나갈 마지막 구멍이 봉쇄되었다. 율리가 뭐라 대답하기 전에 그가 선수를 쳤다.

"됐나?"

"뭘요?"

"널 사랑하는 남자랑은 사귀는 척할 수 있겠지?"

아까 그녀는 사랑하지도 않는 남자랑은 사귀는 척할 수 없다고 말했었다. 그는 그녀가 했던 말을 교묘하게 바꿔 반복했다. 현실을 파악하기 위해 그녀가 정신을 똑바로 차리려는데, 그가 사람을 홀리는 미소를 지으며 말을 바꾸었다.

"아, 아니다. 사귀는 '척'이 아니지. 진짜니까. 대중 앞에 거짓말은 하지 않는 게 좋아."

"아니, 저기 제…… 제 감정은요?"

연애는 일방통행이 아니었다. 둘의 마음이 맞아야 할 수 있는 것이 연애인데, 그는 지금 자신의 입장만 내세우고 있었다.

그가 그녀를 이해할 수 없다는 식으로 응시하며 물었다.

"너 나 싫어해?"

"그, 그건 아니지만……."

그녀가 슬그머니 그의 시선을 피했다. 사랑이라는 감정을 모른다는 그가 그녀에게 사랑과 가장 가까운 감정을 품고 있다는 사실을 인식하자 느닷없이 부끄러워진 탓이었다.

심장 뛰는 소리가 머리끝까지 울리는 것만 같았다. 얼굴로 피가 몰려서 귀까지 발그레해진 그녀를 그가 가만히 살펴보다가 가볍게 대꾸했다.

"너도 나 좋아하잖아, 됐지?"

좋아한다, 사랑한다, 한마디도 입 밖으로 내지 않았는데 그는 그녀의 속을 들여다본 듯 단숨에 결론을 지어 버렸다. 그가 싱긋 웃고는 그녀의 뺨을 엄지로 살포시 훑어 주고 자리에서 일어났다.

"보도 자료는 내일 당장 내도록 하지. 이야기 끝!"

그는 자신의 감정을 확인한 것은 물론, 율리의 마음까지 단번에 알아채고 정리했다. 폭풍이 몰아치듯 대화가 끝이 나고 말았다. 율리는 손부채질을 하면서 상황 파악에 힘을 썼으나 홀가분하게 일어난 진하 때문에 또 주의가 분산되고 말았다.

"물 마실래?"

"네?"

"차율리, 더워 보인다."

누구 때문에 체온이 상승했는데!

"앉아 있어. 물 갖다 줄 테니까."

평소와 하나도 다르지 않은 진하의 말투에 율리는 자신이 꿈이라도 꾼 게 아닐까 싶었다. 그만큼 지금 상황은 현실감이 하나도 들지 않았다. 이내 돌아온 그는 얼음까지 띄워져 있는 유리잔을 그녀의 앞, 테이블 위에 올려 두었다.

"한 며칠 피곤할 거야."

그녀는 말없이 냉수를 들이켰다. 시원한 물을 마시니 정신이 조금 돌아오는 듯했다.

"그래도 뭐, 인간들 관심은 금방 식는 편이니까. 조금만 참아. 이번에 잠깐 시끄럽고 결혼할 때나 조금 시끄럽겠지."

“푸읍!”

진하가 다리를 꼬고 팔짱을 낀 채로 거만하게 앉아서 미래의 일을 입에 담은 그 순간, 율리가 마시던 물을 대차게 뿜었다. 하필이면 그녀 맞은편에 앉은 그가 물세례를 받고 말았다.

“히익!”

상황을 파악한 그녀가 컵을 내려놓고 양손으로 입을 가렸다. 눈을 감은 채로 입을 꾹 다물고 있던 그는 애써 평온한 표정을 유지하려 노력하며 눈을 서서히 떴다.

진하의 시선에 어쩔 줄 몰라 하던 율리는 테이블을 가로질러 그의 얼굴에 튄 물을 소매로 훔치기 바빴다. 대강 물을 닦고 엉거주춤 테이블 위에 무릎을 꿇고 앉은 그녀는 자신을 향한 까만 눈동자에 바로 사과했다.

“죄, 죄송해요. 그러니까 결혼 이야기는 왜 꺼내서……..”

“됐어, 괜찮아.”

웬일로 그가 너그럽게 넘어가 주었다. 그를 의아한 눈으로 힐끔거리던 그녀는 그가 화난 기색을 내비치지 않자 속으로 안도했다.

“내려가 앉아.”

“아, 네.”

율리가 고개를 끄덕이고 테이블 위에서 비틀비틀 내려갔다. 그녀의 불안한 모습마저 마음에 걸려서 진하가 자리에서 일어나 그녀의 손을 붙잡아 주었다. 그녀가 소파에 앉자 그는 복잡한 눈빛으로 그녀를 응시하다가 여러 감정이 섞인 한숨을 길게 내뱉었다.

정말 어쩌다 차율리에게 코가 꿰여서는…….

〈다음 권에서 계속〉

외전－흑룡의 오래된 기억

6진 개척이 끝나고, 함길도에는 인공적인 평화가 돌아왔다. 북녘의 겨울은 다른 곳보다 이르게 다가왔다. 추운 날씨에 걸맞게 비까지 세차게 내리는 밤이었다.

"김종서 장군은 중앙으로 진출하셨네."

"축하할 일이군."

중앙에서 온 소식을 안주 삼아 두 사내는 술자리를 가졌다. 일고여덟 해를 전장에서 함께 버틴 전우이자 세상에 둘도 없는 벗. 청년 시절부터 살아온 발자취가 겹치는, 세상에 단둘뿐인 친우였다. 눈동자만 들여다보아도 서로의 마음을 척척 읽을 수 있는 그런 사이 말이다.

"자네는 별로 부럽지는 않은가 봐?"

"글쎄."

의뭉스러운 대답이었으나 황우인은 임진하의 대꾸에서 어렵지 않게 그의 감정을 읽어 낼 수 있었다. 이 친우는 예전부터 다른 자들과 달리 벼슬이나 명예, 부와 관직 같은 세속적인 가치를 크게 갈망하지 않았다. 그럼에도 우인이 농을 건넸다.

"사내라면 이런 변방이 아니라 중앙 진출을 노리는 법 아닌가?"

"그럼 난 사내가 아니겠군."

진하가 눈가를 찡그리면서 농담을 받아치자 우인은 피식 웃었다. 어불성설이다. 임진하는 지금까지 자신이 봐 온 어느 사내보다 근사한 사람이었다. 외모도, 무예도, 심지어 머리까지 좋은 완벽한 남자. 야만스러운 전장과 어울리지 않는 수려한 외모의 벗은 세상 그 누구보다도 손속에 냉정했다. 가끔은 우인, 자신조차 두려울 정도로.

소리 없이 술잔을 내려놓은 진하가 질문을 돌려주었다.

"그런 자네는 왜 중앙으로 줄을 대지 않는가?"

"……답답할 것 같아서?"

우인이 대강 둘러댔지만 이유는 따로 있었다. 외진 지방에서야 한자리를 하고 있었으나, 우인의 집안은 중앙으로 가기에는 모자랐다. 그가 허탈하게 말을 이었다.

"이젠 여기가 편해. 자네처럼 마음 맞는 벗을 중앙에서는 만날 수 없을 것도 같고, 또 거긴 대단하신 분들이 한자리씩 하는 곳이니 말이야."

술기운이 돌아서일까? 본심이 뒤늦게 튀어나왔다. 진하하고 다르게 우인은 갈 수만 있다면 중앙에 가고 싶은 것 역시 사실이었다. 명예욕 때문만은 아니었다. 진하가 빈 잔을 채우며 느긋하게 물었다.

"한잔 더 할 텐가?"

"좋은 제안이지만, 오늘은 얌전히 들어가야 하네. 뿔이 여기까지 난 누가 기다리고 있어서."

우인은 양손 검지를 관자놀이에 하나씩 대고 도깨비처럼 얼굴을 구겼다. 진하가 쓰게 웃었다. 기다리고 있는 사람은 우인의 처를 가리켰으나, 안타깝게도 뿔이 난 채로 기다리고 있지는 않을 것이다. 우인의 처는 병상에 누워 있으니까.

고요한 공기 사이로 빗소리만이 울려 퍼졌다. 우인이 떠날 때쯤 비를 그치게 만들어야겠다. 그리 생각하면서 진하는 방금 채운 잔을 다시금 비웠다. 추운 날에는 술이 제격이었다.

"비가 많이 내리는군."

"저 비를 다 맞았다가는 영락없이 고뿔이 들겠어. 마누라는 뿔이 나고 나는 고뿔이 들고."

우스갯소리에 두 남자가 키득거렸다. 사내들은 나이가 들어도 철이 들기 전과 똑같았다.

"곧, 비가 그칠 걸세. 그때 가게."

추적추적 내리던 빗줄기가 점차 잦아들고 있었다. 친우의 말이 끝나기 무섭게 점점 잦아드는 빗소리에 우인이 눈을 크게 뜨더니 폭소를 터뜨렸다.

"자네는 정말 날씨 하나만큼은 기가 막히게 잘 맞혀! 장군도 고마워해야 할 텐데."

진하의 날씨 예측 덕분에 몇 번의 전투를 유리하게 전개할 수 있었다. 겨울이 빨리 오는 영토 최북단의 큰 적은 여진족이 아니라 추위였다. 토벌이 길어지면서 병사들이 추위를 이기지 못하고 얼어 죽는 일도 종종 있을 정도였다. 그러나 추위는 아군과 적군을 차별하지 않았다. 특히 눈보라는 병사들의 사기에 직접적인 영향을 미쳤다.

진하는 눈과 비, 우박과 번개 등을 이용해서 승리를 거머쥐곤 했다. 적군의 기세가 등등할 때는 참을 수 없을 만큼 끔찍한 폭풍을 불러일으켰고 잠복한 아군의 발소리를 숨기기 위해 천둥과 번개를 만들었다. 이 모든 것이 다른 사람들에게는 우연이었지만 오랫동안 진하를 옆에서 봐 온 우인은 조금씩 눈치를 채고 있었다.

임진하의 능력은 예측이 아니라 조정이라는 것을.

그래도 우인은 모르는 척 대화를 이어 나갔다.

"가끔 자네와 술을 한잔할 땐 그 일이 떠오르곤 하네."

"그 일?"

"자네가 내 목숨을 구해 준 일."

"그런 게 한두 번인가?"

술잔을 입가에 가져다 댄 진하가 고개를 갸웃거렸다. 목숨이 왔다 갔다 하는 전장에서 우인을 구해 준 적은 두 손으로 꼬박 세도 모자랐다. 부정할 수 없는 대꾸에 우인이 코끝을 찡그리고 는 말했다.

"처음으로 말일세!"

처음. 두 사내가 처음 만난 것은 벌써 10년도 전이었다.

*　　*　　*

머리끝까지 취한 젊은 황우인은 어둠이 내려앉은 거리를 비틀 비틀 걷고 있었다. 집집마다 불은 꺼져 있고, 을씨년스럽기까지 한 밤인데도 술기운 덕인지 그는 히죽히죽 웃으면서 당당하게 걸었다.

그때 황우인의 앞, 멀찍이 희끄무레한 사람의 형체가 보였다. 기생집이 있는 거리도 아닌데 한밤에 웬 여자가 길목에 서 있었 다. 점점 여자와 가까워질수록 그녀의 아리따운 미모가 눈에 들 어왔다. 하지만 남녀칠세부동석! 남녀가 유별하고 이미 장가까 지 든 몸인 터라 우인은 눈을 질끈 감고 여자를 지나쳤다.

아니, 그러려고 했다. 여자가 말을 걸기 전까지는 말이다.

"나리, 죄송한데 좀 도와주시겠습니까?"

"엥? 저, 저요?"

저도 모르게 고개를 홱 돌린 우인은 눈을 크게 떴다. 살면서 이런 미인은 처음이었다. 술이 다 깨는 것 같아 그가 입을 쩍 벌렸다. 여자가 애원했다.

"다리를 다쳐서 집까지 가기가 무척 힘듭니다."

치마 끝으로 슬쩍 비단신이 신겨진 발을 내보인 여자가 얼굴을 붉혔다. 우인은 마치 그녀에게 홀린 듯 다가갔다.

"도, 도와는 드리겠습니다."

낯선 여자의 몸을 만지는 건 혼인 이후로 처음이었다. 처가 알면 난리가 날지도 모르겠으나 이건 어쩔 수 없는 일이다! 이 여자는 여자가 아니라 환자였다. 곤경에 처한 자를 무시할 수는 없는 노릇 아닌가?

그는 나름대로 자신의 행동을 합리화하면서 여자를 부축했다. 그녀의 몸에서 풍기는 향긋한 체취에 침이 꼴깍 넘어갔다. 여자가 수줍게 웃으며 말했다.

"참 든든합니다."

"아, 예……."

"이제 저쪽 오솔길로 들어가야 합니다."

여자가 손가락으로 으슥한 길을 가리켰다.

"집, 집이 저런 데 있단 말입니까?"

이상함을 느낀 우인이 더듬거리며 묻자 여자가 쓸쓸한 표정을 지어 보였다. 뭔가 사정이 있는 듯해서 우인은 더 이상 캐물을 수가 없었다.

그 길을 따라 들어가니 아담한 집이 나무들 사이에 덩그러니 있었다.

'여인 혼자 이런 곳에 살다니…… 위험할 텐데.'

게다가 미모의 여인 아닌가. 우인이 머리를 긁적이며 그녀를 걱정하고 있을 무렵, 여자가 허리를 굽혀 인사했다.

"정말 감사합니다. 답례로 술상이라도……."

"아, 아뇨. 이미 좀 많이 마셔서 괜찮습니다. 그럼 이만."

"나리!"

왠지 이곳에 계속 있고 싶지 않아서 우인이 손사래까지 치며 돌아섰다. 그러나 그가 돌아서자마자 여자가 그의 허리를 덥석 안아 붙잡더니 서럽게 털어놓는 것이었다.

"가지 마십시오. 실은 두렵습니다! 아녀자 혼자서 이 밤을 홀로 지새우기가 너무나 외롭고 쓸쓸……."

"노, 놓으시오!"

"나리!"

여자의 가슴이 등에 닿는 느낌이 들어 우인이 경악했다. 처가 알면 죽는다! 그는 여자의 팔을 뿌리치고 도망치려 했으나 도대체 이 여자는 뭘 먹고 살았는지 힘이 웬만한 사내 못지않았다. 우인은 공중에 팔을 버둥거리면서 여자에게서 벗어나려고 했다. 그때였다.

"가지가지 한다."

비아냥거리는 목소리가 등 뒤에서 들렸다. 인기척이라고는 하나도 없는 산속에서 다른 사람의 목소리를 들을 줄은 몰랐다.

순간 우인의 몸을 잡고 있던 여자의 팔에서 힘이 빠져나갔다. 우인이 후다닥 여자에게서 떨어져 나왔다.

"너였구나? 간 빼 먹은 년이."

낯선 사내가 이해할 수 없는 소리를 내뱉었다. 우인은 눈을 가늘게 뜨고 느닷없이 나타난 사내를 살펴보았다. 키가 크고 어딘가 묘한 분위기를 만들어 내는 남자였다.

한편, 우인에게서 시선을 돌린 여자는 짐승과도 같은 소리를 내면서 남자를 경계하기 시작했다. 그리고 우인은 보고 말았다. 여자의 치마 끄트머리를 비집고 나온 털 뭉치를.

'뭐, 뭐지?'

눈가를 찌푸린 우인이 여자와 남자를 번갈아 볼 참이었다. 여자가 잔뜩 쉰 목소리로 소리쳤다.

"나를 방해하는 놈이 누구냐!"

"이게 겁대가리를 상실했구나?"

남자는 매우 불쾌한 듯이 대꾸하더니 여자에게로 한 걸음 다가왔다. 그제야 사지를 압박해 오는 기운을 느낀 여자가 뻣뻣하게 굳었다. 물론 우인은 무슨 일이 일어나고 있는지 전혀 이해하지 못했다.

"내 주변에 알짱거리지 마라."

요즘 들어 요사스러운 기운을 뿌리는 멍청한 여우 새끼가 하나 있었다. 그 기운이 거슬려서 계속 짜증이 치솟을 즈음 간이 파 먹힌 사내 시체가 나왔다. 웬만해서는 그저 넘기려고 했는데 정신 나간 여우 새끼가 사람까지 해치다니, 두고 볼 수는 없었다.

"흐, 흑…… 자비……."

자신의 앞에 나타난 자가 흑룡임을 뒤늦게 깨달은 여우가 턱을 덜덜 떨면서 자비를 빌었으나 사지를 압박하던 기운은 여자의 심장을 정확히 노렸다. 흑룡의 기운이 심장에 박히자 여자는 찍소리도 못하고 그대로 고꾸라졌다.

비단을 뒤집어썼던 여자가 바닥에 쓰러지자마자 서서히 황금빛 털을 가진 여우로 변화했다. 두 눈으로 상황을 똑똑히 지켜보던 우인이 저도 모르게 중얼거렸다.

"이것이 뭔…… 일이여?"

직접 보고도 믿을 수 없는 상황에 우인이 눈만 끔벅거렸다. 그때 멀리 있던 남자가 다가오면서 말했다.

"일어나서 얼른 들어가시오. 구미호 따위에게 홀리지 말고."

"구, 구, 구미호라고?"

갑자기 다리에 힘이 쭉 빠져서 우인이 비틀거렸다. 그러면 치마 밑으로 보이던 털 뭉치는…….

"히익!"

그러거나 말거나 그 남자, 진하는 우인을 지나쳤다. 그러고 보니 어느새 집이 사라져 있었다. 우인이 질겁하면서 진하를 쫓았다.

"저, 저기, 같이 갑시다!"

저녁 내내 마셨던 술이 홀딱 깨 버렸다. 온몸에 소름이 끼친 우인이 양팔을 매만지면서 중얼거렸다.

"사람이 아니었다니……."

오솔길을 빠져나오자 눈에 익은 거리가 나타났다. 아직까지도 공포에 질린 우인이 알아들을 수 없는 혼잣말만 중얼거리자 진하가 귀찮은 듯 물었다.

"집이 어디요?"

"집, 우리 집, 우리 집이 어디더라……."

새하얗게 질린 안색이 어째 좀 불안하다 싶을 무렵, 우인은 그대로 기절하고 말았다. 진하의 얼굴이 확 구겨졌다.

'여기…… 어디지…….'

기절한 우인이 눈을 뜬 곳은 처음 보는 방 안이었다. 게슴츠레하게 뜬 눈으로 주변을 둘러보던 우인은 자신을 지켜보고 있던 어린 여종과 눈이 딱 마주쳤다. 여종이 벌떡 일어나 방 밖으로 달려 나갔다.

"나리! 손님이 깨어나셨는뎁쇼?"

얼마 지나지 않아 진하가 방 안으로 들어왔다. 은인을 본 우인이 상체를 일으켜 앉았다. 우인의 머리는 빠르게 돌아갔다. 상황을 조합해 보니, 자신이 구미호한테 홀려서 정신을 잃은 바람에 이 남자의 집에 신세를 지게 된 듯했다.

"신세를 졌습니다."

진하는 우인을 물끄러미 쳐다보다가 희미한 미소를 지어 보였다. 우인은 그의 수려한 미소에 홀린 듯 멍한 표정만 지었다.

"괜찮은 것 같으니 이만 나가 보겠소."

"아! 네, 감사합니다."

정신을 차린 우인이 앉은 채 고개를 숙였다. 진하는 별말 없이 방을 나가 버렸다. 멍하니 허공만 보고 있던 우인의 귀에 아까 그 여종의 목소리가 들렸다.

"주인 나리께서 상을 올리라고 하셨습니다."

"아⋯⋯."

허기진 것도 잊고 있을 만큼 어제, 오늘 일은 믿을 수 없는 일들의 연속이었다. 음식을 보니 그제야 배가 고파 침이 꿀꺽 넘어갔다. 우인은 단출한 밥상 앞으로 자리를 옮겨서 음식을 우적우적 먹었다.

상을 물린 뒤, 우인이 어린 여종에게 진하의 위치를 물었다.

"이제 그만 가 봐야 하는데 주인께서는 어디 계신가?"

"글쎄요?"

밥상을 들고 나가려던 여종이 잘 모르겠다는 듯 고개를 저었다. 집에 돌아가기 위해 방 밖으로 나온 우인이 신을 신으면서 마당을 둘러보았다. 일하는 사람 몇몇만 눈에 띌 뿐, 진하의 모습은 어디에도 보이지 않았다. 우인이 한숨을 내쉬었다. 그래도 은인에게 인사는 하고 가야 할 텐데 말이다.

일부러 신을 느릿느릿 신고 늑장을 부렸으나 진하는 나타나지 않았다. 우인이 쩝, 입맛을 다시고 일어나 여종에게 말을 남겼다.

"……나중에 다시 인사하러 오겠다고 전해 다오."

"예."

대문간까지 따라 나와 꾸벅 인사하는 여종을 뒤로하고 우인은 대문을 나섰다. 그때 그의 발끝에 걸리는 것이 있었다. 우인은 허리를 굽혀 책을 집어 들었다.

'웬 책?'

"얘야, 여기……."

조금 전까지 옆에 있던 여종을 부르며 고개를 돌린 우인은 안타깝게도 그새 닫힌 대문만 볼 수 있었다.

"……나중에 갖다 주지 뭐."

그는 아무 생각 없이 책을 옆구리에 끼고 집으로 향했다. 외박을 했으니 처에게 바가지 긁힐 일만 남아 있었다.

며칠 뒤, 우인은 예의를 차리기 위해 귀한 연적과 그날 주운 책을 선물로 들고 진하의 집 앞에 섰다. 마침 청소를 위해 계집종 하나가 비를 든 채 대문을 열고 나왔다. 우인이 재빨리 말을 붙였다.

"주인 계신가?"

"어떻게 오셨지요?"

"며칠 전에 이 집 주인께 신세를 졌네."

그렇게 두루뭉술하게 말하면 알아들을 수 있을 리가. 비를 든 계집종이 우인을 의심스레 쳐다보았다. 다행히 그녀의 뒤에서 물동이를 들고 나온 어린 여종이 우인을 알은체했다.

"어? 그때 그 나리 아니세요?"

"주인께 감사의 인사를 드리러 왔다."

어린 여종은 물동이를 바닥에 내려놓고 집 안으로 쪼르르 들어갔다. 주인의 손님임을 뒤늦게 알아챈 계집종이 고개를 수그리면서 뒤로 한 걸음 물러났다.

여종의 안내에 따라 집에 다시 걸음 한 우인은 기묘한 분위기를 내는 진하에게 쭈뼛거리면서 다가가 책과 선물용 연적을 내밀었다.

"이건 감사의 표시고 이건…… 그날 주운 책입니다. 대문 앞에서요."

진하는 연적에는 관심도 갖지 않고 책을 집었다. 그래도 나름 귀하다는 고급 연적인데 관심도 두지 않는 그가 조금 서운했으나 우인은 감정을 내색하지는 않았다. 진하의 미간이 좁아지더니 그가 사람을 불렀다.

"순이 게 있느냐?"

"예?"

주인의 부름에 후다닥 달려온 어린 여종이 '순이'인 모양이었다. 우인은 다음에 순이를 볼 적에 간식거리라도 쥐여 줘야겠다고 마음먹었다. 진하가 순이에게 책을 획 던졌다.

"광에 갖다 두어라."

'광?'

서책을 광에 보관하는 집이 있나, 우인이 의아해할 무렵 순이는 더욱 이상한 소리를 뱉었다.

"이것도 같이 태우면 됩니까?"

"그래."

"아니, 서…… 서책을 태운다고요?"

눈을 크게 뜬 우인이 대화에 끼어들었다. 그러나 진하는 태연하게 대꾸할 뿐이었다.

"있어서는 안 되는 책이오."

'역시 금서였단 말인가?'

집에 가져가서 아내에게 바가지를 한참 긁힌 뒤, 우인은 호기심을 이기지 못하고 책을 열어 보았다. 무척이나 생소한 내용이었다. 용의 죽음에 관한 책이었는데, 처음에는 용이 임금을 뜻하는 줄 알고 얼마나 놀랐는지 모른다. 끝까지 읽어 보니 반역서는 아닌 것 같았지만 말이다. 그런데 있어서는 안 되는 책이라니!

"혹시 읽기라도 한 거요?"

"아뇨! 하하, 제가 책하고는 거리가 좀 멉니다."

거짓말에 능숙하지 못해서 우인의 등골이 서늘해졌다. 진하의 날카로운 시선 탓인지, 괜히 등 뒤로 식은땀이 흐르는 느낌이 들었다.

　　　　　*　　　*　　　*

　"그 구미호를 보았을 땐 정말 얼마나 겁을 집어 먹었는지 모르네."

　그때 진하는 우인을 얼간이로 생각했고, 우인은 진하를 어딘가 무서운 사내라고만 여겼었다. 그러나 믿을 수 없던 얼간이는 어느새 신뢰할 수 있는 단 하나뿐인 친우가 되었다. 어딘가 무서운 사내 역시 등 뒤를 믿고 맡길 수 있는 든든한 전우가 되었다.

　그날로부터 10년, 함길도에서 함께 전선에 나선 지도 벌써 8년 정도가 지났다.

　우인은 진하에게 책 이야기는 꺼내지 않고 대화를 끝마쳤다.

　"이제 그만 일어나야겠군."

　비가 그쳤는지 바깥에서는 아무런 소리가 들리지 않았다. 우인이 몸을 일으키자 진하도 자리에서 일어났다.

　"자네 처가 어서 쾌유하길 빌겠네."

　외박한 우인을 박박 긁을 정도로 건강했던 처는 우인이 함길도에 자리를 잡은 뒤로 시름시름 앓더니 결국 자리에 드러누워 아무것도 하지 못했다. 날이 추워질수록 아내의 건강은 나빠졌고 숨을 쉬는 것조차 힘겨워했다.

　"그래…… 어서 나아야지."

　의원은 우인의 처가 폐병을 앓고 있다고 진단했다. 기침을 할 적마다 피를 토하는 건 다반사였다. 전염성이 높은 폐병은 사람의 출입을 막았다. 처는 매일매일 안방에서 홀로 병마와 싸우고 있는 셈이었다. 그래서 우인은 되도록 처의 곁에 있어 주고 싶었다.

나을 가망이 없다는 것쯤은 이미 알고 있었지만 말이다.

"나리!"

집에 돌아온 우인은 자신을 기다렸다는 듯 달려 나오는 아내의 몸종을 보고 인상을 썼다. 얼마나 울었는지 아내의 몸종은 눈이 퉁퉁 부어 있었다. 갑자기 불안해졌다.

자주 왕진을 오느라 꽤 친밀해진 의원은 진맥을 마치고 나와서 우인을 안쓰럽게 쳐다보았다. 의원이 한숨을 크게 내쉬고 나서 힘없이 절망적인 소리를 뱉었다.

"많이 힘들 거요. 비 때문에 날도 갑자기 추워졌고."

"……알겠소."

의원은 우인의 어깨를 힘 있게 잡아 주고 돌아섰다.

의원이 떠나고 나서 우인은 안방으로 무거운 걸음을 옮겼다. 방에 들어오자마자 답답한 숨소리만이 울려 퍼졌다. 호흡이 힘들어서일까? 처는 가늘게 숨을 쉬고 있었다. 아내의 옆에 양반다리를 하고 앉은 우인이 마른세수를 했다.

우인은 비쩍 마른 아내의 손을 꼭 잡아 보았다. 방 안은 펄펄 끓다시피 하는데도 아내의 손끝은 차갑고 힘이 없었다. 그는 아내의 손을 이불 속에 넣어 주고 일어났다.

처가 의식을 잃어 갈 때부터 생각해 온 것이 있었다. 사랑채로 건너간 우인은 숨겨두다시피 한 서책 몇 권을 찾아 펼치고 단도를 손에 쥐었다. 그가 천천히 책의 내용을 살폈다.

　　용의 심장을 꺼내 먹으면 불로불사한다.

　단도를 쥔 그의 손에 힘이 바짝 들어갔다.

*　　　*　　　*

　진하는 자신에게 칼끝을 겨눈 친우를 담담하게 처다보았다. 칼끝은 정확히 자신의 역린 부분을 가리키고 있었다. 우인이 힘없이 말했다.

　"자네는 종종…… 오랫동안 살아온 사람처럼 보일 때가 있었네."

　지금만 해도, 진하는 십년지기 전우가 칼을 겨누고 있는데 태연한 모습만 보였다. 이런 것쯤은 아무것도 아니라는 듯 그는 눈썹 하나 까딱하지 않았다. 그 태도가 우인의 가슴을 더욱 아프게 만들었다.

　"아니, 사람이 아닌 것처럼 느껴질 때도 있었지."

　평온한 겉모습과 달리 진하의 속은 부글부글 끓고 있었다. 산전수전을 함께 겪었던 벗이 자신에게 검을 겨누리라고는 상상도 한 적이 없었다. 아니, 온 세상 사람이 다 자신에게서 돌아서도 이 친우만큼은 자신의 편에 서 있으리라고 믿었었다.

그런데 이게 무슨 일인가.

"돌려 말하지 않아도 되네."

이상하게도 친우에게 용의 힘을 쓸 수가 없어서 진하는 분노를 수면 밑으로 감추고 딱딱하게 대꾸했다. 오랫동안 마음을 주었던 벗이기 때문일까? 다른 인간이었더라면 위협을 가하려는 즉시 목숨을 끊어 놓았을 텐데, 절체절명의 순간에도 우인을 공격하고 싶지는 않았다. 대답 대신, 우인은 단도를 들지 않은 손으로 진하의 목을 콱 잡았다.

그때, 진하의 눈앞이 번쩍였다. 처음 느끼는 강렬한 감각에 그의 눈이 크게 뜨였다. 우인은 팔을 부들부들 떨면서도 진하의 목을 놓지 않았다. 진하는 온몸의 근육이 이완되어 힘이 빠지는 것을 느꼈다.

"……이제 알겠는가?"

'용살자!'

말하지 않아도 벗의 정체를 알 수 있었다. 역린을 건드렸는데도 살아남을 수 있는 인간은 용살자뿐이었다. 머릿속이 하얘지는 가운데, 진하는 자신에게 위험이 닥쳤음을 본능적으로 깨달았다.

"자네가 태우던 책 중 몇 권을…… 내가 가지고 있네."

벌벌 떨리는 팔과 마찬가지로 우인의 목소리 또한 덜덜 떨렸다. 그는 차마 자신의 친구를 똑바로 쳐다볼 수가 없어서 고개를 모로 돌린 채 말을 이었다.

"많은 것들이 의심스러웠지. 천한 무당처럼 날씨를 읊던 모습, 구미호 같은 요물에게 홀리지 않는 자네. 자네가 조선 팔도는 물론 대국에서까지 어마어마한 양의 서책을 들여와 태워 버리는 것도, 그 서책의 내용이 나와 같은 자들에 대한 이야기라는 것도……."

진하에게서 이상한 점을 하나씩 느낄 때마다 우인은 친우가 태우는 책을 한두 권씩 빼돌렸다. 순이와 같은 여종들은 까막눈이라서 자신이 태우는 책이 무슨 책인지도 몰랐다. 분가루가 든 통을 하나씩 건네면 여종들은 우인에게 의심 없이 책을 건네주었다.

책을 읽을수록 우인은 진하의 정체를 확신했다. 몇몇 서책은 내용을 읽음으로써 주변에 의심스러운 자가 있음을 깨닫는다면, 바로 독자 자신이 용살자의 혈통을 타고난 귀한 존재라는 것도 잊지 말아 달라는 조언을 남겼다.

"안사람을 살리고 싶네."

육체는 물론 정신까지 잠식하는 용살자의 강렬한 힘에 진하는 입도 뻥긋하지 못했다. 우인이 힘없이 계속 말했다.

"아이들도 아직 장성하지 못했어."

이제 장남이 겨우 열 살이었다. 아직은 어미의 손길이 필요한 첫아들은 몇 해 동안이나 어미의 손길을 받지 못했다.

"난 자네와 달라. 처가 없으면 안 돼."

혼인을 하자마자 처를 잃었다는 진하는 재취도 하지 않았다. 이 사회에서 혼인이 갖는 무게를 알기에 대충 조작한 것뿐이지만, 우인은 진하가 상처했다고 굳게 믿고 있었다.

"저세상에서 나를 원망하게. 나중에 다 갚겠네."

말을 마친 우인은 단도를 쥔 손을 서서히 들어 올렸다. 용을 살해하는 방법은 목과 어깨 사이의 역린을 단번에 찌르는 것이다. 용살자의 손아귀에 잡힌 용은 절대로 반항할 수도 없다. 지금처럼.

전장에서는 망설임 없이 적의 목을 베었던 우인은 고통스러운 표정으로 손을 덜덜 떨었다. 아내를 위해 친우를 죽여야 하는 비참한 상황에 망설이지 않을 수 없었다.

한편 진하는 여전히 아무것도 할 수 없었다. 이게 용살자의 힘이었다. 다른 용들이 용살자에게 살해당했다는 소식을 전해 들었을 적에는 얼마나 비웃었는지 모른다. 얼마나 약해 빠졌으면 인간에게 소멸당하느냐고 조소했던 자신이 지금 소멸 위기에 놓였다.

무력감이 진하게 밀려왔다. 그럼에도 불구하고 벗의 눈동자가 참 슬퍼 보였다. 선량하고 맑아서 보기만 해도 기분이 좋았던 그 눈동자. 이제 벗의 눈동자가 왜 그리도 마음에 들었는지 알겠다.

평소의 흑룡이라면 찢어 죽일 기세로 날뛰었겠으나, 우인이 용살자이기 때문인지 아니면 오랜 기간 마음을 나누었던 벗이기 때문인지 마음만 아팠다.

그때 손님맞이를 위해 다과를 들고 온 순이가 이 기가 막힌 장면을 보고 비명을 질렀다.

"나리!"

와장창, 다기 깨지는 소리가 소란스럽게 울렸다. 찢어질 듯한 비명이 우인을 자극했다. 이미 들킨 이상 망설일 시간도 없어 우인은 눈을 질끈 감고 단도를 내리꽂았다. 사람의 몸을 찌르는 감촉이 손바닥까지 느껴졌다. 익숙하지 않다면 거짓말일 감각에 우인이 서서히 눈을 떴다.

그러나 칼날이 꿰뚫은 것은 친우의 목덜미가 아니었다.

"억…… 크흑…….".

단도는 순이의 가슴팍에 무자비하게 꽂혀 있었다. 우인은 어느새 비어 있는 자신의 왼손을 쳐다보았다. 분명 이 손으로 벗의 목을 잡고 있었는데, 진하는 칼에 찔린 순이의 뒤에 바닥에 쓰러져서 숨만 몰아쉬고 있었다.

이내 비명 소리를 들은 사람들이 눈을 휘둥그레 뜨고 달려왔다. 순이는 이루 말할 수 없는 고통 탓에 몸을 간헐적으로 떨었다. 반쯤 벌어진 입가에서 이해할 수 없는 소리만이 흘러나왔다.

"컥…….".

병상에 누워 있는 아내처럼 순이가 숨을 힘겹게 내쉬다가 무릎이 꺾여 바닥으로 고꾸라졌다. 참상에 할 말을 잃었던 하인들이 우인을 제치고 진하와 순이에게로 달려들었다.

"나리! 괜찮으십니까?"

"순이…… 순이 좀 살려 주세요!"

아수라장이 따로 없는 참혹한 광경이었다.

*　　*　　*

제 주인을 구하고 죽은 순이의 장례를 간단히 마치고 나서 여종들끼리 한탄했다.

"순이는 그래도 좋았을 게야."

"뒈진 년이 뭐가 좋대요?"

순이와 가장 친했던 계집종은 마르지 않는 눈물을 소매로 찍어 닦았다. 이 집안에서 반빗아치로 오래 일했던 일심이 한스럽게 대꾸했다.

"제 덕분에 나리가 사셨으니까."

"미친년……."

이 집에서 일하는 여종들 중에 순이가 오랫동안 진하를 연모해 왔음을 모르는 사람은 없었다. 다른 남자들과 다르게 아내를 잃고서도 한결같이 절조를 지키는 근사한 주인 아닌가. 다른 여종들도 혹할 때가 있는데, 아주 어렸을 적부터 진하의 수발을 들었던 순이가 그를 은애하지 않을 리가 없었다.

"그렇다고 해서 제 목숨을 버리다니……."

늘 밝고 활달했던 순이가 그저 가엾고 안타까울 따름이라 계집종들이 슬피 울었다.

한편, 진하는 여종의 죽음에도 눈 하나 깜짝하지 않았다. 그는 머리끝까지 치솟은 배신감과 분노로 아무 일도 할 수 없었다. 전장에서 함께 구른 전우이자 단 하나뿐인 벗이라고 생각했다. 등 뒤를 맡겨도 괜찮을 인간이라고, 이만하면 믿을 수 있는 인간이라고 여겼는데.

"인간을 믿지 말았어야 했네."

조정에서 한자리하고 있는 백룡은 용살자에게 당할 뻔했다는 흑룡의 기별에 열 일을 제쳐 두고 눈보라가 치는 최북단까지 한달음에 달려왔다.

엉망진창으로 흐트러진 실내를 둘러본 백룡은 혀도 끌끌 차지 못했다. 기운을 되찾은 흑룡이 얼마나 분노로 떨었을지 이 광경만 보아도 알 법했다. 반쯤 박살이 난 병풍은 뜯겨진 채로 바닥을 나뒹굴었고 벽은 갈퀴로 긁힌 듯 처참하게 너덜거렸다. 구석에 자리한 고급스러웠던 가구들은 언제 정갈했냐는 양 바스러져서는 부스러기를 흘리며 무너지고 있었다.

"살아 있는 게 용하군."

용살자를 마주하고서 살아남은 자는 눈앞의 흑룡이 유일무이했다. 다른 인간이 끼어들어서 살다니, 운이 꽤 좋았다.

하지만 백룡의 위로에도 분노를 이기지 못한 흑룡은 아무 대꾸도 하지 못했다. 수천 년간 알아 왔던 사이라 백룡은 흑룡의 성격을 잘 알고 있었다. 하늘을 찌르는 자존심과 독한 성격, 지

고는 못 사는 성미까지. 흑룡이 그 용살자를 가만둘 리가 없었
다.

"자네를 습격하고 여종을 죽인 자는 일단 옥에 갇혀 있네. 근
데 아마 잠깐 풀려날 걸세. 안사람이 세상을 떠났다더군."

결국 우인은 처를 살리지 못했다. 그놈은 처가 없으면 안 된
다고 했지. 원하는 대로 이미 죽어 버린 제 처를 따라가게 만들
것이다.

"잘됐군. 그놈도 죽여……."

진하가 이를 갈 무렵, 머리에 못이 박히는 듯한 두통이 덮쳐
왔다. 그가 눈살을 찌푸리고 양손에 얼굴을 묻었다. 앙다문 이
사이로 신음이 비집고 나왔다. 깜짝 놀란 백룡이 흑룡의 어깨를
잡았다.

"흑룡!"

보통 인간의 탈을 뒤집어쓴 용은 고통을 느낄 일이 없기에 백
룡은 무척이나 놀랐다. 다행히 부들부들 떨리던 진하의 어깨가
점점 안정을 찾아갔다.

"괜찮나?"

"……음."

잇새로 신음처럼 긍정한 진하가 고개를 들었다. 그는 이 고통
의 이유를 이미 알고 있었기에 그다지 개의치는 않았다. 흑룡의
어두운 안색에 내심 놀란 백룡이 다시금 괜찮으냐고 물으려다
가 말을 돌렸다.

"이제 어떻게 할 건가? 그자를 가만히 두면 자네는 소멸당하고 말 걸세."

용은 용살자에게 한없이 약해졌다. 다음에 또 우인이 칼날을 들이댄다면 이번처럼 운 좋게 살아남을 가능성이 얼마나 될까? 게다가 상처했다는 이유로 우인이 풀려난다고 했으니 당장 방법을 강구해야 했다. 진하는 개미만도 못한 무력한 존재가 되었던 끔찍한 경험을 떠올렸다.

며칠 동안 끔찍한 두통과 싸워 오면서 진하는 우인을 처리할 방법을 찾아보았다. 사람을 써서 죽이기, 미물들을 조종해서 처리하기…… 다양한 방법이 있었지만 그가 선택한 방법은 다른 것이었다.

"이주민들과 토착민들 사이에 불화가 있네."

느닷없는 소리에 백룡이 고개를 갸웃거렸다. 흑룡은 백룡에게 서찰을 내밀면서 힘겹게 말을 이었다.

"이걸 김종서 장군에게 보내게."

"이게 뭔가?"

조심스럽게 서찰을 펼쳐 내용을 훑은 백룡이 헛웃음을 터뜨렸다.

"그 집안 자체를 처리해 버리겠다?"

"용살자는 혈통 아닌가."

불화를 조장하는 이주민의 대표에게 습격을 당했다는 간단한 내용이었지만 이 서찰이 가진 힘은 상당했다. 이 지역에서 가장

시끌시끌한 사건이 바로 이번 습격 사건이었다. 오랜 친우이자 죽을 고비를 함께 넘긴 전우가 진하를 습격한 사건은 서찰의 내용과 이어져서 묘한 시너지 효과를 가져왔다.

임금은 불안정한 함길도 지방이 하루빨리 든든한 북방 경계선이 되기를 바랐다. 불화를 조장해서 전우한테까지 칼을 들이댄 우인은 임금의 분노를 사지 않을 수 없었다. 백룡이 싱긋 웃었다.

"임금은 합리적이고 인자하지만 때때로 무척 감정적일 때가 있지."

"가능하면 본보기가…… 될 수 있도록 제언하게."

용살자에게 해를 끼치는 이야기를 하는 것만으로도 고통스러워서 진하가 힘겹게 덧붙였다. 백룡이 고개를 끄덕였다. 본보기, 즉 역모 죄로 다스리라는 뜻이었다. 혈통으로 이어지는 용살자의 능력을 뿌리 뽑기 위해서는 삼족을 멸하는 방법이 가장 좋았다.

"어렵게 일군 영토에 혼란이 오기를 바라지는 않을 것이니, 임금도 동의할 걸세."

마음씨 따뜻한 성군이지만 단호할 때는 또 무척 단호한 임금이었다. 오랫동안 조정에서 구른 백룡이 능글맞은 표정을 지으며 일어났다.

"그만 가 보겠네. 한시라도 빨리 처리를 해야겠지. 쉬게나."

백룡을 배웅할 기운도 없어서 진하는 바깥으로 한 걸음도 나

가지 않았다. 대신 흑룡의 분노에 실내 공기가 일렁이기 시작했다. 공기의 흐름은 바람이 되고, 그 바람은 점차 강해지면서 아수라장인 방 안을 더욱 어지럽혔다.

처음부터 호감이 갔던 벗. 평소라면 쓰러진 사내 따위는 버리고 돌아갔을 텐데 눈에 밟혀서 우인을 집까지 업고 돌아왔었다. 그때 그러지 말았어야 했다.

다시 두통이 밀려왔다. 떠올리기만 해도 고통을 불러일으키는 용살자란 얼마나 대단한 존재인가.

방에 틀어박힌 흑룡은 최대한 우인을 생각하지 않고자 노력하며 눈을 감았다. 벗을 향한 배신감과 분노, 그리고 그때의 강렬한 감각을 잊어 갈수록 점점 두통이 사그라지고 있었다. 실내에 휘몰아치던 그의 기운이 차츰 잦아들어 갔다.